EX LIBRIS
YVONNE CAROL McCOMBIE

LA PRINCESSE DE CLÈVES

MADAME DE LA FAYETTE

La Princesse de Clèves

INTRODUCTION DE MICHEL BUTOR
COMMENTAIRES DE BÉATRICE DIDIER

LE LIVRE DE POCHE

Béatrice Didier est professeur à l'Université de Paris VIII et critique littéraire, spécialiste de la fin du XVIIIe siècle et du romantisme. Elle est l'auteur de *L'Imaginaire chez Senancour* (Corti), de *La Littérature française de 1778-1820* (Arthaud), d'un *Sade* (Denoël), de *Un dialogue à distance : Charles du Bos et André Gide* (Desclée de Brouwer), du *Journal intime* (P.U.F.), de *L'Ecriture-femme* (P.U.F.), de *Stendhal autobiographe* (P.U.F.). Elle écrit dans divers journaux : *Monde, Quinzaine littéraire, Europe*. Elle dirige la revue interdisciplinaire *Corps écrit* aux P.U.F.

© *Éditions de Minuit* pour *l'*Introduction, 1960.

© *Librairie Générale Française* pour *le texte et les* Commentaires, 1972.

INTRODUCTION

On nous trompe sur *La Princesse de Clèves,* on nous trompe en brandissant cet admirable livre comme justification chaque fois qu'on veut défendre un de ces pâles petits récits d'amourette, écrit dans un style « limpide et glacé », avec juste assez de poivre au milieu de sa fadeur pour le rendre vendable, chaque fois qu'on nous déclare : « Voici un véritable roman français dans la tradition de Mme de La Fayette. » C'est un livre brûlant, c'est un livre qui offre à la lecture d'assez grandes difficultés, notamment dans les passages qui concernent les alliances entre les grands dans la cour d'Henri II, alliances qu'il est indispensable d'avoir présentes à l'esprit si l'on veut comprendre le récit dans toutes ses résonances et toute sa richesse ; bien loin de n'être qu'un pastel aux couleurs défraîchies, c'est une œuvre dont la construction est d'une force peu commune. Je me souviens de mon émerveillement lorsque j'ai eu, voici deux ans, à étudier ce livre pour des élèves ; je ne l'avais pas ouvert depuis longtemps, presque depuis le lycée, et je m'en tenais à mes impressions d'alors et à ces platitudes que l'on ressasse.

Ce que je voudrais indiquer en quelques lignes,

c'est l'importance extrême des images et de l'imagination dans cet ouvrage à propos duquel on ne parle, en général, que de « raisonnements ».

Fontenelle répondait à l'enquête du *Mercure galant* : « Un géomètre comme moi, l'esprit tout rempli de mesures et de proportions, ne quitte point son Euclide pour lire quatre fois une nouvelle galante, à moins qu'elle n'ait des charmes assez forts pour se faire sentir à des mathématiciens. »

On croirait, à la façon dont on en parle d'habitude, que ces charmes assez forts pour se faire sentir à des mathématiciens seraient seulement ses qualités négatives, la discrétion du ton, mais il est pourtant bien facile de voir que ce livre se compose d'une suite de scènes réunies par les explications nécessaires à les situer les unes par rapport aux autres, et qui sont comme des figures s'engendrant l'une l'autre et se répondant admirablement; la gravité de la pensée s'exprime dans une construction imaginaire d'une merveilleuse rigueur.

Prenons le passage le plus connu : l'aveu; je voudrais attirer l'attention sur son décor, ou plutôt sur sa « mise en scène ». On sait que M. de Nemours est amoureux de Mme de Clèves, il ne sait s'il en est aimé. Comme elle s'est retirée dans son château de Coulommiers, il est allé dans la région, chez sa sœur, dans l'espoir d'une rencontre.

« Comme ils étaient à la chasse à courir le cerf, M. de Nemours s'égara dans la forêt. En s'enquérant du chemin qu'il devait tenir pour s'en retourner, il sut qu'il était proche de Coulommiers. A ce mot de Coulommiers, sans faire aucune réflexion et sans savoir quel était son dessein, il alla à toute bride du côté qu'on le lui montrait. Il arriva dans la forêt et se laissa conduire au hasard par des routes faites avec soin, qu'il jugea bien qui conduisaient vers le château. Il trouva au bout de ces routes un pavillon, dont le dessous était un grand salon accompagné de deux cabinets, dont l'un était ouvert sur un jardin de fleurs, qui n'était séparé de la forêt que par des palissades, et le second donnait sur une grande allée du parc. Il entra dans le pavillon, et il se serait arrêté à en regarder la beauté sans qu'il vît venir par cette allée M. et Mme de Clèves, accompagnés d'un grand nombre de domestiques... »

Il se cache, il entend la fameuse conversation dans laquelle elle fait à son mari l'aveu de son amour pour un autre, et confirme sans s'en douter à M. de Nemours caché que c'est lui qu'elle aime.

A cette première scène dans le pavillon en répond une seconde qui la reprend en la renversant, et en la faisant monter en quelque sorte à un degré supérieur; c'est un second aveu beaucoup plus grave, qui se passe en pleine nuit : Mme de Clèves est seule dans le pavillon. Or, M. de Nemours, alors à Chambord, avec toute la cour, a appris qu'elle s'isolait souvent dans cet endroit et il a décidé de venir la voir. M. de Clèves a compris pourquoi son rival s'abstenait et il le fait suivre par un espion. Nous entrons alors dans un domaine d'une qualité véritablement féerique, d'une densité poétique étonnante, où tous les détails sont nécessaires et ont les plus profondes résonances : « Le gentilhomme (l'espion du prince de Clèves)... alla dans la forêt, à l'endroit par où il jugeait que M. de Nemours pouvait passer; il ne se trompa point dans tout ce qu'il avait pensé. Sitôt que la nuit fut venue, il entendit marcher et, quoiqu'il fît obscur, il reconnut aisément M. de Nemours. Il le vit faire le tour du jardin, comme pour écouter s'il n'y entendrait personne et pour choisir le lieu par où il pourrait passer le plus aisément (comme c'est la nuit, la porte ouverte la fois précédente est maintenant fermée). Les palissades étaient fort hautes, et il y en avait encore derrière pour empêcher qu'on ne pût entrer; en sorte qu'il était assez difficile de se faire passage. M. de Nemours en vint à bout néanmoins; sitôt qu'il fut dans ce jardin, il n'eut pas beaucoup de peine à démêler où était Mme de Clèves. Il vit beaucoup de lumières dans le cabinet; toutes les fenêtres en étaient ouvertes; et, en glissant le long des palissades, il s'en approcha avec un trouble et une émotion qu'il est aisé de se représenter. Il se rangea derrière une des fenêtres, qui servaient de porte pour voir ce que faisait Mme de Clèves. Il vit qu'elle était seule, mais il la vit d'une si admirable beauté qu'à peine fut-il maître du transport que lui donna cette vue. Il faisait chaud, et elle n'avait rien sur sa tête et sur sa gorge, que ses cheveux confusément rattachés. Elle était sur un lit de repos, avec une table devant elle, où il y avait plusieurs corbeilles pleines de rubans; elle en choisit quelques-uns, et M. de Nemours remarqua que c'étaient des mêmes couleurs qu'il avait portées au tournoi. »

Il s'agit du tournoi dans lequel le roi de France, Henri II, est mort d'un éclat de lance dans l'œil. M. de Nemours était l'un des plus vaillants jouteurs. Chacun paraissait aux couleurs de sa dame, et il avait choisi, lui, du jaune et du noir. « On en chercha inutilement la raison. Mme de Clèves n'eut pas de peine à le devi-

ner : elle se souvint d'avoir dit devant lui qu'elle aimait le jaune, et qu'elle était fâchée d'être blonde,
parce qu'elle n'en pouvait mettre. »

Dans la nuit, solitaire dans son pavillon, la princesse, observée à son insu par Nemours, lui-même
observé à son insu par le représentant du prince de
Clèves, n'a point de lance à sa disposition pour l'en-
tourer de ses cheveux, mais elle a pris soin de s'en
procurer l'équivalent :

« Il vit qu'elle en faisait des nœuds à une canne des
Indes fort extraordinaire, qu'il avait portée quelque
temps, et qu'il avait donnée à sa sœur, à qui Mme de
Clèves l'avait prise sans faire semblant de la reconnaître pour avoir été à M. de Nemours. »

Il n'est, certes, pas besoin d'un diplôme de psycha-
naliste pour percer et goûter le symbolisme de toute
cette scène; c'est exactement le même que celui des
contes de fées rédigés en ce temps-là, et l'on sait que
le contenu sexuel de ces contes est non seulement évident pour nous, mais qu'il était évident aussi pour les
gens du XVIIe siècle comme le prouvent les moralités
avec lesquelles Perrault les a commentés.

L'esprit de la princesse travaille à ce moment dans
une zone très obscure pour elle-même; c'est comme
en rêve qu'elle noue ses rubans à cette canne, et son
rêve se précise peu à peu; celui auquel elle pense se
met à prendre un visage, et elle part à la recherche de
celui-ci.

Il faut rappeler qu'après le tournoi fatal, l'illustre
maîtresse d'Henri II, la duchesse de Valentinois,
Diane de Poitiers, avait été chassée de la cour, mais
se retirant en son château d'Anet, elle avait emporté
avec elle une série de tableaux qu'elle avait fait faire

pour rappeler toutes les actions remarquables de son royal amant.

Lorsque Mme de Clèves se retire à Coulommiers, par suite du trouble provoqué par la divulgation de cet aveu qu'elle croyait avoir fait dans un total secret, elle emporte avec elle une série de copies des tableaux de Diane de Poitiers. « Il y avait entre autres *Le Siège de Metz,* et tous ceux qui s'y étaient distingués étaient peints fort ressemblants. M. de Nemours était de ce nombre, et c'était peut-être ce qui avait donné envie à Mme de Clèves d'avoir ces tableaux. »

Remarquez ici ce « peut-être », le sentiment est tellement obscur, parce que tellement combattu, chez elle, que le narrateur de ce récit, nous exposant ce que l'on pouvait connaître à ce moment-là, ne peut pas nous en dire plus, mais cette raison dans cette nuit décisive va éclater à ses yeux mêmes, explosion préparée d'ailleurs sourdement, puisque, de ces tableaux, celui du *Siège de Metz* est le seul que la princesse ait fait venir dans le pavillon.

« Après qu'elle eut achevé son ouvrage (nouer les rubans jaunes et noirs autour de la canne des Indes) avec une grâce et une douceur que répandaient sur son visage les sentiments qu'elle avait dans le cœur, elle prit un flambeau et s'en alla proche d'une grande table, vis-à-vis du tableau du *Siège de Metz,* où était le portrait de M. de Nemours; elle s'assit et se mit à regarder ce portrait avec une attention et une rêverie que la passion seule peut donner. »

M. de Nemours n'a qu'une envie, c'est de passer par cette porte vitrée à travers laquelle il regarde cette scène; mais « quelle peur de faire changer ce visage où il y avait tant de douceur, et de le voir devenir plein de sévérité et de colère... Poussé néanmoins par le désir de lui parler, et rassuré par les espérances que lui donnait tout ce qu'il avait vu, il avança quelques pas, mais avec tant de trouble qu'une écharpe s'embarrassa dans la fenêtre, en sorte qu'il fit du bruit. Mme de Clèves tourna la tête, et soit qu'elle eût l'esprit rempli de ce prince ou qu'il fût dans un lieu où la lumière donnait assez pour qu'elle le pût distinguer, elle crut le reconnaître et, sans balancer ni se retourner du côté où il était, elle entra dans le lieu où étaient ses femmes ».

Celui dont elle rêve lui apparaît, et elle ne peut savoir si c'est fantôme ou réalité. Cette fois-ci, sa raison tout entière lui dit qu'il ne peut être là puisqu'il est à Chambord, mais elle l'a pourtant si bien « vu » que, s'il était prouvé qu'il n'était point là, il serait prouvé du même coup qu'elle est véritablement hantée par lui, « folle » de lui, sans qu'il lui soit possible dès lors de reprendre sa volonté.

Pour l'espion qui est de l'autre côté de la palissade, qui n'a rien vu ni rien entendu, tout est possible : il a dû y avoir conversation, scène amoureuse, alors que tout s'est déroulé dans le silence, interrompu seulement par le bruit que l'écharpe se prenant dans la fenêtre a provoqué, ce bruit d'effraction que nous pouvons imaginer à notre gré, froissement, déchirure, coup sur la vitre, à l'intérieur du rêve de la princesse, soudain cette irruption du réel, comme l'apparition d'un ange ou d'un démon.

Ces deux scènes, l'aveu et l'apparition, se superposent l'une à l'autre et en acquièrent ainsi dans la mémoire de la princesse une telle solidité, une telle permanence, qu'elle ne pourra plus jamais y échap-

per. Comme la lance de Montgomery au tournoi,
pénétrant dans l'œil du roi avait causé sa mort et la
retraite de Diane de Poitiers, ici l'entrée de M. de
Nemours par la porte vitrée du pavillon provoque la
mort de M. de Clèves et fatalement la retraite de la
princesse, car elle ne peut plus se soustraire à ce
complexe d'images, le rêve s'est trouvé tellement
bien confirmé par le réel, aussi bien dans ses aspects
délicieux que dans ses aspects terribles, qu'elle ne
peut plus voir M. de Nemours sans que la mort de
son mari soit présente à ses yeux, et si M. de Nemours devenait son mari, c'est sa mort à lui qui la
hanterait.

   Il faudrait montrer comment dans toute la fin du
roman cette grande scène double hante les deux
amants, qui ne peuvent s'empêcher d'essayer de la
reconstituer, recherchant les pavillons dans les jardins, les fenêtres, les magasins de soieries, hantise
tragique qui forcera la princesse à fuir celui que
pourtant maintenant elle pourrait épouser. Je m'ar-
rête, je n'en finirais pas de commenter ce passage et
son articulation avec tout l'ensemble du livre.

   André Gide ne trouvait dans *La Princesse de Clèves*
« aucun secret, aucun retrait, aucun détour », que
vous en semble? Croyez-moi, vous qui pensez savoir
ce que c'est que *La Princesse de Clèves,* pour en avoir
entendu parler, vous qui pensez savoir à quoi vous en
tenir, lisez donc ce roman, vous serez surpris.

                              MICHEL BUTOR*.

---

* Extrait de *Répertoire I,* Éditions de Minuit.

TOME PREMIER

La magnificence et la galanterie n'ont jamais paru en France avec tant d'éclat que dans les dernières années du règne de Henri second. Ce prince était galant, bien fait et amoureux; quoique sa passion pour Diane de Poitiers, duchesse de Valentinois, eût commencé il y avait plus de vingt ans, elle n'en était pas moins violente, et il n'en donnait pas des témoignages moins éclatants.

Comme il réussissait admirablement dans tous les exercices du corps, il en faisait une de ses plus grandes occupations. C'étaient tous les jours des parties de chasse et de paume, des ballets, des courses de bagues ou de semblables divertissements; les couleurs et les chiffres de Mme de Valentinois paraissaient partout, et elle paraissait elle-même avec tous les ajustements que pouvait avoir Mlle de La Marck, sa petite-fille, qui était alors à marier.

La présence de la reine autorisait la sienne. Cette princesse était belle, quoiqu'elle eût passé la première jeunesse; elle aimait la grandeur, la magnificence et les plaisirs. Le roi l'avait épousée lorsqu'il était encore duc d'Orléans, et qu'il avait pour aîné le dauphin, qui mourut à Tournon, prince que sa naissance et ses grandes qualités destinaient à remplir dignement la place du roi François premier, son père.

L'humeur ambitieuse de la reine lui faisait trouver une grande douceur à régner, il semblait qu'elle souffrît sans peine l'attachement du roi pour la duchesse de Valentinois, et elle n'en témoignait aucune jalousie, mais elle avait une si profonde dissimulation qu'il était difficile de juger de ses sentiments, et la politique l'obligeait d'approcher cette duchesse de sa personne, afin d'en approcher aussi le roi. Ce prince aimait le commerce des femmes, même de celles dont il n'était pas amoureux : il demeurait tous les jours chez la reine à l'heure du cercle, où tout ce qu'il y avait de plus beau et de mieux fait, de l'un et de l'autre sexe, ne manquait pas de se trouver.

Jamais cour n'a eu tant de belles personnes et d'hommes admirablement bien faits; et il sem-

blait que la nature eût pris plaisir à placer
ce qu'elle donne de plus beau dans les plus
grandes princesses et dans les plus grands
princes. Mme Élisabeth de France, qui fut depuis
reine d'Espagne, commençait à faire paraître un
esprit surprenant et cette incomparable beauté qui
lui a été si funeste. Marie Stuart, reine d'Écosse,
qui venait d'épouser M. le Dauphin, et qu'on
appelait la reine dauphine, était une personne
parfaite pour l'esprit et pour le corps; elle avait
été élevée à la cour de France, elle en avait pris
toute la politesse, et elle était née avec tant de
dispositions pour toutes les belles choses que,
malgré sa grande jeunesse, elle les aimait et s'y
connaissait mieux que personne. La reine, sa
belle-mère, et Madame, sœur du roi, aimaient
aussi les vers, la comédie et la musique. Le goût
que le roi François premier avait eu pour la
poésie et pour les lettres régnait encore en
France; et le roi son fils, aimant les exercices
du corps, tous les plaisirs étaient à la cour; mais
ce qui rendait cette cour belle et majestueuse,
était le nombre infini de princes et de grands
seigneurs d'un mérite extraordinaire. Ceux que
je vais nommer étaient, en des manières différentes, l'ornement et l'admiration de leur siècle.

Le roi de Navarre attirait le respect de tout

le monde par la grandeur de son rang et par
celle qui paraissait en sa personne. Il excellait
dans la guerre, et le duc de Guise lui donnait
une émulation qui l'avait porté plusieurs fois à
quitter sa place de général, pour aller combattre
auprès de lui comme un simple soldat dans les
lieux les plus périlleux. Il est vrai aussi que ce
duc avait donné des marques d'une valeur si
admirable et avait eu de si heureux succès qu'il
n'y avait point de grand capitaine qui ne dût
le regarder avec envie. Sa valeur était soutenue
de toutes les autres grandes qualités : il avait un
esprit vaste et profond, une âme noble et élevée,
et une égale capacité pour la guerre et pour les
affaires. Le cardinal de Lorraine, son frère, était
né avec une ambition démesurée, avec un esprit
vif et une éloquence admirable, et il avait acquis
une science profonde, dont il se servait pour se
rendre considérable en défendant la religion
catholique qui commençait d'être attaquée. Le
chevalier de Guise, que l'on appela depuis le
grand prieur, était un prince aimé de tout le
monde, bien fait, plein d'esprit, plein d'adresse,
et d'une valeur célèbre par toute l'Europe. Le
prince de Condé, dans un petit corps peu favo-
risé de la nature, avait une âme grande et hau-
taine et un esprit qui le rendait aimable aux

yeux même des plus belles femmes. Le duc de
Nevers, dont la vie était glorieuse par la guerre
et par les grands emplois qu'il avait eus, quoique
dans un âge un peu avancé, faisait les délices
de la cour. Il avait trois fils parfaitement bien
faits : le second, qu'on appelait le prince de
Clèves, était digne de soutenir la gloire de son
nom ; il était brave et magnifique, et il avait une
prudence qui ne se trouve guère avec la jeunesse.
Le vidame de Chartres, descendu de cette
ancienne maison de Vendôme, dont les princes
du sang n'ont point dédaigné de porter le nom,
était également distingué dans la guerre et dans
la galanterie. Il était beau, de bonne mine, vail-
lant, hardi, libéral ; toutes ces bonnes qualités
étaient vives et éclatantes ; enfin, il était seul
digne d'être comparé au duc de Nemours, si
quelqu'un lui eût pu être comparable. Mais ce
prince était un chef-d'œuvre de la nature ; ce
qu'il avait de moins admirable, c'était d'être
l'homme du monde le mieux fait et le plus beau.
Ce qui le mettait au-dessus des autres était une
valeur incomparable, et un agrément dans son
esprit, dans son visage et dans ses actions que
l'on n'a jamais vu qu'à lui seul ; il avait un
enjouement qui plaisait également aux hommes
et aux femmes, une adresse extraordinaire dans

tous ses exercices, une manière de s'habiller
qui était toujours suivie de tout le monde, sans
pouvoir être imitée, et enfin un air dans toute sa
personne qui faisait qu'on ne pouvait regarder
que lui dans tous les lieux où il paraissait. Il n'y
avait aucune dame dans la cour dont la gloire
n'eût été flattée de le voir attaché à elle; peu
de celles à qui il s'était attaché se pouvaient
vanter de lui avoir résisté, et même plusieurs à
qui il n'avait point témoigné de passion n'avaient
pas laissé d'en avoir pour lui. Il avait tant de
douceur et tant de disposition à la galanterie
qu'il ne pouvait refuser quelques soins à celles
qui tâchaient de lui plaire : ainsi il avait plusieurs maîtresses, mais il était difficile de deviner
celle qu'il aimait véritablement. Il allait souvent
chez la reine dauphine; la beauté de cette princesse, sa douceur, le soin qu'elle avait de plaire
à tout le monde et l'estime particulière qu'elle
témoignait à ce prince, avaient souvent donné
lieu de croire qu'il levait les yeux jusqu'à elle.
MM. de Guise, dont elle était la nièce, avaient
beaucoup augmenté leur crédit et leur considération par son mariage; leur ambition les faisait
aspirer à s'égaler aux princes du sang et à partager le pouvoir du connétable de Montmorency.
Le roi se reposait sur lui de la plus grande partie

du gouvernement et des affaires et traitait le duc
de Guise et le maréchal de Saint-André comme
ses favoris; mais ceux que la faveur ou les affaires
approchaient de sa personne ne s'y pouvaient
maintenir qu'en se soumettant à la duchesse de
Valentinois; et, quoiqu'elle n'eût plus de jeunesse ni de beauté, elle le gouvernait avec un
empire si absolu que l'on peut dire qu'elle était
maîtresse de sa personne et de l'État.

Le roi avait toujours aimé le connétable, et
sitôt qu'il avait commencé à régner, il l'avait
rappelé de l'exil où le roi François premier
l'avait envoyé. La cour était partagée entre
MM. de Guise et le connétable, qui était soutenu
des princes du sang. L'un et l'autre partis
avaient toujours songé à gagner la duchesse de
Valentinois. Le duc d'Aumale, frère du duc de
Guise, avait épousé une de ses filles; le connétable aspirait à la même alliance. Il ne se conten-
tait pas d'avoir marié son fils aîné avec
Mme Diane, fille du roi et d'une dame de Piémont, qui se fit religieuse aussitôt qu'elle fut
accouchée. Ce mariage avait eu beaucoup d'obstacles, par les promesses que M. de Montmorency avait faites à Mlle de Piennes, une des filles
d'honneur de la reine; et, bien que le roi les eût
surmontés avec une patience et une bonté

extrêmes, ce connétable ne se trouvait pas encore
assez appuyé s'il ne s'assurait de Mme de Valentinois, et s'il ne la séparait pas de MM. de Guise,
dont la grandeur commençait à donner de l'inquiétude à cette duchesse. Elle avait retardé,
autant qu'elle avait pu, le mariage du dauphin
avec la reine d'Écosse : la beauté et l'esprit
capable et avancé de cette jeune reine, et l'élévation que ce mariage donnait à MM. de Guise,
lui étaient insupportables. Elle haïssait particulièrement le cardinal de Lorraine; il lui avait
parlé avec aigreur, et même avec mépris. Elle
voyait qu'il prenait des liaisons avec la reine;
de sorte que le connétable la trouva disposée
à s'unir avec lui, et à entrer dans son alliance
par le mariage de Mlle de la Marck, sa petite-
fille, avec M. d'Anville, son second fils, qui suc-
céda depuis à sa charge sous le règne de Charles IX.
Le connétable ne crut pas trouver d'obstacles
dans l'esprit de M. d'Anville pour un mariage,
comme il en avait trouvé dans l'esprit de M. de
Montmorency; mais, quoique les raisons lui en
fussent cachées, les difficultés n'en furent guère
moindres. M. D'Anville était éperdument amoureux de la reine dauphine et, quelque peu d'espérance qu'il eût dans cette passion, il ne pouvait se résoudre à prendre un engagement qui

partagerait ses soins. Le maréchal de Saint-
André était le seul dans la cour qui n'eût point
pris de parti. Il était un des favoris, et sa faveur
ne tenait qu'à sa personne : le roi l'avait aimé
dès le temps qu'il était dauphin; et depuis, il
l'avait fait maréchal de France, dans un âge
où l'on n'a pas encore accoutumé de prétendre
aux moindres dignités. Sa faveur lui donnait
un éclat qu'il soutenait par son mérite et par
l'agrément de sa personne, par une grande déli-
catesse pour sa table et pour ses meubles et
par la plus grande magnificence qu'on eût jamais
vue en un particulier. La libéralité du roi four-
nissait à cette dépense; ce prince allait jusqu'à
la prodigalité pour ceux qu'il aimait; il n'avait
pas toutes les grandes qualités, mais il en avait
plusieurs, et surtout celle d'aimer la guerre et
de l'entendre; aussi avait-il eu d'heureux succès,
et, si on en excepte la bataille de Saint-Quentin,
son règne n'avait été qu'une suite de victoires.
Il avait gagné en personne la bataille de Renty;
le Piémont avait été conquis; les Anglais avaient
été chassés de France, et l'empereur Charles
Quint avait vu finir sa bonne fortune devant la
ville de Metz, qu'il avait assiégée inutilement
avec toutes les forces de l'Empire et de l'Espagne.
Néanmoins, comme le malheur de Saint-Quentin

avait diminué l'espérance de nos conquêtes, et que, depuis, la fortune avait semblé se partager entre les deux rois, ils se trouvèrent insensiblement disposés à la paix.

La duchesse douairière de Lorraine avait commencé à en faire des propositions dans le temps du mariage de M. le Dauphin; il y avait toujours eu depuis quelque négociation secrète. Enfin, Cercamp, dans le pays d'Artois, fut choisi pour le lieu où l'on devait s'assembler. Le Cardinal de Lorraine, le connétable de Montmorency et le maréchal de Saint-André s'y trouvèrent pour le roi; le duc d'Albe et le prince d'Orange, pour Philippe II; et le duc et la duchesse de Lorraine furent les médiateurs. Les principaux articles étaient le mariage de Mme Élisabeth de France avec Don Carlos, infant d'Espagne, et celui de Madame, sœur du roi, avec M. de Savoie.

Le roi demeura cependant sur la frontière et il y reçut la nouvelle de la mort de Marie, reine d'Angleterre. Il envoya le comte de Randan à Élisabeth pour la complimenter sur son avènement à la couronne; elle le reçut avec joie. Ses droits étaient si mal établis qu'il lui était avantageux de se voir reconnue par le roi. Ce comte la trouva instruite des intérêts de la cour de

France et du mérite de ceux qui la composaient; mais surtout il la trouva si remplie de la
réputation du duc de Nemours, elle lui parla
tant de fois de ce prince, et avec tant d'empressement, que, quand M. de Randan fut revenu,
et qu'il rendit compte au roi de son voyage, il
lui dit qu'il n'y avait rien que M. de Nemours ne
pût prétendre auprès de cette princesse, et qu'il
ne doutait point qu'elle ne fût capable de l'épouser. Le roi en parla à ce prince dès le soir même;
il lui fit conter par M. de Randan toutes ses
conversations avec Élisabeth et lui conseilla de
tenter cette grande fortune. M. de Nemours
crut d'abord que le roi ne lui parlait pas sérieusement, mais, comme il vit le contraire :

« Au moins, Sire, lui dit-il, si je m'embarque
dans une entreprise chimérique par le conseil et
pour le service de Votre Majesté, je la supplie
de me garder le secret jusqu'à ce que le succès
me justifie vers le public, et de vouloir bien
ne me pas faire paraître rempli d'une assez
grande vanité pour prétendre qu'une reine, qui
ne m'a jamais vu, me veuille épouser par
amour. »

Le roi lui promit de ne parler qu'au connétable de ce dessein, et il jugea même le secret
nécessaire pour le succès. M. de Randan conseil-

lait à M. de Nemours d'aller en Angleterre sur
le simple prétexte de voyager, mais ce prince
ne put s'y résoudre. Il envoya Lignerolles, qui
était un jeune homme d'esprit, son favori, pour
voir les sentiments de la reine, et pour tâcher de
commencer quelque liaison. En attendant l'événement de ce voyage, il alla voir le duc de Savoie,
qui était alors à Bruxelles avec le roi d'Espagne.
La mort de Marie d'Angleterre apporta de
grands obstacles à la paix; l'assemblée se rompit
à la fin de novembre, et le roi revint à Paris.

Il parut alors une beauté à la cour, qui attira
les yeux de tout le monde, et l'on doit croire
que c'était une beauté parfaite, puisqu'elle
donna de l'admiration dans un lieu où l'on
était si accoutumé à voir de belles personnes.
Elle était de la même maison que le vidame
de Chartres et une des plus grandes héritières
de France. Son père était mort jeune, et l'avait
laissée sous la conduite de Mme de Chartres,
sa femme, dont le bien, la vertu et le mérite
étaient extraordinaires. Après avoir perdu son
mari, elle avait passé plusieurs années sans
revenir à la cour. Pendant cette absence, elle
avait donné ses soins à l'éducation de sa fille;
mais elle ne travailla pas seulement à cultiver
son esprit et sa beauté, elle songea aussi à lui

donner de la vertu et à la lui rendre aimable.
La plupart des mères s'imaginent qu'il suffit
de ne parler jamais de galanteries devant les
jeunes personnes pour les en éloigner. Mme de
Chartres avait une opinion opposée; elle faisait
souvent à sa fille des peintures de l'amour; elle
lui montrait ce qu'il a d'agréable pour la persuader plus aisément sur ce qu'elle lui en appre-
nait de dangereux; elle lui contait le peu de
sincérité des hommes, leurs tromperies et leur
infidélité, les malheurs domestiques où plongent
les engagements; et elle lui faisait voir, d'un
autre côté, quelle tranquillité suivait la vie d'une
honnête femme, et combien la vertu donnait
d'éclat et d'élévation à une personne qui avait
de la beauté et de la naissance; mais elle lui faisait voir aussi combien il était difficile de conserver cette vertu, que par une extrême défiance
de soi-même et par un grand soin de s'attacher
à ce qui seul peut faire le bonheur d'une femme,
qui est d'aimer son mari et d'en être aimée.

Cette héritière était alors un des grands partis qu'il y eût en France; et quoiqu'elle fût dans
une extrême jeunesse, l'on avait déjà proposé
plusieurs mariages. Mme de Chartres, qui était
extrêmement glorieuse, ne trouvait presque rien
digne de sa fille; la voyant dans sa seizième an-

née, elle voulut la mener à la cour. Lorsqu'elle arriva, le vidame alla au-devant d'elle; il fut surpris de la grande beauté de Mlle de Chartres, et il en fut surpris avec raison. La blancheur de son teint et ses cheveux blonds lui donnaient un éclat que l'on n'a jamais vu qu'à elle; tous ses traits étaient réguliers, et son visage et sa personne étaient pleins de grâce et de charmes.

Le lendemain qu'elle fut arrivée, elle alla pour assortir des pierreries chez un Italien qui en trafiquait par tout le monde. Cet homme était venu de Florence avec la reine, et s'était tellement enrichi dans son trafic que sa maison paraissait plutôt celle d'un grand seigneur que d'un marchand. Comme elle y était, le prince de Clèves y arriva. Il fut tellement surpris de sa beauté qu'il ne put cacher sa surprise; et Mlle de Chartres ne put s'empêcher de rougir en voyant l'étonnement qu'elle lui avait donné. Elle se remit néanmoins, sans témoigner d'autre attention aux actions de ce prince que celle que la civilité lui devait donner pour un homme tel qu'il paraissait. M. de Clèves la regardait avec admiration, et il ne pouvait comprendre qui était cette belle personne qu'il ne connaissait point. Il voyait bien par son air, et par tout ce qui était à sa suite, qu'elle devait être d'une

grande qualité. Sa jeunesse lui faisait croire que
c'était une fille, mais, ne lui voyant point de
mère, et l'Italien qui ne la connaissait point
l'appelant « Madame », il ne savait que penser,
et il la regardait toujours avec étonnement. Il
s'aperçut que ses regards l'embarrassaient, contre
l'ordinaire des jeunes personnes qui voient toujours avec plaisir l'effet de leur beauté; il lui
parut même qu'il était cause qu'elle avait de
l'impatience de s'en aller, et en effet elle sortit
assez promptement. M. de Clèves se consola de
la perdre de vue dans l'espérance de savoir qui
elle était; mais il fut bien surpris quand il sut
qu'on ne la connaissait point. Il demeura si touché de sa beauté et de l'air modeste qu'il avait
remarqué dans ses actions qu'on peut dire qu'il
conçut pour elle dès ce moment une passion et
une estime extraordinaires. Il alla le soir chez
Madame, sœur du roi.

Cette princesse était dans une grande considération par le crédit qu'elle avait sur le roi, son
frère; et ce crédit était si grand que le roi, en faisant la paix, consentait à rendre le Piémont
pour lui faire épouser le duc de Savoie. Quoiqu'elle eût désiré toute sa vie de se marier, elle
n'avait jamais voulu épouser qu'un souverain,
et elle avait refusé pour cette raison le roi de

Navarre lorsqu'il était duc de Vendôme, et avait
toujours souhaité M. de Savoie; elle avait conservé
de l'inclination pour lui depuis qu'elle l'avait vu
à Nice à l'entrevue du roi François premier et
du pape Paul troisième. Comme elle avait beaucoup d'esprit et un grand discernement pour les
belles choses, elle attirait tous les honnêtes gens,
et il y avait de certaines heures où toute la cour
était chez elle.

M. de Clèves y vint comme à l'ordinaire; il
était si rempli de l'esprit et de la beauté de
Mlle de Chartres qu'il ne pouvait parler d'autre
chose. Il conta tout haut son aventure, et ne
pouvait se lasser de donner des louanges à cette
personne qu'il avait vue, qu'il ne connaissait
point. Madame lui dit qu'il n'y avait point de
personne comme celle qu'il dépeignait et que,
s'il y en avait quelqu'une, elle serait connue de
tout le monde. Mme de Dampierre, qui était sa
dame d'honneur et amie de Mme de Chartres,
entendant cette conversation, s'approcha de cette
princesse et lui dit tout bas que c'était sans doute
Mlle de Chartres que M. de Clèves avait vue.
Madame se retourna vers lui et lui dit que, s'il
voulait revenir chez elle le lendemain, elle lui
ferait voir cette beauté dont il était si touché.
Mlle de Chartres parut en effet le jour suivant;

elle fut reçue des reines avec tous les agréments qu'on peut s'imaginer, et avec une telle admiration de tout le monde qu'elle n'entendait autour d'elle que des louanges. Elle les recevait avec une modestie si noble qu'il ne semblait pas qu'elle les entendît ou, du moins, qu'elle en fût touchée. Elle alla ensuite chez Madame, sœur du roi. Cette princesse, après avoir loué sa beauté, lui conta l'étonnement qu'elle avait donné à M. de Clèves. Ce prince entra un moment après :

« Venez, lui dit-elle, voyez si je ne vous tiens pas ma parole et si, en vous montrant Mlle de Chartres, je ne vous fais pas voir cette beauté que vous cherchiez; remerciez-moi au moins de lui avoir appris l'admiration que vous aviez déjà pour elle. »

M. de Clèves sentit de la joie de voir que cette personne, qu'il avait trouvée si aimable, était d'une qualité proportionnée à sa beauté; il s'approcha d'elle et il la supplia de se souvenir qu'il avait été le premier à l'admirer et que, sans la connaître, il avait eu pour elle tous les sentiments de respect et d'estime qui lui étaient dus.

Le chevalier de Guise et lui, qui étaient amis, sortirent ensemble de chez Madame. Ils louèrent d'abord Mlle de Chartres sans se contraindre. Ils

trouvèrent enfin qu'ils la louaient trop, et ils ces-
sèrent l'un et l'autre de dire ce qu'ils en pen-
saient; mais ils furent contraints d'en parler les
jours suivants partout où ils se rencontrèrent.
Cette nouvelle beauté fut longtemps le sujet de
toutes les conversations. La reine lui donna de
grandes louanges et eut pour elle une considération extraordinaire; la reine dauphine en fit
une de ses favorites et pria Mme de Chartres de
la mener souvent chez elle. Mesdames, filles du
roi, l'envoyaient chercher pour être de tous
leurs divertissements. Enfin, elle était aimée et
admirée de toute la cour, excepté de Mme de
Valentinois. Ce n'est pas que cette beauté lui
donnât de l'ombrage : une trop longue expérience lui avait appris qu'elle n'avait rien à
craindre auprès du roi; mais elle avait tant de
haine pour le vidame de Chartres qu'elle avait
souhaité d'attacher à elle par le mariage d'une
de ses filles, et qui s'était attaché à la reine,
qu'elle ne pouvait regarder favorablement une
personne qui portait son nom et pour qui il
faisait paraître une grande amitié.

Le prince de Clèves devint passionnément
amoureux de Mlle de Chartres et souhaitait
ardemment l'épouser; mais il craignait que
l'orgueil de Mme de Chartres ne fût blessé de

donner sa fille à un homme qui n'était pas l'aîné de sa maison. Cependant cette maison était si grande, et le comte d'Eu, qui en était l'aîné, venait d'épouser une personne si proche de la maison royale que c'était plutôt la timidité que donne l'amour que de véritables raisons qui causaient les craintes de M. de Clèves. Il avait un grand nombre de rivaux : le chevalier de Guise lui paraissait le plus redoutable par sa naissance, par son mérite et par l'éclat que la faveur donnait à sa maison. Ce prince était devenu amoureux de Mlle de Chartres le premier jour qu'il l'avait vue; il s'était aperçu de la passion de M. de Clèves, comme M. de Clèves s'était aperçu de la sienne. Quoiqu'ils fussent amis, l'éloignement que donnent les mêmes prétentions ne leur avait pas permis de s'expliquer ensemble; et leur amitié s'était refroidie sans qu'ils eussent eu la force de s'éclaircir. L'aventure qui était arrivée à M. de Clèves d'avoir vu le premier Mlle de Chartres lui paraissait un heureux présage et semblait lui donner quelque avantage sur ses rivaux; mais il prévoyait de grands obstacles par le duc de Nevers, son père. Ce duc avait d'étroites liaisons avec la duchesse de Valentinois : elle était ennemie du vidame, et cette raison était suffisante pour empêcher le duc de Nevers de consentir que son fils pensât à sa nièce.

Mme de Chartres, qui avait eu tant d'application pour inspirer la vertu à sa fille, ne discontinua pas de prendre les mêmes soins dans un lieu où ils étaient si nécessaires et où il y avait tant d'exemples si dangereux. L'ambition et la galanterie étaient l'âme de cette cour, et occupaient également les hommes et les femmes. Il y avait tant d'intérêts et tant de cabales différentes, et les dames y avaient tant de part que l'amour était toujours mêlé aux affaires et les affaires à l'amour. Personne n'était tranquille, ni indifférent on songeait à s'élever, à plaire, à servir ou à nuire; on ne connaissait ni l'ennui, ni l'oisiveté, et on était toujours occupé des plaisirs ou des intrigues. Les dames avaient des attachements particuliers pour la reine, pour la reine dauphine, pour la reine de Navarre, pour Madame, sœur du roi, ou pour la duchesse de Valentinois. Les inclinations, les raisons de bienséance ou le rapport d'humeur faisaient ces différents attachements. Celles qui avaient passé la première jeunesse et qui faisaient profession d'une vertu plus austère, étaient attachées à la reine. Celles qui étaient plus jeunes et qui cherchaient la joie et la galanterie, faisaient leur cour à la reine dauphine. La reine de Navarre

avait ses favorites; elle était jeune et elle avait
du pouvoir sur le roi son mari : il était joint
au connétable, et avait par là beaucoup de crédit. Madame, sœur du roi, conservait encore de
la beauté et attirait plusieurs dames auprès d'elle.
La duchesse de Valentinois avait toutes celles
qu'elle daignait regarder; mais peu de femmes
lui étaient agréables; et excepté quelques-unes,
qui avaient sa familiarité et sa confiance, et dont
l'humeur avait du rapport avec la sienne, elle
n'en recevait chez elle que les jours où elle prenait plaisir à avoir une cour comme celle de la
reine.

Toutes ces différentes cabales avaient de
l'émulation et de l'envie les unes contre les
autres : les dames qui les composaient avaient
aussi de la jalousie entre elles, ou pour la faveur,
ou pour les amants; les intérêts de grandeur et
d'élévation se trouvaient souvent joints à ces
autres intérêts moins importants, mais qui
n'étaient pas moins sensibles. Ainsi il y avait
une sorte d'agitation sans désordre dans cette
cour, qui la rendait très agréable, mais aussi
très dangereuse pour une jeune personne. Mme
de Chartres voyait ce péril et ne songeait qu'aux
moyens d'en garantir sa fille. Elle la pria, non
pas comme sa mère, mais comme son amie, de

lui faire confidence de toutes les galanteries
qu'on lui dirait, et elle lui promit de lui aider
à se conduire dans des choses où l'on était souvent embarrassée quand on était jeune.

Le chevalier de Guise fit tellement paraître
les sentiments et les desseins qu'il avait pour
Mlle de Chartres qu'ils ne furent ignorés de personne. Il ne voyait néanmoins que de l'impossibilité dans ce qu'il désirait; il savait bien qu'il
n'était point un parti qui convînt à Mlle de
Chartres, par le peu de biens qu'il avait pour
soutenir son rang; et il savait bien aussi que ses
frères n'approuveraient pas qu'il se mariât, par
la crainte de l'abaissement que les mariages des
cadets apportent d'ordinaire dans les grandes
maisons. Le cardinal de Lorraine lui fit bientôt
voir qu'il ne se trompait pas; il condamna
l'attachement qu'il témoignait pour Mlle de
Chartres avec une chaleur extraordinaire; mais
il ne lui en dit pas les véritables raisons. Ce
cardinal avait une haine pour le vidame, qui
était secrète alors, et qui éclata depuis. Il eût plutôt consenti à voir son frère entrer dans toute
autre alliance que dans celle de ce vidame; et il
déclara si publiquement combien il en était éloigné que Mme de Chartres en fut sensiblement
offensée. Elle prit de grands soins de faire voir

que le cardinal de Lorraine n'avait rien à craindre, et qu'elle ne songeait pas à ce mariage. Le vidame prit la même conduite et sentit, encore plus que Mme de Chartres, celle du cardinal de Lorraine, parce qu'il en savait mieux la cause.

Le prince de Clèves n'avait pas donné des marques moins publiques de sa passion qu'avait fait le chevalier de Guise. Le duc de Nevers apprit cet attachement avec chagrin; il crut néanmoins qu'il n'avait qu'à parler à son fils pour le faire changer de conduite; mais il fut bien surpris de trouver en lui le dessein formé d'épouser Mlle de Chartres. Il blâma ce dessein, il s'emporta et cacha si peu son emportement que le sujet s'en répandit bientôt à la cour et alla jusqu'à Mme de Chartres. Elle n'avait pas mis en doute que M. de Nevers ne regardât le mariage de sa fille comme un avantage pour son fils; elle fut bien étonnée que la maison de Clèves et celle de Guise craignissent son alliance, au lieu de la souhaiter. Le dépit qu'elle eut lui fit penser à trouver un parti pour sa fille, qui la mît au-dessus de ceux qui se croyaient au-dessus d'elle. Après avoir tout examiné, elle s'arrêta au prince dauphin, fils du duc de Montpensier. Il était lors à marier, et c'était ce qu'il y avait de plus grand à la cour. Comme Mme de Chartres avait

beaucoup d'esprit, qu'elle était aidée du vidame
qui était dans une grande considération, et qu'en
effet sa fille était un parti considérable, elle agit
avec tant d'adresse et tant de succès que M. de
Montpensier parut souhaiter ce mariage, et il
semblait qu'il ne s'y pouvait trouver de difficultés.

Le vidame, qui savait l'attachement de M.
d'Anville pour la reine dauphine, crut néanmoins qu'il fallait employer le pouvoir que cette
princesse avait sur lui pour l'engager à servir
Mlle de Chartres auprès du roi et auprès du
prince de Montpensier, dont il était l'ami intime.
Il en parla à cette reine, et elle entra avec joie
dans une affaire où il s'agissait de l'élévation
d'une personne qu'elle aimait beaucoup; elle le
témoigna au vidame, et l'assura que, quoiqu'elle
sût bien qu'elle ferait une chose désagréable au
cardinal de Lorraine, son oncle, elle passerait
avec joie par-dessus cette considération parce
qu'elle avait sujet de se plaindre de lui et qu'il
prenait tous les jours les intérêts de la reine
contre les siens propres.

Les personnes galantes sont toujours bien aises
qu'un prétexte leur donne lieu de parler à ceux
qui les aiment. Sitôt que le vidame eut quitté
Mme la Dauphine, elle ordonna à Chastelart, qui
était favori de M. d'Anville, et qui savait la pas-

sion qu'il avait pour elle, de lui aller dire, de sa
part, de se trouver le soir chez la reine. Chastelart reçut cette commission avec beaucoup de
joie et de respect. Ce gentilhomme était d'une
bonne maison de Dauphiné; mais son mérite et
son esprit le mettaient au-dessus de sa naissance.
Il était reçu et bien traité de tout ce qu'il y avait
de grands seigneurs à la cour, et la faveur de la
maison de Montmorency l'avait particulièrement
attaché à M. d'Anville. Il était bien fait de sa
personne, adroit à toutes sortes d'exercices; il
chantait agréablement, il faisait des vers, et avait
un esprit galant et passionné qui plut si fort à
M. d'Anville qu'il le fit confident de l'amour
qu'il avait pour la reine dauphine. Cette confidence l'approchait de cette princesse, et ce fut
en la voyant souvent qu'il prit le commencement de cette malheureuse passion qui lui ôta
la raison et qui lui coûta enfin la vie.

M. d'Anville ne manqua pas d'être le soir chez
la reine; il se trouva heureux que Mme la Dauphine l'eût choisi pour travailler à une chose
qu'elle désirait, et il lui promit d'obéir exactement à ses ordres; mais Mme de Valentinois,
ayant été avertie du dessein de ce mariage, l'avait
traversé avec tant de soin, et avait tellement
prévenu le roi que, lorsque M. d'Anville lui en

parla, il lui fit paraître qu'il ne l'approuvait pas et lui ordonna même de le dire au prince de Montpensier. L'on peut juger ce que sentit Mme de Chartres par la rupture d'une chose qu'elle avait tant désirée, dont le mauvais succès donnait un si grand avantage à ses ennemis et faisait un si grand tort à sa fille.

La reine dauphine témoigna à Mlle de Chartres, avec beaucoup d'amitié, le déplaisir qu'elle avait de lui avoir été inutile :

« Vous voyez, lui dit-elle, que j'ai un médiocre pouvoir; je suis si haïe de la reine et de la duchesse de Valentinois qu'il est difficile que, par elles ou par ceux qui sont dans leur dépendance, elles ne traversent toujours toutes les choses que je désire. Cependant, ajouta-t-elle, je n'ai jamais pensé qu'à leur plaisir; aussi elles ne me haïssent qu'à cause de la reine, ma mère, qui leur a donné autrefois de l'inquiétude et de la jalousie. Le roi en avait été amoureux avant qu'il le fût de Mme de Valentinois; et dans les premières années de son mariage, qu'il n'avait point encore d'enfants, quoiqu'il aimât cette duchesse, il parut quasi résolu de se démarier pour épouser la reine ma mère. Mme de Valentinois qui craignait une femme qu'il avait déjà aimée, et dont la beauté et l'esprit pouvaient diminuer sa faveur,

s'unit au connétable, qui ne souhaitait pas aussi
que le roi épousât une sœur de MM. de Guise.
Ils mirent le feu roi dans leurs sentiments, et
quoiqu'il haït mortellement la duchesse de Valentinois, comme il aimait la reine, il travailla avec
eux pour empêcher le roi de se démarier; mais,
pour lui ôter absolument la pensée d'épouser
la reine, ma mère, ils firent son mariage avec le
roi d'Écosse, qui était veuf de Mme Magdeleine,
sœur du roi, et ils le firent parce qu'il était le
plus prêt à conclure, et manquèrent aux engagements qu'on avait avec le roi d'Angleterre, qui
la souhaitait ardemment. Il s'en fallut peu même
que ce manquement ne fît une rupture entre les
deux rois. Henri VIII ne pouvait se consoler de
n'avoir pas épousé la reine, ma mère; et, quelque
autre princesse française qu'on lui proposât, il
disait toujours qu'elle ne remplacerait jamais
celle qu'on lui avait ôtée. Il est vrai aussi que
la reine, ma mère, était une parfaite beauté, et
que c'est une chose remarquable que, veuve
d'un duc de Longueville, trois rois aient souhaité de l'épouser; son malheur l'a donnée au
moindre et l'a mise dans un royaume où elle ne
trouve que des peines. On dit que je lui ressemble; je crains de lui ressembler aussi par
sa malheureuse destinée et, quelque bonheur qui

semble se préparer pour moi, je ne saurais croire que j'en jouisse. »

Mlle de Chartres dit à la reine que ces tristes pressentiments étaient si mal fondés qu'elle ne les conserverait pas longtemps, et qu'elle ne devait point douter que son bonheur ne répondît aux apparences.

Personne n'osait plus penser à Mlle de Chartres, par la crainte de déplaire au roi ou par la pensée de ne pas réussir auprès d'une personne qui avait espéré un prince du sang. M. de Clèves ne fut retenu par aucune de ces considérations. La mort du duc de Nevers, son père, qui arriva alors, le mit dans une entière liberté de suivre son inclination et, sitôt que le temps de la bienséance du deuil fut passé, il ne songea plus qu'aux moyens d'épouser Mlle de Chartres. Il se trouvait heureux d'en faire la proposition dans un temps où ce qui s'était passé avait éloigné les autres partis et où il était quasi assuré qu'on ne la lui refuserait pas. Ce qui troublait sa joie, était la crainte de ne lui être pas agréable, et il eût préféré le bonheur de lui plaire à la certitude de l'épouser sans en être aimé.

Le chevalier de Guise lui avait donné quelque sorte de jalousie; mais comme elle était plutôt fondée sur le mérite de ce prince que sur aucune des actions de Mlle de Chartres, il songea seulement à tâcher de découvrir s'il était assez heureux pour qu'elle approuvât la pensée qu'il avait pour elle. Il ne la voyait que chez les reines ou aux assemblées; il était difficile d'avoir une conversation particulière. Il en trouva pourtant les moyens et lui parla de son dessein et de sa passion avec tout le respect imaginable; il la pressa de lui faire connaître quels étaient les sentiments qu'elle avait pour lui et il lui dit que ceux qu'il avait pour elle étaient d'une nature qui le rendrait éternellement malheureux si elle n'obéissait que par devoir aux volontés de madame sa mère.

Comme Mlle de Chartres avait le cœur très noble et très bien fait, elle fut véritablement touchée de reconnaissance du procédé du prince de Clèves. Cette reconnaissance donna à ses réponses et à ses paroles un certain air de douceur qui suffisait pour donner de l'espérance à un homme aussi éperdument amoureux que l'était ce prince; de sorte qu'il se flatta d'une partie de ce qu'il souhaitait.

Elle rendit compte à sa mère de cette conversation, et Mme de Chartres lui dit qu'il y avait tant de grandeur et de bonnes qualités dans M. de Clèves et qu'il faisait paraître tant de sagesse

pour son âge que, si elle sentait son inclination
portée à l'épouser, elle y consentirait avec joie.
Mlle de Chartres répondit qu'elle lui remarquait
les mêmes bonnes qualités; qu'elle l'épouserait
même avec moins de répugnance qu'une autre,
mais qu'elle n'avait aucune inclination particulière pour sa personne. *Yet her mother allows her
to marry him.*

Dès le lendemain, ce prince fit parler à Mme
de Chartres; elle reçut la proposition qu'on lui
faisait et elle ne craignit point de donner à sa
fille un mari qu'elle ne pût aimer en lui donnant le prince de Clèves. Les articles furent
conclus; on parla au roi, et ce mariage fut su de
tout le monde.

M. de Clèves se trouvait heureux sans être
néanmoins entièrement content. Il voyait avec
beaucoup de peine que les sentiments de Mlle de
Chartres ne passaient pas ceux de l'estime et de
la reconnaissance et il ne pouvait se flatter
qu'elle en cachât de plus obligeants, puisque
l'état où ils étaient lui permettait de les faire
paraître sans choquer son extrême modestie. Il
ne se passait guère de jours qu'il ne lui en fît
ses plaintes.

« Est-il possible, lui disait-il, que je puisse
n'être pas heureux en vous épousant? Cependant
il est vrai que je ne le suis pas. Vous n'avez pour

moi qu'une sorte de bonté qui ne me peut satisfaire; vous n'avez ni impatience, ni inquiétude,
ni chagrin; vous n'êtes pas plus touchée de ma
passion que vous le seriez d'un attachement qui
ne serait fondé que sur les avantages de votre
fortune et non pas sur les charmes de votre personne.

— Il y a de l'injustice à vous plaindre, lui
répondit-elle; je ne sais ce que vous pouvez
souhaiter au-delà de ce que je fais, et il me
semble que la bienséance ne permet pas que
j'en fasse davantage.

— Il est vrai, lui répliqua-t-il, que vous me
donnez de certaines apparences dont je serais
content s'il y avait quelque chose au-delà; mais,
au lieu que la bienséance vous retienne, c'est
elle seule qui vous fait faire ce que vous faites.
Je ne touche ni votre inclination, ni votre cœur,
et ma présence ne vous donne ni de plaisir, ni de
trouble.

— Vous ne sauriez douter, reprit-elle, que
je n'aie de la joie de vous voir, et je rougis si
souvent en vous voyant que vous ne sauriez
douter aussi que votre vue ne me donne du
trouble.

— Je ne me trompe pas à votre rougeur,
répondit-il; c'est un sentiment de modestie, et

non pas un mouvement de votre cœur, et je n'en tire que l'avantage que j'en dois tirer. »

Mlle de Chartres ne savait que répondre, et ces distinctions étaient au-dessus de ses connaissances. M. de Clèves ne voyait que trop combien elle était éloignée d'avoir pour lui des sentiments qui le pouvaient satisfaire, puisqu'il lui paraissait même qu'elle ne les entendait pas.

Le chevalier de Guise revint d'un voyage peu de jours avant les noces. Il avait vu tant d'obstacles insurmontables au dessein qu'il avait eu d'épouser Mlle de Chartres qu'il n'avait pu se flatter d'y réussir; et néanmoins il fut sensiblement affligé de la voir devenir la femme d'un autre. Cette douleur n'éteignit pas sa passion et il ne demeura pas moins amoureux. Mlle de Chartres n'avait pas ignoré les sentiments que ce prince avait eus pour elle. Il lui fit connaître, à son retour, qu'elle était cause de l'extrême tristesse qui paraissait sur son visage; et il avait tant de mérite et tant d'agréments qu'il était difficile de le rendre malheureux sans en avoir quelque pitié. Aussi ne se pouvait-elle défendre d'en avoir; mais cette pitié ne la conduisait pas à d'autres sentiments : elle contait à sa mère la peine que lui donnait l'affection de ce prince.

Mme de Chartres admirait la sincérité de sa

fille, et elle l'admirait avec raison, car jamais
personne n'en a eu une si grande et si naturelle;
mais elle n'admirait pas moins que son cœur
ne fût point touché, et d'autant plus qu'elle
voyait bien que le prince de Clèves ne l'avait
touchée, non plus que les autres. Cela fut cause
qu'elle prit de grands soins de l'attacher à son
mari et de lui faire comprendre ce qu'elle devait
à l'inclination qu'il avait eue pour elle avant
que de la connaître et à la passion qu'il lui avait
témoignée en la préférant à tous les autres partis, dans un temps où personne n'osait plus penser à elle.

Ce mariage s'acheva, la cérémonie s'en fit au
Louvre; et le soir, le roi et les reines vinrent
souper chez Mme de Chartres avec toute la cour,
où ils furent reçus avec une magnificence admirable. Le chevalier de Guise n'osa se distinguer
des autres et ne pas assister à cette cérémonie;
mais il y fut si peu maître de sa tristesse qu'il
était aisé de la remarquer.

M. de Clèves ne trouva pas que Mlle de
Chartres eût changé de sentiment en changeant
de nom. La qualité de mari lui donna de plus
grands privilèges; mais elle ne lui donna pas
une autre place dans le cœur de sa femme. Cela
fit aussi que, pour être son mari, il ne laissa pas

d'être son amant, parce qu'il avait toujours
quelque chose à souhaiter au-delà de sa possession; et, quoiqu'elle vécût parfaitement bien
avec lui, il n'était pas entièrement heureux. Il
conservait pour elle une passion violente et
inquiète qui troublait sa joie; la jalousie n'avait
point de part à ce trouble : jamais mari n'a été
si loin d'en prendre et jamais femme n'a été si
loin d'en donner. Elle était néanmoins exposée
au milieu de la cour; elle allait tous les jours
chez les reines et chez Madame. Tout ce qu'il y
avait d'hommes jeunes et galants la voyait chez
elle et chez le duc de Nevers, son beau-frère,
dont la maison était ouverte à tout le monde;
mais elle avait un air qui inspirait un si grand
respect et qui paraissait si éloigné de la galanterie que le maréchal de Saint-André, quoique
audacieux et soutenu de la faveur du roi, était
touché de sa beauté, sans oser le lui faire paraître
que par des soins et des devoirs. Plusieurs
autres étaient dans le même état; et Mme de
Chartres joignait à la sagesse de sa fille une
conduite si exacte pour toutes les bienséances
qu'elle achevait de la faire paraître une personne
où l'on ne pouvait atteindre.

La duchesse de Lorraine, en travaillant à la
paix, avait aussi travaillé pour le mariage du duc

de Lorraine, son fils. Il avait été conclu avec
Mme Claude de France, seconde fille du roi. Les
noces en furent résolues pour le mois de février.

Cependant, le duc de Nemours était demeuré
à Bruxelles, entièrement rempli et occupé de ses
desseins pour l'Angleterre. Il en recevait ou y
envoyait continuellement des courriers : ses espérances augmentaient tous les jours, et enfin
Lignerolles lui manda qu'il était temps que sa
présence vînt achever ce qui était si bien commencé. Il reçut cette nouvelle avec toute la joie
que peut avoir un jeune homme ambitieux qui
se voit porté au trône par sa seule réputation.
Son esprit s'était insensiblement accoutumé à la
grandeur de cette fortune et, au lieu qu'il l'avait
rejetée d'abord comme une chose où il ne pouvait parvenir, les difficultés s'étaient effacées de
son imagination et il ne voyait plus d'obstacles.

Il envoya en diligence à Paris donner tous les
ordres nécessaires pour faire un équipage magnifique, afin de paraître en Angleterre avec un
éclat proportionné au dessein qui l'y conduisait,
et il se hâta lui-même de venir à la cour pour
assister au mariage de M. de Lorraine.

Il arriva la veille des fiançailles; et, dès le
même soir qu'il fut arrivé, il alla rendre compte
au roi de l'état de son dessein et recevoir ses

ordres et ses conseils pour ce qu'il lui restait à
faire. Il alla ensuite chez les reines. Mme de
Clèves n'y était pas, de sorte qu'elle ne le vit
point et ne sut pas même qu'il fût arrivé. Elle
avait ouï parler de ce prince à tout le monde
comme de ce qu'il y avait de mieux fait et de
plus agréable à la cour; et surtout Mme la Dauphine le lui avait dépeint d'une sorte et lui en
avait parlé tant de fois qu'elle lui avait donné
de la curiosité, et même de l'impatience de le
voir.

Elle passa tout le jour des fiançailles chez elle
à se parer, pour se trouver le soir au bal et au
festin royal qui se faisait au Louvre. Lorsqu'elle
arriva, l'on admira sa beauté et sa parure; le bal
commença et, comme elle dansait avec M. de
Guise, il se fit un assez grand bruit vers la porte
de la salle, comme de quelqu'un qui entrait et
à qui on faisait place. Mme de Clèves acheva de
danser et, pendant qu'elle cherchait des yeux
quelqu'un qu'elle avait dessein de prendre, le roi
lui cria de prendre celui qui arrivait. Elle se
tourna et vit un homme qu'elle crut d'abord ne
pouvoir être que M. de Nemours, qui passait
par-dessus quelques sièges pour arriver où l'on
dansait. Ce prince était fait d'une sorte qu'il
était difficile de n'être pas surpris de le voir

quand on ne l'avait jamais vu, surtout ce soir-là, où le soin qu'il avait pris de se parer augmentait encore l'air brillant qui était dans sa personne; mais il était difficile aussi de voir Mme de Clèves pour la première fois sans avoir un grand étonnement.

M. de Nemours fut tellement surpris de sa beauté que, lorsqu'il fut proche d'elle, et qu'elle lui fit la révérence, il ne put s'empêcher de donner des marques de son admiration. Quand ils commencèrent à danser, il s'éleva dans la salle un murmure de louanges. Le roi et les reines se souvinrent qu'ils ne s'étaient jamais vus, et trouvèrent quelque chose de singulier de les voir danser ensemble sans se connaître. Ils les appelèrent quand ils eurent fini sans leur donner le loisir de parler à personne et leur demandèrent s'ils n'avaient pas bien envie de savoir qui ils étaient, et s'ils ne s'en doutaient point.

« Pour moi, Madame, dit M. de Nemours, je n'ai pas d'incertitude; mais comme Mme de Clèves n'a pas les mêmes raisons pour deviner qui je suis que celles que j'ai pour la reconnaître, je voudrais bien que Votre Majesté eût la bonté de lui apprendre mon nom.

— Je crois, dit Mme la Dauphine, qu'elle le sait aussi bien que vous savez le sien.

— Je vous assure, Madame, reprit Mme de
Clèves, qui paraissait un peu embarrassée, que
je ne devine pas si bien que vous pensez.

— Vous devinez fort bien, répondit Mme la
Dauphine; et il y a même quelque chose d'obli-
geant pour M. de Nemours à ne vouloir pas
avouer que vous le connaissez sans l'avoir jamais
vu. »

La reine les interrompit pour faire continuer
le bal; M. de Nemours prit la reine dauphine.
Cette princesse était d'une parfaite beauté et
avait paru telle aux yeux de M. de Nemours
avant qu'il allât en Flandre; mais, de tout le
soir, il ne put admirer que Mme de Clèves.

Le chevalier de Guise, qui l'adorait toujours,
était à ses pieds, et ce qui se venait de passer lui
avait donné une douleur sensible. Il le prit
comme un présage que la fortune destinait M. de
Nemours à être amoureux de Mme de Clèves;
et, soit qu'en effet il eût paru quelque trouble
sur son visage, ou que la jalousie fît voir au chevalier de Guise au-delà de la vérité, il crut
qu'elle avait été touchée de la vue de ce prince,
et il ne put s'empêcher de lui dire que M. de
Nemours était bien heureux de commencer à
être connu d'elle par une aventure qui avait
quelque chose de galant et d'extraordinaire.

Mme de Clèves revint chez elle l'esprit si rempli de tout ce qui s'était passé au bal que, quoiqu'il fût fort tard, elle alla dans la chambre de sa mère pour lui en rendre compte; et elle lui loua M. de Nemours avec un certain air qui donna à Mme de Chartres la même pensée qu'avait eue le chevalier de Guise.

Le lendemain, la cérémonie des noces se fit. Mme de Clèves y vit le duc de Nemours avec une mine et une grâce si admirables qu'elle en fut encore plus surprise.

Les jours suivants, elle le vit chez la reine dauphine, elle le vit jouer à la paume avec le roi, elle le vit courre la bague, elle l'entendit parler; mais elle le vit toujours surpasser de si loin tous les autres et se rendre tellement maître de la conversation dans tous les lieux où il était, par l'air de sa personne et par l'agrément de son esprit, qu'il fit, en peu de temps, une grande impression dans son cœur.

Il est vrai aussi que, comme M. de Nemours sentait pour elle une inclination violente, qui lui donnait cette douceur et cet enjouement qu'inspirent les premiers désirs de plaire, il était encore plus aimable qu'il n'avait accoutumé de l'être; de sorte que, se voyant souvent, et se voyant l'un et l'autre ce qu'il y avait de plus parfait à la cour, il était difficile qu'ils ne se plussent infiniment.

La duchesse de Valentinois était de toutes les parties de plaisir, et le roi avait pour elle la même vivacité et les mêmes soins que dans les commencements de sa passion. Mme de Clèves, qui était dans cet âge où l'on ne croit pas qu'une femme puisse être aimée quand elle a passé vingt-cinq ans, regardait avec un extrême étonnement l'attachement que le roi avait pour cette duchesse, qui était grand-mère, et qui venait de marier sa petite-fille. Elle en parlait souvent à Mme de Chartres :

« Est-il possible, Madame, lui disait-elle, qu'il y ait si longtemps que le roi en soit amoureux? Comment s'est-il pu attacher à une personne qui était beaucoup plus âgée que lui, qui avait été maîtresse de son père, et qui l'est encore de beaucoup d'autres, à ce que j'ai ouï dire?

— Il est vrai, répondit-elle, que ce n'est ni le mérite ni la fidélité de Mme de Valentinois qui a fait naître la passion du roi, ni qui l'a conservée, et c'est aussi en quoi il n'est pas excusable; car si cette femme avait eu de la jeunesse et de la beauté jointes à sa naissance, qu'elle eût eu le mérite de n'avoir jamais rien aimé, qu'elle eût

aimé le roi avec une fidélité exacte, qu'elle l'eût
aimé par rapport à sa seule personne sans intérêt
de grandeur ni de fortune, et sans se servir de
son pouvoir que pour des choses honnêtes ou
agréables au roi même, il faut avouer qu'on
aurait eu de la peine à s'empêcher de louer ce
prince du grand attachement qu'il a pour elle.
Si je ne craignais, continua Mme de Chartres,
que vous dissiez de moi ce que l'on dit de toute
les femmes de mon âge, qu'elles aiment à conter
les histoires de leur temps, je vous apprendrais
le commencement de la passion du roi pour
cette duchesse, et plusieurs choses de la cour du
feu roi, qui ont même beaucoup de rapport
avec celles qui se passent encore présentement.

— Bien loin de vous accuser, reprit Mme de
Clèves, de redire les histoires passées, je me
plains, Madame, que vous ne m'ayez pas instruite des présentes et que vous ne m'ayez point
appris les divers intérêts et les diverses liaisons
de la cour. Je les ignore si entièrement que je
croyais, il y a peu de jours, que M. le Connétable était fort bien avec la reine.

— Vous aviez une opinion bien opposée à la
vérité, répondit Mme de Chartres. La reine hait
M. le Connétable, et si elle a jamais quelque
pouvoir, il ne s'en apercevra que trop. Elle sait

qu'il a dit plusieurs fois au roi que, de tous ses enfants, il n'y avait que les naturels qui lui ressemblassent.

— Je n'eusse jamais soupçonné cette haine, interrompit Mme de Clèves, après avoir vu le soin que la reine avait d'écrire à M. le Connétable pendant sa prison, la joie qu'elle a témoignée à son retour, et comme elle l'appelle toujours mon compère, aussi bien que le roi.

Si vous jugez sur les apparences en ce lieu-ci, répondit Mme de Chartres, vous serez souvent trompée : ce qui paraît n'est presque jamais la vérité.

» Mais pour revenir à Mme de Valentinois, vous savez qu'elle s'appelle Diane de Poitiers; sa maison est très illustre, elle vient des anciens ducs d'Aquitaine, son aïeule était fille naturelle de Louis XI, et enfin il n'y a rien que de grand dans sa naissance. Saint-Vallier, son père, se trouva embarrassé dans l'affaire du connétable de Bourbon, dont vous avez ouï parler. Il fut condamné à avoir la tête tranchée et conduit sur l'échafaud. Sa fille, dont la beauté était admirable, et qui avait déjà plu au feu roi, fit si bien (je ne sais par quels moyens) qu'elle obtint la vie de son père. On lui porta sa grâce comme il n'attendait que le coup de la mort; mais la peur l'avait tellement saisi qu'il n'avait plus de connaissance, et il mourut peu de jours après. Sa fille parut à la cour comme la maîtresse du roi. Le voyage d'Italie et la prison de ce prince interrompirent cette passion. Lorsqu'il revint d'Espagne et que Madame la Régente alla au-devant de lui à Bayonne, elle mena toutes ses filles, parmi lesquelles était Mlle de Pisseleu, qui a été depuis la duchesse d'Étampes. Le roi en devint amoureux. Elle était inférieure en naissance, en esprit et en beauté à Mme de Valentinois, et elle n'avait au-dessus d'elle que l'avantage de la grande jeunesse. Je lui ai ouï dire plusieurs fois qu'elle était née le jour que Diane de Poitiers avait été mariée; la haine le lui faisait dire, et non pas la vérité : car je suis bien trompée si la duchesse de Valentinois n'épousa M. de Brézé, grand sénéchal de Normandie, dans le même temps que le roi devint amoureux de Mme d'Étampes. Jamais il n'y a eu une si grande haine que l'a été celle de ces deux femmes. La duchesse de Valentinois ne pouvait pardonner à Mme d'Étampes de lui avoir ôté le titre de maîtresse du roi. Mme d'Étampes avait une jalousie violente contre Mme de Valentinois parce que le roi conservait un commerce avec elle. Ce prince n'avait pas une fidélité exacte pour ses maîtresses;

il y en avait toujours une qui avait le titre et les honneurs; mais les dames que l'on appelait de la petite bande le partageaient tour à tour. La perte du dauphin, son fils, qui mourut à Tournon, et que l'on crut empoisonné, lui donna une sensible affliction. Il n'avait pas la même tendresse, ni le même goût, pour son second fils, qui règne présentement; il ne lui trouvait pas assez de hardiesse, ni assez de vivacité. Il s'en plaignit un jour à Mme de Valentinois, et elle lui dit qu'elle voulait le faire devenir amoureux d'elle pour le rendre plus vif et plus agréable. Elle y réussit comme vous le voyez; il y a plus de vingt ans que cette passion dure sans qu'elle ait été altérée ni par le temps ni par les obstacles.

» Le feu roi s'y opposa d'abord, et soit qu'il eût encore assez d'amour pour Mme de Valentinois pour avoir de la jalousie, ou qu'il fût poussé par la duchesse d'Étampes, qui était au désespoir que M. le Dauphin fût attaché à son ennemie, il est certain qu'il vit cette passion avec une colère et un chagrin dont il donnait tous les jours des marques. Son fils ne craignit ni sa colère ni sa haine, et rien ne put l'obliger à diminuer son attachement, ni à le cacher; il fallut que le roi s'accoutumât à le souffrir. Aussi cette opposition à ses volontés l'éloigna encore de lui

et l'attacha davantage au duc d'Orléans, son troisième fils. C'était un prince bien fait, beau, plein
de feu et d'ambition, d'une jeunesse fougueuse,
qui avait besoin d'être modéré, mais qui eût
fait aussi un prince d'une grande élévation si
l'âge eût mûri son esprit.

» Le rang d'aîné qu'avait le dauphin, et la
faveur du roi qu'avait le duc d'Orléans, faisaient
entre eux une sorte d'émulation qui allait jusqu'à
la haine. Cette émulation avait commencé dès
leur enfance et s'était toujours conservée.
Lorsque l'Empereur passa en France, il donna
une préférence entière au duc d'Orléans sur
M. le Dauphin, qui la ressentit si vivement que,
comme cet Empereur était à Chantilly, il voulut
obliger M. le Connétable à l'arrêter sans attendre
le commandement du roi. M. le Connétable ne
le voulut pas; le roi le blâma par la suite de
n'avoir pas suivi le conseil de son fils; et lorsqu'il l'éloigna de la cour, cette raison y eut beaucoup de part.

» La division des deux frères donna la pensée
à la duchesse d'Étampes de s'appuyer de M. le
duc d'Orléans pour la soutenir auprès du roi
contre Mme de Valentinois. Elle y réussit : ce
prince, sans être amoureux d'elle, n'entra guère
moins dans ses intérêts que le dauphin était dans

ceux de Mme de Valentinois. Cela fit deux cabales dans la cour, telles que vous pouvez vous les imaginer; mais ces intrigues ne se bornèrent pas seulement à des démêlés de femmes.

» L'Empereur, qui avait conservé de l'amitié pour le duc d'Orléans, avait offert plusieurs fois de lui remettre le duché de Milan. Dans les propositions qui se firent depuis pour la paix, il faisait espérer de lui donner les dix-sept provinces et de lui faire épouser sa fille. M. le Dauphin ne souhaitait ni la paix ni ce mariage. Il se servit de M. le Connétable, qu'il a toujours aimé, pour faire voir au roi de quelle importance il était de ne pas donner à son successeur un frère aussi puissant que le serait un duc d'Orléans avec l'alliance de l'Empereur et les dix-sept provinces. M. le Connétable entra d'autant mieux dans les sentiments de M. le Dauphin qu'il s'opposait par là à ceux de Mme d'Étampes, qui était son ennemie déclarée, et qui souhaitait ardemment l'élévation de M. le duc d'Orléans.

» M. le Dauphin commandait alors l'armée du roi en Champagne et avait réduit celle de l'Empereur en une telle extrémité qu'elle eût péri entièrement si la duchesse d'Étampes, craignant que de trop grands avantage ne nous fissent refuser la paix et l'alliance de l'Empereur

pour M. le duc d'Orléans, n'eût fait secrètement
avertir les ennemis de surprendre Épernay et
Château-Thierry qui étaient pleins de vivres. Ils
le firent et sauvèrent par ce moyen toute leur
armée.

» Cette duchesse ne jouit pas longtemps du
succès de sa trahison. Peu après, M. le duc d'Orléans mourut, à Farmoutier, d'une espèce de
maladie contagieuse. Il aimait une des plus
belles femmes de la cour et en était aimé. Je ne
vous la nommerai pas, parce qu'elle a vécu
depuis avec tant de sagesse et qu'elle a même
caché avec tant de soin la passion qu'elle avait
pour ce prince qu'elle a mérité que l'on conserve
sa réputation. Le hasard fit qu'elle reçut la
nouvelle de la mort de son mari le même
jour qu'elle apprit celle de M. d'Orléans; de
sorte qu'elle eut ce prétexte pour cacher sa
véritable affliction sans avoir la peine de se
contraindre.

» Le roi ne survécut guère au prince son fils;
il mourut deux ans après. Il recommanda à
M. le Dauphin de se servir du cardinal de Tournon et de l'amiral d'Annebauld, et ne parla
point de M. le Connétable, qui était pour lors
relégué à Chantilly. Ce fut néanmoins la première chose que fit le roi, son fils, de le rappe-

ler, et de lui donner le gouvernement des
affaires.

» Mme d'Étampes fut chassée et reçut tous les
mauvais traitements qu'elle pouvait attendre
d'une ennemie toute-puissante; la duchesse de
Valentinois se vengea alors pleinement, et de
cette duchesse, et de tous ceux qui lui avaient
déplu. Son pouvoir parut plus absolu sur l'esprit
du roi qu'il ne paraissait encore pendant qu'il
était dauphin. Depuis douze ans que ce prince
règne, elle est maîtresse absolue de toutes choses;
elle dispose des charges et des affaires; elle a fait
chasser le cardinal de Tournon, le chancelier
Olivier et Villeroy. Ceux qui ont voulu éclairer le
roi sur sa conduite ont péri dans cette entreprise.
Le comte de Taix, grand maître de l'artillerie,
qui ne l'aimait pas, ne put s'empêcher de parler
de ses galanteries et surtout de celle du comte de
Brissac, dont le roi avait déjà eu beaucoup de
jalousie; néanmoins, elle fit si bien que le comte
de Taix fut disgracié; on lui ôta sa charge; et,
ce qui est presque incroyable, elle la fit donner
au comte de Brissac et l'a fait ensuite maréchal
de France. La jalousie du roi augmenta néanmoins d'une telle sorte qu'il ne put souffrir que
ce maréchal demeurât à la cour; mais la jalousie,
qui est aigre et violente en tous les autres, est

douce et modérée en lui par l'extrême respect qu'il a pour sa maîtresse; en sorte qu'il n'osa éloigner son rival que sur le prétexte de lui donner le gouvernement de Piémont. Il y a passé plusieurs années; il revint, l'hiver dernier, sur le prétexte de demander des troupes et d'autres choses nécessaires pour l'armée qu'il commande. Le désir de revoir Mme de Valentinois, et la crainte d'en être oublié, avaient peut-être beaucoup de part à ce voyage. Le roi le reçut avec une grande froideur. MM. de Guise, qui ne l'aiment pas, mais qui n'osent le témoigner à cause de Mme de Valentinois, se servirent de M. le Vidame, qui est son ennemi déclaré, pour empêcher qu'il n'obtînt aucune des choses qu'il était venu demander. Il n'était pas difficile de lui nuire : le roi le haïssait, et sa présence lui donnait de l'inquiétude; de sorte qu'il fut contraint de s'en retourner sans remporter aucun fruit de son voyage, que d'avoir peut-être rallumé dans le cœur de Mme de Valentinois des sentiments que l'absence commençait d'éteindre. Le roi a bien eu d'autres sujets de jalousie; mais ou il ne les a pas connus, ou il n'a pas osé s'en plaindre.

» Je ne sais, ma fille, ajouta Mme de Chartres, si vous ne trouverez point que je vous ai plus appris de choses que vous n'aviez envie d'en savoir.

— Je suis très éloignée, Madame, de faire cette plainte, répondit Mme de Clèves; et, sans la peur de vous importuner, je vous demanderais encore plusieurs circonstances que j'ignore. » La passion de M. de Nemours pour Mme de Clèves fut d'abord si violente qu'elle lui ôta le goût et même le souvenir de toutes les personnes qu'il avait aimées et avec qui il avait conservé des commerces pendant son absence. Il ne prit pas seulement le soin de chercher des prétextes pour rompre avec elles; il ne put se donner la patience d'écouter leurs plaintes et de répondre à leurs reproches. Mme la Dauphine, pour qui il avait eu des sentiments assez passionnés, ne put tenir dans son cœur contre Mme de Clèves. Son impatience pour le voyage d'Angleterre commença même à se ralentir et il ne pressa plus avec tant d'ardeur les choses qui étaient nécessaires pour son départ. Il allait souvent chez la reine dauphine, parce que Mme de Clèves y allait souvent, et il n'était pas fâché de laisser imaginer ce que l'on avait cru de ses sentiments pour cette reine. Mme de Clèves lui paraissait d'un si grand prix qu'il se résolut de manquer plutôt à lui donner des marques de sa passion que de

hasarder de la faire connaître au public. Il n'en
parla pas même au vidame de Chartres, qui était
son ami intime, et pour qui il n'avait rien de
caché. Il prit une conduite si sage et s'observa
avec tant de soin que personne ne le soupçonna
d'être amoureux de Mme de Clèves, que le chevalier de Guise; et elle aurait eu peine à s'en
apercevoir elle-même, si l'inclination qu'elle
avait pour lui ne lui eût donné une attention
particulière pour ses actions, qui ne lui permît
pas d'en douter.

Elle ne se trouva pas la même disposition à
dire à sa mère ce qu'elle pensait des sentiments
de ce prince qu'elle avait eue à lui parler de ses
autres amants; sans avoir un dessein formé de
lui cacher, elle ne lui en parla point. Mais
Mme de Chartres ne le voyait que trop, aussi
bien que le penchant que sa fille avait pour lui.
Cette connaissance lui donna une douleur sensible; elle jugeait bien le péril où était cette jeune
personne d'être aimée d'un homme fait comme
M. de Nemours, pour qui elle avait de l'inclination. Elle fut entièrement confirmée dans les
soupçons qu'elle avait de cette inclination par
une chose qui arriva peu de jours après.

Le maréchal de Saint-André, qui cherchait
toutes les occasions de faire voir sa magnificence,

supplia le roi, sur le prétexte de lui montrer
sa maison, qui ne venait que d'être achevée,
de lui vouloir faire l'honneur d'y aller souper
avec les reines. Ce maréchal était bien aise aussi
de faire paraître, aux yeux de Mme de Clèves,
cette dépense éclatante qui allait jusqu'à la
profusion.

Quelques jours avant celui qui avait été choisi
pour ce souper, le roi dauphin, dont la santé
était assez mauvaise, s'était trouvé mal, et n'avait
vu personne. La reine, sa femme, avait passé
tout le jour auprès de lui. Sur le soir, comme il
se portait mieux, il fit entrer toutes les personnes
de qualité qui étaient dans son antichambre.
La reine dauphine s'en alla chez elle; elle y trouva Mme de Clèves et quelques autres dames qui
étaient les plus dans sa familiarité.

Comme il était déjà assez tard, et qu'elle n'était
point habillée, elle n'alla pas chez la reine; elle
fit dire qu'on ne la voyait point, et fit apporter
ses pierreries afin d'en choisir pour le bal du
maréchal de Saint-André et pour en donner à
Mme de Clèves, à qui elle en avait promis.
Comme elles étaient dans cette occupation, le
prince de Condé arriva. Sa qualité lui rendait
toutes les entrées libres. La reine dauphine
lui dit qu'il venait sans doute de chez le roi son

mari et lui demanda ce que l'on y faisait.

« L'on dispute contre M. de Nemours, Madame, répondit-il; et il défend avec tant de chaleur la cause qu'il soutient qu'il faut que ce soit la sienne. Je crois qu'il a quelque maîtresse qui lui donne de l'inquiétude quand elle est au bal, tant il trouve que c'est une chose fâcheuse, pour un amant, que d'y voir la personne qu'il aime.

— Comment! reprit Mme la Dauphine, M. de Nemours ne veut pas que sa maîtresse aille au bal? J'avais bien cru que les maris pouvaient souhaiter que leurs femmes n'y allassent pas; mais, pour les amants, je n'avais jamais pensé qu'ils pussent être de ce sentiment.

— M. de Nemours trouve, répliqua le prince de Condé, que le bal est ce qu'il y a de plus insupportable pour les amants, soit qu'ils soient aimés ou qu'ils ne le soient pas. Il dit que, s'ils sont aimés, ils ont le chagrin de l'être moins pendant plusieurs jours; qu'il n'y a point de femme que le soin de sa parure n'empêche de songer à son amant; qu'elles en sont entièrement occupées; que ce soin de se parer est pour tout le monde aussi bien que pour celui qu'elles aiment; que, lorsqu'elles sont au bal, elles veulent plaire à tous ceux qui les regardent; que, quand elles sont contentes de leur beauté, elles

en ont une joie dont leur amant ne fait pas la
plus grande partie. Il dit aussi que, quand on
n'est point aimé, on souffre encore davantage
de voir sa maîtresse dans une assemblée; que,
plus elle est admirée du public, plus on se
trouve malheureux de n'en être point aimé; que
l'on craint toujours que sa beauté ne fasse naître
quelque amour plus heureux que le sien. Enfin
il trouve qu'il n'y a point de souffrance pareille
à celle de voir sa maîtresse au bal, si ce n'est de
savoir qu'elle y est et de n'y être pas. »

Mme de Clèves ne faisait pas semblant d'entendre ce que disait le prince de Condé, mais
elle l'écoutait avec attention. Elle jugeait aisément quelle part elle avait à l'opinion que soutenait M. de Nemours, et surtout à ce qu'il disait
du chagrin de n'être pas au bal où était sa maîtresse, parce qu'il ne devait pas être à celui du
maréchal de Saint-André, et que le roi l'envoyait
au-devant du duc de Ferrare.

La reine dauphine riait avec le prince de Condé
et n'approuvait pas l'opinion de M. de Nemours.

« Il n'y a qu'une occasion, Madame, lui dit ce
prince, où M. de Nemours consente que sa maîtresse aille au bal, alors c'est que c'est lui qui le
donne; et il dit que, l'année passée qu'il en donna
un à Votre Majesté, il trouva que sa maîtresse

lui faisait une faveur d'y venir, quoiqu'elle ne semblât que vous y suivre ; que c'est toujours faire une grâce à un amant que d'aller prendre sa part à un plaisir qu'il donne ; que c'est aussi une chose agréable pour l'amant que sa maîtresse le voie le maître d'un lieu où est toute la cour et qu'elle le voie se bien acquitter d'en faire les honneurs.

— M. de Nemours avait raison, dit la reine dauphine en souriant, d'approuver que sa maîtresse allât au bal. Il y avait alors un si grand nombre de femmes à qui il donnait cette qualité que, si elles n'y fussent point venues, il y aurait eu peu de monde. »

Sitôt que le prince de Condé avait commencé à conter les sentiments de M. de Nemours sur le bal, Mme de Clèves avait senti une grande envie de ne point aller à celui du maréchal de Saint-André. Elle entra aisément dans l'opinion qu'il ne fallait pas aller chez un homme dont on était aimée, et elle fut bien aise d'avoir une raison de sévérité pour faire une chose qui était une faveur pour M. de Nemours ; elle emporta néanmoins la parure que lui avait donnée la reine dauphine ; mais, le soir, lorsqu'elle la montra à sa mère, elle lui dit qu'elle n'avait pas dessein de s'en servir, que le maréchal de Saint-André prenait tant de soin de faire voir qu'il était attaché à elle qu'elle

ne doutait point qu'il ne voulût aussi faire croire
qu'elle aurait part au divertissement qu'il devait
donner au roi et que, sous prétexte de faire l'honneur de chez lui, il lui rendrait des soins dont
peut-être elle serait embarrassée.

Mme de Chartres combattit quelque temps
l'opinion de sa fille comme la trouvant particulière; mais, voyant qu'elle s'y opiniâtrait, elle s'y
rendit, et lui dit qu'il fallait donc qu'elle fît la
malade pour avoir un prétexte de n'y pas aller,
parce que les raisons qui l'en empêchaient ne
seraient pas approuvées et qu'il fallait même
empêcher qu'on ne les soupçonnât. Mme de
Clèves consentit volontiers à passer quelques
jours chez elle pour ne point aller dans un lieu
où M. de Nemours ne devrait pas être; et il
partit sans avoir le plaisir de savoir qu'elle n'irait
pas.

Il revint le lendemain du bal, il sut qu'elle ne
s'y était pas trouvée; mais comme il ne savait
pas que l'on eût redit devant elle la conversation de chez le roi dauphin, il était bien éloigné
de croire qu'il fût assez heureux pour l'avoir
empêchée d'y aller.

Le lendemain, comme il était chez la reine et
qu'il parlait à Mme la Dauphine, Mme de
Chartres et Mme de Clèves y vinrent et s'appro-

chèrent de cette princesse. Mme de Clèves était
un peu négligée, comme une personne qui s'était
trouvée mal; mais son visage ne répondait pas à
son habillement.

« Vous voilà si belle, lui dit Mme la Dauphine,
que je ne saurais croire que vous ayez été malade.
Je pense que M. le prince de Condé, en vous
contant l'avis de M. de Nemours sur le bal, vous
a persuadée que vous feriez une faveur au maréchal de Saint-André d'aller chez lui et que c'est
ce qui vous a empêchée d'y venir. »

Mme de Clèves rougit de ce que Mme la
Dauphine devinait si juste et de ce qu'elle
disait devant M. de Nemours ce qu'elle avait
deviné.

Mme de Chartres vit dans ce moment pourquoi sa fille n'avait pas voulu aller au bal; et,
pour empêcher que M. de Nemours ne le jugeât
aussi bien qu'elle, elle prit la parole avec un air
qui semblait être appuyé sur la vérité.

« Je vous assure, Madame, dit-elle à Mme la
Dauphine, que Votre Majesté fait plus d'honneur à ma fille qu'elle n'en mérite. Elle était
véritablement malade; mais je crois que, si je
ne l'en eusse empêchée, elle n'eût pas laissé de
vous suivre et de se montrer aussi changée
qu'elle était, pour avoir le plaisir de voir tout ce

qu'il y a eu d'extraordinaire au divertissement
d'hier au soir. »

Mme la Dauphine crut ce que disait Mme de
Chartres, M. de Nemours fut bien fâché d'y
trouver de l'apparence; néanmoins, la rougeur
de Mme de Clèves lui fit soupçonner que ce que
Mme la Dauphine avait dit n'était pas entièrement éloigné de la vérité. Mme de Clèves avait
d'abord été fâchée que M. de Nemours eût eu
lieu de croire que c'était lui qui l'avait empêchée d'aller chez le maréchal de Saint-André;
mais ensuite elle sentit quelque espèce de chagrin
que sa mère lui en eût entièrement ôté l'opinion.

Quoique l'assemblée de Cercamp eût été rom-
pue, les négociations pour la paix avaient toujours continué et les choses s'y disposèrent d'une
telle sorte que, sur la fin de février, on se rassem-
bla à Cateau-Cambrésis. Les mêmes députés y
retournèrent; et l'absence du maréchal de Saint-
André défit M. de Nemours du rival qui lui était
plus redoutable, tant par l'attention qu'il avait à
observer ceux qui approchaient Mme de Clèves que
par le progrès qu'il pouvait faire auprès d'elle.

Mme de Chartres n'avait pas voulu laisser
voir à sa fille qu'elle connaissait ses sentiments
pour ce prince, de peur de se rendre suspecte
sur les choses qu'elle avait envie de lui dire. Elle

se mit un jour à parler de lui; elle lui en dit du
bien et y mêla beaucoup de louanges empoi-
sonnées sur la sagesse qu'il avait d'être incapable de devenir amoureux et sur ce qu'il ne se
faisait qu'un plaisir et non pas un attachement
sérieux du commerce des femmes. « Ce n'est pas,
ajouta-t-elle, que l'on ne l'ait soupçonné d'avoir
une grande passion pour la reine dauphine; je
vois même qu'il y va très souvent, et je vous conseille d'éviter, autant que vous pourrez, de lui
parler, et surtout en particulier, parce que,
Mme la Dauphine vous traitant comme elle fait,
on dirait bientôt que vous êtes leur confidente,
et vous savez combien cette réputation est désagréable. Je suis d'avis, si ce bruit continue, que
vous alliez un peu moins chez Mme la Dauphine,
afin de ne vous pas trouver mêlée dans des aventures de galanterie. »

Mme de Clèves n'avait jamais ouï parler de
M. de Nemours et de Mme la Dauphine; elle fut
si surprise de ce que lui dit sa mère, et elle crut
si bien voir combien elle s'était trompée dans
tout ce qu'elle avait pensé des sentiments de ce
prince, qu'elle en changea de visage. Mme de
Chartres s'en aperçut, il vint du monde dans ce
moment, Mme de Clèves s'en alla chez elle et
s'enferma dans son cabinet.

L'on ne peut exprimer la douleur qu'elle sentit de connaître, par ce que lui venait de dire sa
mère, l'intérêt qu'elle prenait à M. de Nemours :
elle n'avait encore osé se l'avouer à elle-même.
Elle vit alors que les sentiments qu'elle avait
pour lui étaient ceux que M. de Clèves lui avait
tant demandés; elle trouva combien il était hon-
teux de les avoir pour un autre que pour un
mari qui les méritait. Elle se sentit blessée et
embarrassée de la crainte que M. de Nemours
ne la voulût faire servir de prétexte à Mme la
Dauphine, et cette pensée la détermina à conter
à Mme de Chartres ce qu'elle ne lui avait point
encore dit.

Elle alla le lendemain matin dans sa chambre
pour exécuter ce qu'elle avait résolu; mais elle
trouva que Mme de Chartres avait un peu de
fièvre, de sorte qu'elle ne voulut pas lui parler.
Ce mal paraissait néanmoins si peu de chose que
Mme de Clèves ne laissa pas d'aller l'après-
dînée chez Mme la Dauphine : elle était dans
son cabinet avec deux ou trois dames qui étaient
le plus avant dans sa familiarité.

« Nous parlions de M. de Nemours, lui dit
cette reine en la voyant, et nous admirions combien il est changé depuis son retour de Bruxelles.
Devant que d'y aller il avait un nombre infini

de maîtresses, et c'était même un défaut en lui;
car il ménageait également celles qui avaient
du mérite et celles qui n'en avaient pas. Depuis
qu'il est revenu, il ne connaît ni les unes ni les
autres; il n'y a jamais eu un si grand changement; je trouve même qu'il y en a dans son
humeur, et qu'il est moins gai que de coutume. »

Mme de Clèves ne répondit rien; et elle pensait avec <u>honte</u> qu'elle aurait pris tout ce que
l'on disait du changement de ce prince pour
des marques de sa passion si elle n'avait point
été détrompée. Elle se sentait quelque aigreur
contre Mme la Dauphine de lui voir chercher
des raisons et s'étonner d'une chose dont apparemment elle savait mieux la vérité que personne.
Elle ne put s'empêcher de lui en témoigner quelque chose; et, comme les autres dames s'éloignè-
rent, elle s'approcha d'elle et lui dit tout bas :

« Est-ce aussi pour moi, Madame, que vous
venez de parler, et voudriez-vous me cacher que
vous fussiez celle qui a fait changer de conduite
à M. de Nemours?

— Vous êtes injuste, lui dit Mme la Dauphine,
vous savez que je n'ai rien de caché pour vous. Il
est vrai que M. de Nemours, devant que d'aller
à Bruxelles, a eu, je crois, intention de me laisser entendre qu'il ne me haïssait pas; mais,

depuis qu'il est revenu, il ne m'a pas même paru
qu'il se souvînt des choses qu'il avait faites, et
j'avoue que j'ai de la curiosité de savoir ce qui
l'a fait changer. Il sera bien difficile que je ne le
démêle, ajouta-t-elle; le vidame de Chartres,
qui est son ami intime, est amoureux d'une
personne sur qui j'ai quelque pouvoir et je sau-
rai par ce moyen ce qui a fait ce changement. »

Mme la Dauphine parla d'un air qui persuada
Mme de Clèves, et elle se trouva, malgré elle,
dans un état plus calme et plus doux que celui
où elle était auparavant.

Lorsqu'elle revint chez sa mère, elle sut qu'elle
était beaucoup plus mal qu'elle ne l'avait laissée.
La fièvre lui avait redoublé, et les jours suivants
elle augmenta de telle sorte qu'il parut que ce
serait une maladie considérable. Mme de Clèves
était dans une affliction extrême, elle ne sortait
point de la chambre de sa mère; M. de Clèves y
passait presque tous les jours, et par l'intérêt
qu'il prenait à Mme de Chartres, et pour empêcher sa femme de s'abandonner à la tristesse,
mais pour avoir aussi le plaisir de la voir; sa
passion n'était point diminuée.

M. de Nemours, qui avait toujours eu beaucoup d'amitié pour lui, n'avait pas cessé de lui
en témoigner depuis son retour de Bruxelles.

Pendant la maladie de Mme de Chartres, ce prince trouva le moyen de voir plusieurs fois Mme de Clèves en faisant semblant de chercher son mari ou de le venir prendre pour le mener promener. Il le cherchait même à des heures où il savait bien qu'il n'y était pas et, sous le prétexte de l'attendre, il demeurait dans l'antichambre de Mme de Chartres où il y avait toujours plusieurs personnes de qualité. Mme de Clèves y venait souvent et, pour être affligée, elle n'en paraissait pas moins belle à M. de Nemours. Il lui faisait voir combien il prenait d'intérêt à son affliction et il lui en parlait avec un air si doux et si soumis qu'il la persuadait aisément que ce n'était pas de Mme la Dauphine dont il était amoureux.

Elle ne pouvait s'empêcher d'être troublée de sa vue, et d'avoir pourtant du plaisir à le voir; mais quand elle ne le voyait plus et qu'elle pensait que ce charme qu'elle trouvait dans sa vue était le commencement des passions, il s'en fallait peu qu'elle ne crût le haïr par la douleur que lui donnait cette pensée.

Mme de Chartres empira si considérablement que l'on commença à désespérer de sa vie; elle reçut ce que les médecins lui dirent du péril où elle était avec un courage digne de sa vertu et de sa piété. Après qu'ils furent sortis, elle fit retirer tout le monde et appeler Mme de Clèves.

« Il faut nous quitter, ma fille, lui dit-elle, en lui tendant la main; le péril où je vous laisse et le besoin que vous avez de moi augmentent le déplaisir que j'ai de vous quitter. Vous avez de l'inclination pour M. de Nemours; je ne vous demande point de me l'avouer : je ne suis plus en état de me servir de votre sincérité pour vous conduire. Il y a déjà longtemps que je me suis aperçue de cette inclination; mais je ne vous en ai pas voulu parler d'abord, de peur de vous en faire apercevoir vous-même. Vous ne la connaissez que trop présentement; vous êtes sur le bord du précipice; il faut de grands efforts et de grandes violences pour vous retenir. Songez à ce que vous devez à votre mari; songez à ce que vous vous devez à vous-même, et pensez que vous allez perdre cette réputation que vous vous êtes conquise et que je vous ai tant souhaitée. Ayez de la force et du courage, ma fille, retirez-vous de la cour, obligez votre mari de vous emmener; ne craignez point de prendre des partis trop rudes et trop difficiles, quelque affreux qu'ils vous paraissent d'abord : ils seront plus doux dans les suites que les malheurs d'une galanterie. Si d'autres raisons que celles de la

vertu et de votre devoir vous pouvaient obliger
à ce que je souhaite, je vous dirais que, si quelque chose était capable de troubler le bonheur
que j'espère en sortant de ce monde, ce serait
de vous voir tomber comme les autres femmes;
mais si ce malheur doit vous arriver, je reçois la
mort avec joie, pour n'en être pas le témoin. »

Mme de Clèves fondait en larmes sur la main
de sa mère, qu'elle tenait serrée entre les siennes,
et Mme de Chartres se sentant touchée elle-
même :

« Adieu, ma fille, lui dit-elle, finissons une
conversation qui nous attendrit trop l'une et
l'autre, et souvenez-vous, si vous pouvez, de tout
ce que je viens de vous dire. »

Elle se tourna de l'autre côté en achevant ces
paroles et commanda à sa fille d'appeler ses
femmes, sans vouloir l'écouter ni parler davantage. Mme de Clèves sortit de la chambre de sa
mère en l'état que l'on peut s'imaginer, et
Mme de Chartres ne songea plus qu'à se préparer à la mort. Elle vécut encore deux jours, pendant lesquels elle ne voulut plus revoir sa fille,
qui était la seule chose à quoi elle se sentait
attachée.

Mme de Clèves était dans une affliction
extrême; son mari ne la quittait point et, sitôt

que Mme de Chartres fut expirée, il l'emmena
à la campagne, pour l'éloigner d'un lieu qui ne
faisait qu'aigrir sa douleur. On n'en a jamais vu
de pareille; quoique la tendresse et la reconnaissance y eussent la plus grande part, le besoin
qu'elle sentait qu'elle avait de sa mère pour se
défendre contre M. de Nemours ne laissait pas
d'y en avoir beaucoup. Elle se trouvait malheureuse d'être abandonnée à elle-même, dans un
temps où elle était si peu maîtresse de ses sentiments et où elle eût tant souhaité d'avoir quelqu'un qui pût la plaindre et lui donner de la
force. La manière dont M. de Clèves en usait
pour elle lui faisait souhaiter plus fortement que
jamais de ne manquer à rien de ce qu'elle lui
devait. Elle lui témoignait aussi plus d'amitié
et plus de tendresse qu'elle n'avait encore fait;
elle ne voulait point qu'il la quittât, et il lui semblait qu'à force de s'attacher à lui, il la défen-
drait contre M. de Nemours.

Ce prince vint voir M. de Clèves à la campagne. Il fit ce qu'il put pour rendre aussi une visite
à Mme de Clèves; mais elle ne le voulut point
recevoir et, sentant bien qu'elle ne pouvait s'empêcher de le trouver aimable, elle avait fait une
forte résolution de s'empêcher de le voir et d'en
éviter toutes les occasions qui dépendraient d'elle.

M. de Clèves vint à Paris pour faire sa cour et promit à sa femme de s'en retourner le lendemain; il ne revint néanmoins que le jour d'après.

« Je vous attendis tout hier, lui dit Mme de Clèves, lorsqu'il arriva; et je vous dois faire des reproches de n'être pas venu comme vous me l'aviez promis. Vous savez que si je pouvais sentir une nouvelle affliction en l'état où je suis, ce serait la mort de Mme de Tournon, que j'ai apprise ce matin. J'en aurais été touchée quand je ne l'aurais point connue; c'est toujours une chose digne de pitié qu'une femme jeune et belle comme celle-là soit morte en deux jours; mais, de plus, c'était une des personnes du monde qui me plaisait davantage et qui paraissait avoir autant de sagesse que de mérite.

— Je fus très fâché de ne pas revenir hier, répondit M. de Clèves; mais j'étais si nécessaire à la consolation d'un malheureux qu'il m'était impossible de le quitter. Pour Mme de Tournon, je ne vous conseille pas d'en être affligée, si vous la regrettez comme une femme pleine de sagesse et digne de votre estime.

— Vous m'étonnez, reprit Mme de Clèves, et je vous ai ouï dire plusieurs fois qu'il n'y avait point de femme à la cour que vous estimassiez davantage.

— Il est vrai, répondit-il, mais les femmes sont incompréhensibles et, quand je les vois toutes, je me trouve si heureux de vous avoir que je ne saurais assez admirer mon bonheur.

— Vous m'estimez plus que je ne vaux, répliqua Mme de Clèves en soupirant, et il n'est pas encore temps de me trouver digne de vous. Apprenez-moi, je vous en supplie, ce qui vous a détrompé de Mme de Tournon.

— Il y a longtemps que je le suis, répliqua-t-il, et que je sais qu'elle aimait le comte de Sancerre, à qui elle donnait des espérances de l'épouser.

— Je ne saurais croire, interrompit Mme de Clèves, que Mme de Tournon, après cet éloignement si extraordinaire qu'elle a témoigné pour le mariage depuis qu'elle est veuve, et après les déclarations publiques qu'elle a faites de ne se remarier jamais, ait donné des espérances à Sancerre.

— Si elle n'en eût donné qu'à lui, répliqua M. de Clèves, il ne faudrait pas s'étonner; mais ce qu'il y a de surprenant, c'est qu'elle en donnait aussi à Estouteville dans le même temps, et je vais vous apprendre toute cette histoire. »

TOME DEUXIÈME

« Vous savez l'amitié qu'il y a entre Sancerre et moi; néanmoins il devint amoureux de Mme de Tournon, il y a environ deux ans, et me le cacha avec beaucoup de soin aussi bien qu'à tout le reste du monde. J'étais bien éloigné de le soupçonner. Mme de Tournon paraissait encore inconsolable de la mort de son mari et vivait dans une retraite austère. La sœur de Sancerre était quasi la seule personne qu'elle vît, et c'était chez elle qu'il en était devenu amoureux.

» Un soir qu'il devait y avoir une comédie au Louvre et que l'on n'attendait plus que le roi et Mme de Valentinois pour commencer, l'on vint dire qu'elle s'était trouvée mal, et que le roi ne viendrait pas. On jugea aisément que le mal de cette duchesse était quelque démêlé avec le roi. Nous savions les jalousies qu'il avait eues du maréchal de Brissac pendant qu'il avait été à la cour; mais il était retourné en Piémont depuis quelques jours, et nous ne pouvions imaginer le sujet de cette brouillerie.

» Comme j'en parlais avec Sancerre, M. d'Anville arriva dans la salle et me dit tout bas que le roi était dans une affliction et dans une colère qui faisaient pitié; qu'en un raccommodement, qui s'était fait entre lui et Mme de Valentinois, il y avait quelques jours, sur des démêlés qu'ils avaient eus pour le maréchal de Brissac, le roi lui avait donné une bague et l'avait priée de la porter; que, pendant qu'elle s'habillait pour venir à la comédie, il avait remarqué qu'elle n'avait point cette bague, et lui en avait demandé la raison; qu'elle avait paru étonnée de ne la pas avoir, qu'elle l'avait demandée à ses femmes, lesquelles, par malheur, ou faute d'être bien instruites, avaient répondu qu'il y avait quatre ou cinq jours qu'elles ne l'avaient vue.

» Ce temps est précisément celui du départ du maréchal de Brissac, continua M. d'Anville; le roi n'a point douté qu'elle ne lui ait donné la bague en lui disant adieu. Cette pensée a réveillé si vivement toute cette jalousie, qui n'était pas encore bien éteinte, qu'il s'est emporté contre son ordinaire et lui a fait mille reproches. Il vient de rentrer chez lui très affligé; mais je ne sais s'il l'est davantage de l'opinion que Mme de Valentinois a sacrifié sa bague que de la crainte de lui avoir déplu par sa colère.

» Sitôt que M. d'Anville eut achevé de me conter cette nouvelle, je me rapprochai de Sancerre pour la lui apprendre; je la lui dis comme un secret que l'on venait de me confier et dont je lui défendais de parler.

» Le lendemain matin, j'allai d'assez bonne heure chez ma belle-sœur; je trouvai Mme de Tournon au chevet de son lit. Elle n'aimait pas Mme de Valentinois, et elle savait bien que ma belle-sœur n'avait pas sujet de s'en louer. Sancerre avait été chez elle au sortir de la comédie. Il lui avait appris la brouillerie du roi avec cette duchesse, et Mme de Tournon était venue la conter à ma belle-sœur, sans savoir ou sans faire réflexion que c'était moi qui l'avais apprise à son amant.

» Sitôt que je m'approchai de ma belle-sœur, elle dit à Mme de Tournon que l'on pouvait me confier ce qu'elle venait de lui dire et, sans attendre la permission de Mme de Tournon, elle me conta mot pour mot tout ce que j'avais dit à Sancerre le soir précédent. Vous pouvez juger comme j'en fus étonné. Je regardai Mme de

Tournon, elle me parut embarrassée. Son embarras me donna du soupçon; je n'avais dit la chose qu'à Sancerre, il m'avait quitté au sortir de la comédie sans m'en dire la raison; je me souvins de lui avoir ouï extrêmement louer Mme de Tournon. Toutes ces choses m'ouvrirent les yeux, et je n'eus pas de peine à démêler qu'il avait une galanterie avec elle et qu'il l'avait vue depuis qu'il m'avait quitté.

» Je fus si piqué de voir qu'il me cachait cette aventure que je dis plusieurs choses qui firent connaître à Mme de Tournon l'imprudence qu'elle avait faite; je la remis à son carrosse et je l'assurai, en la quittant, que j'enviais le bonheur de celui qui lui avait appris la brouillerie du roi et de Mme de Valentinois.

» Je m'en allai à l'heure même trouver Sancerre, je lui fis des reproches et je lui dis que je savais sa passion pour Mme de Tournon, sans lui dire comment je l'avais découverte. Il fut contraint de me l'avouer; je lui contai ensuite ce qui me l'avait apprise, et il m'apprit aussi le détail de leur aventure; il me dit que, quoiqu'il fût cadet de sa maison, et très éloigné de pouvoir prétendre un aussi bon parti, que néanmoins elle était résolue de l'épouser. L'on ne peut être plus surpris que je le fus. Je dis à Sancerre de presser la conclusion de son mariage, et qu'il n'y avait rien qu'il ne dût craindre d'une femme qui avait l'artifice de soutenir, aux yeux du public, un personnage si éloigné de la vérité. Il me répondit qu'elle avait été véritablement affligée, mais que l'inclination qu'elle avait eue pour lui avait surmonté cette affliction, et qu'elle n'avait pu laisser paraître tout d'un coup un si grand changement. Il me dit encore plusieurs autres raisons pour l'excuser, qui me firent voir à quel point il en était amoureux; il m'assura qu'il la ferait consentir que je susse la passion qu'il avait pour elle, puisque aussi bien c'était elle-même qui me l'avait apprise. Il l'y obligea en effet, quoique avec beaucoup de peine, et je fus ensuite très avant dans leur confidence.

» Je n'ai jamais vu une femme avoir une conduite si honnête et si agréable à l'égard de son amant; néanmoins j'étais toujours choqué de son affectation à paraître encore affligée. Sancerre était si amoureux et si content de la manière dont elle en usait pour lui qu'il n'osait quasi la presser de conclure leur mariage, de peur qu'elle ne crût qu'il le souhaitait plutôt par intérêt que par une véritable passion. Il lui en parla toutefois, et elle lui parut résolue à l'épouser; elle commença même à quitter cette retraite où elle

vivait et à se remettre dans le monde. Elle venait
chez ma belle-sœur à des heures où une partie
de la cour s'y trouvait. Sancerre n'y venait que
rarement, mais ceux qui y étaient tous les soirs
et qui l'y voyaient souvent la trouvaient très
aimable.

» Peu de temps après qu'elle eut commencé à
quitter sa solitude, Sancerre crut voir quelque
refroidissement dans la passion qu'elle avait pour
lui. Il m'en parla plusieurs fois sans que je fisse
aucun fondement sur ses plaintes; mais, à la fin,
comme il me dit qu'au lieu d'achever leur mariage, elle semblait l'éloigner, je commençai à
croire qu'il n'avait pas de tort d'avoir de l'inquiétude. Je lui répondis que, quand la passion de
Mme de Tournon diminuerait après avoir duré
deux ans, il ne faudrait pas s'en étonner; que
quand même, sans être diminuée, elle ne serait
pas assez forte pour l'obliger à l'épouser, qu'il
ne devait pas s'en plaindre; que ce mariage, à
l'égard du public, lui ferait un extrême tort, non
seulement parce qu'il n'était pas un assez bon
parti pour elle, mais par le préjudice qu'il appor-
terait à sa réputation; qu'ainsi tout ce qu'il pouvait souhaiter était qu'elle ne le trompât point
et qu'elle ne lui donnât pas de fausses espérances.
Je lui dis encore que, si elle n'avait pas la force

de l'épouser ou qu'elle lui avouât qu'elle en aimait quelque autre, il ne fallait point qu'il s'emportât, ni qu'il se plaignît; mais qu'il devrait conserver pour elle de l'estime et de la reconnaissance.

» Je vous donne, lui dis-je, le conseil que je prendrais pour moi-même, car la sincérité me touche d'une telle sorte que je crois que si ma maîtresse, et même ma femme, m'avouait que quelqu'un lui plût, j'en serais affligé sans en être aigri. Je quitterais le personnage d'amant ou de mari pour la conseiller et pour la plaindre. »

Ces paroles firent rougir Mme de Clèves, et elle y trouva un certain rapport avec l'état où elle était, qui la surprit et qui lui donna un trouble dont elle fut longtemps à se remettre.

« Sancerre parla à Mme de Tournon, continua M. de Clèves, il lui dit tout ce que je lui avais conseillé; mais elle le rassura avec tant de soin et parut si offensée de ses soupçons qu'elle les lui ôta entièrement. Elle remit néanmoins leur mariage après un voyage qu'il allait faire et qui devait être assez long; mais elle se conduisit si bien jusqu'à son départ et en parut si affligée que je crus, aussi bien que lui, qu'elle l'aimait véritablement. Il partit il y a environ trois mois; pendant son absence, j'ai peu vu Mme de Tournon :

vous m'avez entièrement occupé et je savais seulement qu'il devait bientôt revenir.

» Avant-hier, en arrivant à Paris, j'appris
qu'elle était morte; j'envoyais voir chez lui si on
n'avait point eu de ses nouvelles. On me manda
qu'il était arrivé dès la veille, qui était précisément
le jour de la mort de Mme de Tournon. J'allai le
voir à l'heure même, me doutant bien de l'état où
je le trouverais; mais son affliction passait de
beaucoup ce que je m'en étais imaginé.

» Je n'ai jamais vu une douleur si profonde et
si tendre; dès le moment qu'il me vit, il m'embrassa, fondant en larmes : « Je ne la verrai plus,
» me dit-il, je ne la verrai plus, elle est morte!
» Je n'en étais pas digne; mais je la suivrai bien-
» tôt. »

» Après cela il se tut; et puis, de temps en
temps, redisant toujours : « elle est morte, et je
» ne la reverrai plus! » il revenait aux cris et aux
larmes, et demeurait comme un homme qui
n'avait plus de raison. Il me dit qu'il n'avait pas
reçu souvent de ses lettres pendant son absence,
mais qu'il ne s'en était pas étonné, parce qu'il
la connaissait et qu'il savait la peine qu'elle avait
à hasarder de ses lettres. Il ne doutait point qu'il
ne l'eût épousée à son retour; il la regardait
comme la plus aimable et la plus fidèle personne

qui eût jamais été; il s'en croyait tendrement
aimé; il la perdait dans le moment qu'il pensait
s'attacher à elle pour jamais. Toutes ces pensées
le plongeaient dans une affliction violente dont
il était entièrement accablé; et j'avoue que je ne
pouvais m'empêcher d'en être touché.

» Je fus néanmoins contraint de le quitter pour
aller chez le roi; je lui promis que je reviendrais
bientôt. Je revins en effet, et je ne fus jamais si
surpris que de le trouver tout différent de ce que
je l'avais quitté. Il était debout dans sa chambre,
avec un visage furieux, marchant et s'arrêtant
comme s'il eût été hors de lui-même. « Venez,
» venez, me dit-il, venez voir l'homme du monde
» le plus désespéré; je suis plus malheureux mille
» fois que je n'étais tantôt, et ce que je viens
» d'apprendre de Mme de Tournon est pire que
» sa mort. »

» Je crus que la douleur le troublait entièrement et je ne pouvais m'imaginer qu'il y eût
quelque chose de pire que la mort d'une maîtresse que l'on aime et dont on est aimé. Je lui
dis que tant que son affliction avait eu des bornes,
je l'avais approuvée, et que j'y étais entré; mais
que je ne le plaindrais plus s'il s'abandonnait au
désespoir et s'il perdait la raison.

» Je serais trop heureux de l'avoir perdue, et

» la vie aussi, s'écria-t-il : Mme de Tournon
» m'était infidèle, et j'apprends son infidélité et
» sa trahison le lendemain que j'ai appris sa
» mort, dans un temps où mon âme est remplie
» et pénétrée de la plus vive douleur et de la plus
» tendre amour que l'on ait jamais senties; dans
» un temps où son idée est dans mon cœur comme
» la plus parfaite chose qui ait jamais été, et la
» plus parfaite à mon égard, je trouve que je me
» suis trompé et qu'elle ne mérite pas que je la
» pleure; cependant j'ai la même affliction de sa
» mort que si elle m'était fidèle et je sens son infi-
» délité comme si elle n'était point morte. Si
» j'avais appris son changement devant sa mort,
» la jalousie, la colère, la rage, m'auraient rempli
» et m'auraient endurci en quelque sorte contre
» la douleur de sa perte; mais je suis dans un
» état où je ne puis ni m'en consoler ni la haïr. »

» Vous pouvez juger si je fus surpris de ce que
me disait Sancerre; je lui demandai comment il
avait su ce qu'il venait de me dire. Il me conta
qu'un moment après que j'étais sorti de sa
chambre, Estouteville, qui est son ami intime, mais
qui ne savait pourtant rien de son amour pour
Mme de Tournon, l'était venu voir; que, d'abord
qu'il avait été assis, il avait commencé à pleurer
et qu'il lui avait dit qu'il lui demanderait pardon

de lui avoir caché ce qu'il lui allait apprendre ;
qu'il le priait d'avoir pitié de lui ; qu'il venait lui
ouvrir son cœur et qu'il voyait l'homme du monde
le plus affligé de la mort de Mme de Tournon.

« Ce nom, me dit Sancerre, m'a tellement sur-
» pris que, quoique mon premier mouvement ait
» été de lui dire que j'en étais plus affligé que
» lui, je n'ai pas eu néanmoins la force de parler.
» Il a continué, et m'a dit qu'il était amoureux
» d'elle depuis six mois ; qu'il avait toujours voulu
» me le dire, mais qu'elle le lui avait défendu
» expressément et avec tant d'autorité qu'il n'avait
» osé lui désobéir ; qu'il lui avait plu quasi dans
» le même temps qu'il l'avait aimée ; qu'ils avaient
» caché leur passion à tout le monde ; qu'il n'avait
» jamais été chez elle publiquement ; qu'il avait eu
» le plaisir de la consoler de la mort de son mari ;
» et qu'enfin il l'allait épouser dans le temps
» qu'elle était morte ; mais que ce mariage, qui
» était un effet de passion, aurait paru un effet
» de devoir et d'obéissance ; qu'elle avait gagné
» son père pour se faire commander de l'épouser,
» afin qu'il n'y eût pas un trop grand changement
» dans sa conduite, qui avait été si éloignée de se
» remarier.

» Tant qu'Estouteville m'a parlé, me dit San-
» cerre, j'ai ajouté foi à ses paroles, parce que j'y

» ai trouvé de la vraisemblance et que le temps
» où il m'a dit qu'il avait commencé à aimer
» Mme de Tournon est précisément celui où elle
» m'a paru changée; mais un moment après, je
» l'ai cru un menteur ou du moins un visionnaire.
» J'ai été prêt à le lui dire, j'ai passé ensuite à
» vouloir m'éclaircir, je l'ai questionné, je lui ai
» fait paraître des doutes; enfin j'ai tant fait pour
» m'assurer de mon malheur qu'il m'a demandé
» si je connaissais l'écriture de Mme de Tournon.
» Il a mis sur mon lit quatre de ses lettres et son
» portrait; mon frère est entré dans ce moment.
» Estouteville avait le visage si plein de larmes
» qu'il a été contraint de sortir pour ne se pas
» laisser voir; il m'a dit qu'il reviendrait ce soir
» requérir ce qu'il me laissait; et moi je chassai
» mon frère, sur le prétexte de me trouver mal,
» par l'impatience de voir ces lettres que l'on
» m'avait laissées, et espérant d'y trouver quelque
» chose qui ne me persuaderait pas tout ce qu'Es-
» touteville venait de me dire. Mais, hélas! que n'y
» ai-je point trouvé? Quelle tendresse! quels ser-
» ments! quelles assurances de l'épouser! quelles
» lettres! Jamais elle ne m'en a écrit de semblables.
» Ainsi, ajouta-t-il, j'éprouve à la fois la douleur
» de la mort et celle de l'infidélité; ce sont deux
» maux que l'on a souvent comparés, mais qui

» n'ont jamais été sentis en même temps par la
» même personne. J'avoue, à ma honte, que je
» sens encore plus sa perte que son changement;
» je ne puis la trouver assez coupable pour consen-
» tir à sa mort. Si elle vivait, j'aurais le plaisir de
» lui faire des reproches et de me venger d'elle en
» lui faisant connaître son injustice; mais je ne la
» verrai plus, reprenait-il, je ne la verrai plus; ce
» mal est le plus grand de tous les maux. Je
» souhaiterais de lui rendre la vie aux dépens
» de la mienne. Quel souhait! si elle revenait
» elle vivrait pour Estouteville. Que j'étais heu-
» reux hier! s'écriait-il, que j'étais heureux! j'étais
» l'homme du monde le plus affligé; mais mon
» affliction était raisonnable, et je trouvais quel-
» que douceur à penser que je ne devais jamais
» me consoler. Aujourd'hui, tous mes sentiments
» sont injustes. Je paye à une passion feinte qu'elle
» a eue pour moi le même tribut de douleur que
» je croyais devoir à une passion véritable. Je ne
» puis ni haïr, ni aimer sa mémoire; je ne puis
» me consoler ni m'affliger. Du moins, me dit-il,
» en se retournant tout d'un coup vers moi, faites,
» je vous en conjure, que je ne voie jamais Estou-
» teville; son nom seul me fait horreur. Je sais
» bien que je n'ai nul sujet de m'en plaindre;
» c'est ma faute de lui avoir caché que j'aimais

» Mme de Tournon; s'il l'eût su il ne s'y serait
» peut-être pas attaché, elle ne m'aurait pas été
» infidèle; il est venu me chercher pour me confier
» sa douleur; il me fait pitié. Eh! c'est avec raison
» s'écriait-il; il aimait Mme de Tournon, il en
» était aimé et il ne la verra jamais; je sens bien
» néanmoins que je ne saurais m'empêcher de le
» haïr. Et encore une fois, je vous conjure de faire
» en sorte que je ne le voie point. »

» Sancerre se remit ensuite à pleurer, à regretter Mme de Tournon, à lui parler et à lui dire les
choses du monde les plus tendres; il repassa ensuite à la haine, aux plaintes, aux reproches et aux
imprécations contre elle. Comme je le vis dans un
état si violent, je connus bien qu'il me fallait
quelque secours pour m'aider à calmer son esprit.
J'envoyai querir son frère que je venais de quitter
chez le roi; j'allai lui parler dans l'antichambre
avant qu'il entrât et je lui contai l'état où était
Sancerre. Nous donnâmes des ordres pour empêcher qu'il ne vît Estouteville et nous employâmes
une partie de la nuit à tâcher de le rendre capable
de raison. Ce matin je l'ai encore trouvé plus
affligé; son frère est demeuré auprès de lui, et je
suis revenu auprès de vous.

— L'on ne peut être plus surprise que je
le suis, dit alors Mme de Clèves, et je croyais

Mme de Tournon incapable d'amour et de tromperie.

— L'adresse et la dissimulation, reprit M. de Clèves, ne peuvent aller plus loin qu'elle les a portées. Remarquez que, quand Sancerre crut qu'elle était changée pour lui, elle l'était véritablement et qu'elle commençait à aimer Estouteville. Elle disait à ce dernier qu'il la consolait de la mort de son mari et que c'était lui qui était cause qu'elle quittait cette grande retraite; et il paraissait à Sancerre que c'était parce que nous avions résolu qu'elle ne témoignerait plus d'être si affligée. Elle faisait valoir à Estouteville de cacher leur intelligence et de paraître obligée à l'épouser par le commandement de son père, comme un effet du soin qu'elle avait de sa réputation; et c'était pour abandonner Sancerre sans qu'il eût sujet de s'en plaindre. Il faut que je m'en retourne, continua M. de Clèves, pour voir ce malheureux et je crois qu'il faut que vous reveniez aussi à Paris. Il est temps que vous voyiez le monde, et que vous receviez ce nombre infini de visites dont aussi bien vous ne sauriez vous dispenser. »

Mme de Clèves consentit à son retour et elle revint le lendemain. Elle se trouva plus tranquille sur M. de Nemours qu'elle n'avait été; tout ce que lui avait dit Mme de Chartres en mourant, et la douleur de sa mort, avaient fait une suspension à ses sentiments, qui lui faisait croire qu'ils étaient entièrement effacés.

Dès le même soir qu'elle fut arrivée, Mme la Dauphine la vint voir, et, après lui avoir témoigné la part qu'elle avait prise à son affliction, elle lui dit que, pour la détourner de ces tristes pensées, elle voulait l'instruire de tout ce qui s'était passé à la cour en son absence; elle lui conta ensuite plusieurs choses particulières.

« Mais ce que j'ai le plus envie de vous apprendre, ajouta-t-elle, c'est qu'il est certain que M. de Nemours est passionnément amoureux et que ses amis les plus intimes, non seulement ne sont point dans sa confidence, mais qu'ils ne peuvent deviner qui est la personne qu'il aime. Cependant, cet amour est assez fort pour lui faire négliger ou abandonner, pour mieux dire, les espérances d'une couronne. »

Mme la Dauphine conta ensuite tout ce qui s'était passé sur l'Angleterre.

« J'ai appris ce que je viens de vous dire, continua-t-elle, de M. d'Anville; et il m'a dit ce matin que le roi envoya querir, hier au soir, M. de Nemours, sur des lettres de Lignerolles, qui demande à revenir, et qui écrit au roi qu'il ne peut plus soutenir auprès de la reine d'Angleterre les retardements de M. de Nemours; qu'elle commence à s'en offenser, et qu'encore qu'elle n'eût point donné de parole positive, elle en avait assez dit pour faire hasarder un voyage. Le roi lut cette lettre à M. de Nemours qui, au lieu de parler sérieusement, comme il avait fait dans les commencements, ne fit que rire, que badiner et se moquer des espérances de Lignerolles. Il dit que toute l'Europe condamnerait son imprudence s'il hasardait d'aller en Angleterre comme un prétendu mari de la reine sans être assuré du succès.

« Il me semble aussi, ajouta-t-il, que je pren- » drais mal mon temps à faire ce voyage présen- » tement que le roi d'Espagne fait de si grandes » instances pour épouser cette reine. Ce ne serait » peut-être pas un rival bien redoutable dans une » galanterie; mais je pense que dans un mariage » Votre Majesté ne me conseillerait pas de lui dis-- » puter quelque chose. — Je vous le conseillerais » en cette occasion, reprit le roi; mais vous n'aurez » rien à lui disputer; je sais qu'il a d'autres pen- » sées; et, quand il n'en aurait pas, la reine Marie » s'est trop mal trouvée du joug de l'Espagne » pour croire que sa sœur le veuille reprendre et » qu'elle se laisse éblouir à l'éclat de tant de cou- » ronnes jointes ensemble. — Si elle ne s'en laisse » pas éblouir, repartit M. de Nemours, il y a

» apparence qu'elle voudra se rendre heureuse
» par l'amour. Elle a aimé le milord Courtenay,
» il y a déjà quelques années; il était aussi aimé de
» la reine Marie, qui l'aurait épousé, du consente-
» ment de toute l'Angleterre, sans qu'elle connût
» que la jeunesse et la beauté de sa sœur Élisabeth
» le touchaient davantage que l'espérance de
» régner. Votre Majesté sait que les violentes
» jalousies qu'elle en eut la portèrent à les mettre
» l'un et l'autre en prison, à exiler ensuite le mi-
» lord Courtenay, et la déterminèrent enfin à épou-
» ser le roi d'Espagne. Je crois qu'Elisabeth, qui
» est présentement sur le trône, rappellera bientôt
» ce milord, et qu'elle choisira un homme qu'elle
» a aimé, qui est fort aimable, qui a tant souffert
» pour elle, plutôt qu'un autre qu'elle n'a jamais
» vu. — Je serais de votre avis, repartit le roi, si
» Courtenay vivait encore; mais j'ai su, depuis
» quelques jours, qu'il est mort à Padoue, où il
» était relégué. Je vois bien, ajouta-t-il en quit-
» tant M. de Nemours, qu'il faudrait faire votre
» mariage comme on ferait celui de M. le Dau-
» phin, et envoyer épouser la reine d'Angleterre
» par des ambassadeurs. »

« M. d'Anville et M. le Vidame, qui étaient
chez le roi avec M. de Nemours, sont persuadés
que c'est cette même passion dont il est occupé

qui le détourne d'un si grand dessein. Le vidame, qui le voit de plus près que personne, a dit à Mme de Martigues que ce prince est tellement changé qu'il ne le reconnaît plus; et, ce qui l'étonne davantage, c'est qu'il ne lui voit aucun commerce, ni aucunes heures particulières où il se dérobe, en sorte qu'il croit qu'il n'a point d'intelligence avec la personne qu'il aime; et c'est ce qui fait méconnaître M. de Nemours de lui voir aimer une femme qui ne répond point à son amour. »

Quel poison, pour Mme de Clèves, que le discours de Mme la Dauphine! Le moyen de ne se pas reconnaître pour cette personne dont on ne savait point le nom et le moyen de n'être pas pénétrée de reconnaissance et de tendresse, en apprenant, par une voie qui ne lui pouvait être suspecte, que ce prince, qui touchait déjà son cœur, cachait sa passion à tout le monde et négligeait pour l'amour d'elle les espérances d'une couronne? Aussi ne peut-on représenter ce qu'elle sentit, et le trouble qui s'éleva dans son âme. Si Mme la Dauphine l'eût regardée avec attention, elle eût aisément remarqué que les choses qu'elle venait de dire ne lui étaient pas indifférentes; mais, comme elle n'avait aucun soupçon de la vérité, elle continua de parler, sans y faire de réflexion.

« M. d'Anville, ajouta-t-elle, qui, comme je vous viens de dire, m'a appris tout ce détail, m'en croit mieux instruite que lui; et il a une si grande opinion de mes charmes qu'il est persuadé que je suis la seule personne qui puisse faire de si grands changements en M. de Nemours. »

Ces dernières paroles de Mme la Dauphine donnèrent une autre sorte de trouble à Mme de Clèves que celui qu'elle avait eu quelques moments auparavant.

« Je serais aisément de l'avis de M. d'Anville, répondit-elle; et il y a beaucoup d'apparence, Madame, qu'il ne faut pas moins qu'une princesse telle que vous pour faire mépriser la reine d'Angleterre.

— Je vous l'avouerais si je le savais, repartit Mme la Dauphine, et je le saurais s'il était véritable. Ces sortes de passions n'échappent point à la vue de celles qui les causent; elles s'en aperçoivent les premières. M. de Nemours ne m'a jamais témoigné que de légères complaisances mais il y a néanmoins une si grande différence de la manière dont il a vécu avec moi à celle dont il y vit présentement que je puis vous répondre que je ne suis pas la cause de l'indifférence qu'il a pour la couronne d'Angleterre.

» Je m'oublie avec vous, ajouta Mme la Dau-

phine, et je ne me souviens pas qu'il faut que
j'aille voir Madame. Vous savez que la paix est
quasi conclue; mais vous ne savez pas que le roi
d'Espagne n'a voulu passer aucun article qu'à
condition d'épouser cette princesse, au lieu du
prince don Carlos, son fils. Le roi a eu beaucoup
de peine à s'y résoudre; enfin il y a consenti, et il
est allé tantôt annoncer cette nouvelle à Madame.
Je crois qu'elle sera inconsolable; ce n'est pas une
chose qui puisse plaire d'épouser un homme de
l'âge et de l'humeur du roi d'Espagne, surtout à
elle qui a toute la joie que donne la première
jeunesse jointe à la beauté et qui s'attendait
d'épouser un jeune prince pour qui elle a de l'inclination sans l'avoir vu. Je ne sais si le roi trou-
vera en elle toute l'obéissance qu'il désire; il m'a
chargée de la voir parce qu'il sait qu'elle m'aime
et qu'il croit que j'aurai quelque pouvoir sur son
esprit. Je ferai ensuite une autre visite bien différente : j'irai me réjouir avec Madame, sœur
du roi. Tout est arrêté pour son mariage avec
M. de Savoie; et il sera ici dans peu de temps.
Jamais personne de l'âge de cette princesse n'a eu
de joie si entière de se marier. La cour va être
plus belle et plus grosse qu'on ne l'a jamais
vue; et, malgré votre affliction, il faut que vous
veniez nous aider à faire voir aux étrangers

que nous n'avons pas de médiocres beautés. »

Après ces paroles, Mme la Dauphine quitta
Mme de Clèves et, le lendemain, le mariage de
Madame fut su de tout le monde. Les jours suivants, le roi et les reines allèrent voir Mme de
Clèves. M. de Nemours, qui avait attendu son
retour avec une extrême impatience et qui souhaitait ardemment de lui pouvoir parler sans témoins,
attendit pour aller chez elle l'heure que tout le
monde en sortirait et qu'apparemment il ne
reviendrait plus personne. Il réussit dans son dessein et il arriva comme les dernières visites en
sortaient.

Cette princesse était sur son lit, il faisait chaud,
et la vue de M. de Nemours acheva de lui donner
une rougeur qui ne diminuait pas sa beauté. Il
s'assit vis-à-vis d'elle, avec cette crainte et cette
timidité que donnent les véritables passions. Il
demeura quelque temps sans pouvoir parler.
Mme de Clèves n'était pas moins interdite, de
sorte qu'ils gardèrent assez longtemps le silence.
Enfin M. de Nemours prit la parole et lui fit des
compliments sur son affliction; Mme de Clèves,
étant bien aise de continuer la conversation sur ce
sujet, parla assez longtemps de la perte qu'elle
avait faite; et enfin, elle dit que, quand le temps
aurait diminué la violence de sa douleur, il lui

en demeurerait toujours une si forte impression que son humeur en serait changée.

« Les grandes afflictions et les passions violentes, repartit M. de Nemours, font de grands changements dans l'esprit; et, pour moi, je ne me reconnais pas depuis que je suis revenu de Flandre. Beaucoup de gens ont remarqué ce changement, et même Mme la Dauphine m'en parlait encore hier.

— Il est vrai, repartit Mme de Clèves, qu'elle l'a remarqué, et je crois lui en avoir ouï dire quelque chose.

— Je ne suis pas fâché, Madame, répliqua M. de Nemours, qu'elle s'en soit aperçue; mais je voudrais qu'elle ne fût pas seule à s'en apercevoir. Il y a des personnes à qui on n'ose donner d'autres marques de la passion qu'on a pour elles que par les choses qui ne les regardent point; et, n'osant leur faire paraître qu'on les aime, on voudrait du moins qu'elles vissent que l'on ne veut être aimé de personne. L'on voudrait qu'elles sussent qu'il n'y a point de beauté, dans quelque rang qu'elle pût être, que l'on ne regardât avec indifférence, et qu'il n'y a point de couronne que l'on voulût acheter au prix de ne les avoir jamais. Les femmes jugent d'ordinaire de la passion qu'on a pour elles, continua-t-il, par le soin

qu'on prend de leur plaire et de les chercher;
mais ce n'est pas une chose difficile pour peu
qu'elles soient aimables; ce qui est difficile, c'est
de ne s'abandonner pas au plaisir de les suivre;
c'est de les éviter, par la peur de laisser paraître
au public, et quasi à elles-mêmes, les sentiments
que l'on a pour elles. Et ce qui marque encore
mieux un véritable attachement, c'est de devenir
entièrement opposé à ce que l'on était, et de
n'avoir plus d'ambition, ni de plaisir, après
avoir été toute sa vie occupé de l'un et de l'autre. »

Mme de Clèves entendait aisément la part
qu'elle avait à ces paroles. Il lui semblait qu'elle
devait y répondre et ne les pas souffrir. Il lui semblait aussi qu'elle ne devait pas les entendre, ni
témoigner qu'elle les prît pour elle. Elle croyait
devoir parler et croyait ne devoir rien dire. Le
discours de M. de Nemours lui plaisait et l'offen-
sait quasi également; elle y voyait la confirmation
de tout ce que lui avait fait penser Mme la Dauphine; elle y trouvait quelque chose de galant et
de respectueux, mais aussi quelque chose de hardi
et de trop intelligible. L'inclination qu'elle avait
pour ce prince lui donnait un trouble dont elle
n'était pas maîtresse. Les paroles les plus obscures
d'un homme qui plaît donnent plus d'agitation
que des déclarations ouvertes d'un homme qui

ne plaît pas. Elle demeurait donc sans répondre, et M. de Nemours se fût aperçu de son silence, dont il n'aurait peut-être pas tiré de mauvais présages, si l'arrivée de M. de Clèves n'eût fini la conversation et sa visite.

Ce prince venait conter à sa femme des nouvelles de Sancerre; mais elle n'avait pas une grande curiosité pour la suite de cette aventure. Elle était si occupée de ce qui se venait de passer qu'à peine pouvait-elle cacher la distraction de son esprit. Quand elle fut en liberté de rêver, elle connut bien qu'elle s'était trompée lorsqu'elle avait cru n'avoir plus que de l'indifférence pour M. de Nemours. Ce qu'il lui avait dit avait fait toute l'impression qu'il pouvait souhaiter et l'avait entièrement persuadée de sa passion. Les actions de ce prince s'accordaient trop bien avec ses paroles pour laisser quelque doute à cette princesse. Elle ne se flatta plus de l'espérance de ne le pas aimer; elle songea seulement à ne lui en donner jamais aucune marque. C'était une entreprise difficile, dont elle connaissait déjà les peines; elle savait que le seul moyen d'y réussir était d'éviter la présence de ce prince; et, comme son deuil lui donnait lieu d'être plus retirée que de coutume, elle se servit de ce prétexte pour n'aller plus dans les lieux où il la pouvait voir.

Elle était dans une tristesse profonde; la mort de sa mère en paraissait la cause, et l'on n'en cherchait point d'autre.

M. de Nemours était désespéré de ne la voir presque plus; et, sachant qu'il ne la trouverait dans aucune assemblée et dans aucun des divertissements où était toute la cour, il ne pouvait se résoudre d'y paraître; il feignit une grande passion pour la chasse, et il en faisait des parties les mêmes jours qu'il y avait des assemblées chez les reines. Une légère maladie lui servit longtemps de prétexte pour demeurer chez lui et pour éviter d'aller dans tous les lieux où il savait bien que Mme de Clèves ne serait pas.

M. de Clèves fut malade à peu près dans le même temps. Mme de Clèves ne sortit point de sa chambre pendant son mal; mais, quand il se porta mieux, qu'il vit du monde, et entre autres M. de Nemours, qui, sous le prétexte d'être encore faible, y passait la plus grande partie du jour, elle trouva qu'elle n'y pouvait plus demeurer; elle n'eut pas néanmoins la force d'en sortir les premières fois qu'il y vint. Il y avait trop longtemps qu'elle ne l'avait vu pour se résoudre à ne le voir pas. Ce prince trouva le moyen de lui faire entendre par des discours qui ne semblaient que généraux, mais qu'elle entendait néanmoins

parce qu'ils avaient du rapport à ce qu'il lui avait
dit chez elle, qu'il allait à la chasse pour rêver et
qu'il n'allait point aux assemblées parce qu'elle
n'y était pas.

Elle exécuta enfin la résolution qu'elle avait
prise de sortir de chez son mari lorsqu'il y serait;
ce fut toutefois en se faisant une extrême violence. Ce prince vit bien qu'elle le fuyait, et en
fut sensiblement touché.

M. de Clèves ne prit pas garde d'abord à la
conduite de sa femme; mais enfin il s'aperçut
qu'elle ne voulait pas être dans sa chambre lorsqu'il y avait du monde. Il lui en parla, et elle lui
répondit qu'elle ne croyait pas que la bienséance
voulût qu'elle fût tous les soirs avec ce qu'il y
avait de plus jeune à la cour; qu'elle le suppliait
de trouver bon qu'elle fît une vie plus retirée
qu'elle n'avait accoutumé; que la vertu et la présence de sa mère autorisaient beaucoup de choses
qu'une femme de son âge ne pouvait soutenir.

M. de Clèves, qui avait naturellement beaucoup
de douceur et de complaisance pour sa femme,
n'en eut pas en cette occasion, et il lui dit qu'il
ne voulait pas absolument qu'elle changeât de
conduite. Elle fut prête de lui dire que le bruit
était dans le monde que M. de Nemours était
amoureux d'elle; mais elle n'eut pas la force de

le nommer. Elle sentit aussi de la honte de se
vouloir servir d'une fausse raison et de déguiser
la vérité à un homme qui avait si bonne opinion
d'elle.

Quelques jours après, le roi était chez la reine
à l'heure du cercle; l'on parla des horoscopes et
des prédictions. Les opinions étaient partagées sur
la croyance que l'on y devait donner. La reine y
ajoutait beaucoup de foi; elle soutint qu'après
tant de choses qui avaient été prédites, et que
l'on avait vues arriver, on ne pouvait douter qu'il
n'y eût quelque certitude dans cette science.
D'autres soutenaient que, parmi ce nombre infini
de prédictions, le peu qui se trouvaient véritables
faisait bien voir que ce n'était qu'un effet du
hasard.

« J'ai eu autrefois beaucoup de curiosité pour
l'avenir, dit le roi; mais on m'a dit tant de choses
fausses et si peu vraisemblables que je suis
demeuré convaincu que l'on ne peut rien savoir
de véritable. Il y a quelques années qu'il vint ici
un homme d'une grande réputation dans l'astrologie. Tout le monde l'alla voir; j'y allai comme
les autres, mais sans lui dire qui j'étais, et je menai
MM. de Guise et d'Escars; je les fis passer les premiers. L'astrologue néanmoins s'adressa d'abord
à moi, comme s'il m'eût jugé le maître des

autres. Peut-être qu'il me connaissait; cependant
il me dit une chose qui ne me convenait pas s'il
m'eût connu. Il me prédit que je serais tué en
duel. Il dit ensuite à M. de Guise qu'il serait tué
par-derrière et à d'Escars qu'il aurait la tête
cassée par un coup de pied de cheval. M. de
Guise s'offensa quasi de cette prédiction, comme
si on l'eût accusé de devoir fuir. D'Escars ne fut
guère satisfait de trouver qu'il devait finir par un
accident si malheureux. Enfin nous sortîmes tous
très mal contents de l'astrologue. Je ne sais ce
qui arrivera à M. de Guise et à d'Escars; mais il
n'y a guère d'apparence que je sois tué en duel.
Nous venons de faire la paix, le roi d'Espagne
et moi; et, quand nous ne l'aurions pas faite, je
doute que nous nous battions, et que je le fisse
appeler comme le roi mon père fit appeler
Charles Quint. »

Après le malheur que le roi conta qu'on lui
avait prédit, ceux qui avaient soutenu l'astrologie
en abandonnèrent le parti et tombèrent d'accord
qu'il n'y fallait donner aucune croyance.

« Pour moi, dit tout haut M. de Nemours, je
suis l'homme du monde qui dois le moins y en
avoir », et, se tournant vers Mme de Clèves,
auprès de qui il était : « On m'a prédit, lui dit-il
tout bas, que je serais heureux par les bontés de

la personne du monde pour qui j'aurais la plus
violente et la plus respectueuse passion. Vous
pouvez juger, Madame, si je dois croire aux prédictions. »

Mme la Dauphine, qui crut, par ce que M. de
Nemours avait dit tout haut, que ce qu'il disait
tout bas était quelque fausse prédiction qu'on
lui avait faite, demanda à ce prince ce qu'il disait
à Mme de Clèves. S'il eût eu moins de présence
d'esprit, il eût été surpris de cette demande. Mais
prenant la parole sans hésiter :

« Je lui disais, Madame, répondit-il, que l'on
m'a prédit que je serais élevé à une si haute fortune que je n'oserais même y prétendre.

— Si l'on ne vous a fait que cette prédiction,
repartit Mme la Dauphine en souriant, et pensant
à l'affaire d'Angleterre, je ne vous conseille pas
de décrier l'astrologie, et vous pourriez trouver
des raisons pour la soutenir. »

Mme de Clèves comprit bien ce que voulait dire
Mme la Dauphine; mais elle entendait bien aussi
que la fortune dont M. de Nemours voulait parler
n'était pas d'être roi d'Angleterre.

Comme il y avait déjà assez longtemps de la
mort de sa mère, il fallait qu'elle commençât à
paraître dans le monde et à faire sa cour comme
elle avait accoutumé. Elle voyait M. de Nemours

chez Mme la Dauphine; elle le voyait chez M. de
Clèves, où il venait souvent avec d'autres personnes de qualité de son âge, afin de ne se pas
faire remarquer; mais elle ne le voyait plus
qu'avec un trouble dont il s'apercevait aisément.

Quelque application qu'elle eût à éviter ses
regards et à lui parler moins qu'à un autre, il lui
échappait de certaines choses qui partaient d'un
premier mouvement, qui faisaient juger à ce
prince qu'il ne lui était pas indifférent. Un
homme moins pénétrant que lui ne s'en fût peut-
être pas aperçu; mais il avait déjà été aimé tant
de fois qu'il était difficile qu'il ne connût pas
quand on l'aimait. Il voyait bien que le chevalier
de Guise était son rival, et ce prince connaissait
que M. de Nemours était le sien. Il était le seul
homme de la cour qui eût démêlé cette vérité;
son intérêt l'avait rendu plus clairvoyant que les
autres; la connaissance qu'ils avaient de leurs
sentiments leur donnait une aigreur qui paraissait en toutes choses sans éclater néanmoins par
aucun démêlé; mais ils étaient opposés en tout.
Ils étaient toujours de différent parti dans les
courses de bague, dans les combats, à la barrière
et dans tous les divertissements où le roi s'occupait; et leur émulation était si grande qu'elle ne
se pouvait cacher.

L'affaire d'Angleterre revenait souvent dans l'esprit de Mme de Clèves; il lui semblait que M. de Nemours ne résisterait point aux conseils du roi et aux instances de Lignerolles. Elle voyait avec peine que ce dernier n'était point encore de retour, et elle l'attendait avec impatience. Si elle eût suivi ses mouvements, elle se serait informée avec soin de l'état de cette affaire; mais le même sentiment qui lui donnait de la curiosité l'obligeait à la cacher, et elle s'enquérait seulement de la beauté, de l'esprit et de l'humeur de la reine Élisabeth. On apporta un de ses portraits chez le roi, qu'elle trouva plus beau qu'elle n'avait envie de le trouver; et elle ne put s'empêcher de dire qu'il était flatté.

« Je ne le crois pas, reprit Mme la Dauphine, qui était présente; cette princesse a la réputation d'être belle et d'avoir un esprit fort au-dessus du commun, et je sais bien qu'on me l'a proposée toute ma vie pour exemple. Elle doit être aimable, si elle ressemble à Anne de Boulen, sa mère. Jamais femme n'a eu tant de charmes et tant d'agrément dans sa personne et dans son humeur. J'ai ouï dire que son visage avait quelque chose de vif et de singulier, et qu'elle n'avait aucune ressemblance avec les autres beautés anglaises.

— Il me semble aussi, reprit Mme de Clèves, que l'on dit qu'elle était née en France.

— Ceux qui l'ont cru se sont trompés, répondit Mme la Dauphine, et je vais vous conter son histoire en peu de mots.

» Elle était d'une bonne maison d'Angleterre. Henri VIII avait été amoureux de sa sœur et de sa mère, et l'on a même soupçonné qu'elle était sa fille. Elle vint ici avec la sœur de Henri VII, qui épousa le roi Louis XII. Cette princesse, qui était jeune et galante, eut beaucoup de peine à quitter la cour de France après la mort de son mari; mais Anne de Boulen, qui avait les mêmes inclinations que sa maîtresse, ne se put résoudre à en partir. Le feu roi en était amoureux, et elle demeura fille d'honneur de la reine Claude. Cette reine mourut, et Mme Marguerite, sœur du roi, duchesse d'Alençon, et depuis reine de Navarre, dont vous avez vu les contes, la prit auprès d'elle, et elle prit auprès de cette princesse les teintures de la religion nouvelle. Elle retourna ensuite en Angleterre et y charma tout le monde; elle avait les manières de France qui plaisent à toutes les nations; elle chantait bien, elle dansait admirablement; on la mit fille de la reine Catherine d'Aragon, et le roi Henri VIII en devint éperdument amoureux.

» Le cardinal de Wolsey, son favori et son premier ministre, avait prétendu au pontificat et, mal satisfait de l'Empereur, qui ne l'avait pas soutenu dans cette prétention, il résolut de s'en venger, et d'unir le roi, son maître, à la France. Il mit dans l'esprit de Henri VIII que son mariage avec la tante de l'Empereur était nul et lui proposa d'épouser la duchesse d'Alençon, dont le mari venait de mourir. Anne de Boulen, qui avait de l'ambition, regarda ce divorce comme un chemin qui la pouvait conduire au trône. Elle commença à donner au roi d'Angleterre des impressions de la religion de Luther et engagea le feu roi à favoriser à Rome le divorce de Henri, sur l'espérance du mariage de Mme d'Alençon. Le cardinal de Wolsey se fit député en France sur d'autres prétextes pour traiter cette affaire; mais son maître ne put se résoudre à souffrir qu'on en fît seulement la proposition et il lui envoya un ordre, à Calais, de ne point parler de ce mariage.

» Au retour de France, le cardinal de Wolsey fut reçu avec des honneurs pareils à ceux que l'on rendait au roi même; jamais favori n'a porté l'orgueil et la vanité à un si haut point. Il ménagea une entrevue entre les deux rois, qui se fit à Boulogne. François Ier donna la main à Henri VIII, qui ne la voulait point recevoir. Ils se traitèrent tour à tour avec une magnificence extraordinaire, et se donnèrent des habits pareils à ceux qu'ils avaient fait faire pour eux-mêmes. Je me souviens d'avoir ouï dire que ceux que le feu roi envoya au roi d'Angleterre étaient de satin cramoisi, chamarré en triangle, avec des perles et des diamants, et la robe de velours blanc brodé d'or. Après avoir été quelques jours à Boulogne, ils allèrent encore à Calais. Anne de Boulen était logée chez Henri VIII avec le train d'une reine, et François Ier lui fit les mêmes présents et lui rendit les mêmes honneurs que si elle l'eût été. Enfin, après une passion de neuf années, Henri l'épousa sans attendre la dissolution de son premier mariage, qu'il demandait à Rome depuis longtemps. Le pape prononça des fulminations contre lui avec précipitation et Henri en fut tellement irrité qu'il se déclara chef de la religion et entraîna toute l'Angleterre dans le malheureux changement où vous la voyez.

» Anne de Boulen ne jouit pas longtemps de sa grandeur; car, lorsqu'elle la croyait plus assurée par la mort de Catherine d'Aragon, un jour qu'elle assistait avec toute la cour à des courses de bague que faisait le vicomte de Rochefort, son frère, le roi en fut frappé d'une telle jalousie qu'il quitta brusquement le spectacle, s'en vint à Lon-

dres et laissa ordre d'arrêter la reine, le vicomte
de Rochefort et plusieurs autres, qu'il croyait
amants ou confidents de cette princesse. Quoique
cette jalousie parût née dans ce moment, il y avait
déjà quelque temps qu'elle lui avait été inspirée
par la vicomtesse de Rochefort, qui, ne pouvant
souffrir la liaison étroite de son mari avec la reine,
la fit regarder au roi comme une amitié crimi-
nelle; en sorte que ce prince, qui, d'ailleurs, était
amoureux de Jeanne Seymour, ne songea qu'à
se défaire d'Anne de Boulen. En moins de trois
semaines, il fit faire le procès à cette reine et à
son frère, leur fit couper la tête et épousa Jeanne
Seymour. Il eut ensuite plusieurs femmes, qu'il
répudia ou qu'il fit mourir, et entre autres Catherine Howard, dont la comtesse de Rochefort était
confidente, et qui eut la tête coupée avec elle. Elle
fut ainsi punie des crimes qu'elle avait supposés
à Anne de Boulen, et Henri VIII mourut, étant
devenu d'une grosseur prodigieuse. »

Toutes les dames, qui étaient présentes au récit
de Mme la Dauphine, la remercièrent de les avoir
si bien instruites de la cour d'Angleterre, et entre
autres Mme de Clèves, qui ne put s'empêcher de
lui faire encore plusieurs questions sur la reine
Élisabeth.

La reine dauphine faisait faire des portraits en

petit de toutes les belles personnes de la cour pour les envoyer à la reine sa mère. Le jour qu'on achevait celui de Mme de Clèves, Mme la Dauphine vint passer l'après-dînée chez elle. M. de Nemours ne manqua pas de s'y trouver ; il ne laissait échapper aucune occasion de voir Mme de Clèves sans laisser paraître néanmoins qu'il les cherchât. Elle était si belle, ce jour-là, qu'il en serait devenu amoureux quand il ne l'aurait pas été. Il n'osait pourtant avoir les yeux attachés sur elle pendant qu'on la peignait, et il craignait de laisser trop voir le plaisir qu'il avait à la regarder.

Mme la Dauphine demanda à M. de Clèves un petit portrait qu'il avait de sa femme pour le voir auprès de celui que l'on achevait ; tout le monde dit son sentiment de l'un et de l'autre ; et Mme de Clèves ordonna au peintre de raccommoder quelque chose à la coiffure de celui que l'on venait d'apporter. Le peintre, pour lui obéir, ôta le portrait de la boîte où il était et, après y avoir travaillé, il le remit sur la table.

Il y avait longtemps que M. de Nemours souhaitait d'avoir le portrait de Mme de Clèves. Lorsqu'il vit celui qui était à M. de Clèves, il ne put résister à l'envie de le dérober à un mari qu'il croyait tendrement aimé ; et il pensa que, parmi tant de personnes qui étaient dans ce même lieu, il ne serait pas soupçonné plutôt qu'un autre.

Mme la Dauphine était assise sur le lit et parlait bas à Mme de Clèves, qui était debout devant elle. Mme de Clèves aperçut par un des rideaux, qui n'était qu'à demi fermé, M. de Nemours, le dos contre la table, qui était au pied du lit, et elle vit que, sans tourner la tête, il prenait adroitement quelque chose sur cette table. Elle n'eut pas de peine à deviner que c'était son portrait, et elle en fut si troublée que Mme la Dauphine remarqua qu'elle ne l'écoutait pas et lui demanda tout haut ce qu'elle regardait. M. de Nemours se tourna à ces paroles; il rencontra les yeux de Mme de Clèves, qui étaient encore attachés sur lui, et il pensa qu'il n'était pas impossible qu'elle eût vu ce qu'il venait de faire.

Mme de Clèves n'était pas peu embarrassée. La raison voulait qu'elle demandât son portrait; mais, en le demandant publiquement, c'était apprendre à tout le monde les sentiments que ce prince avait pour elle, et, en le lui demandant en particulier, c'était quasi l'engager à lui parler de sa passion. Enfin elle jugea qu'il valait mieux le lui laisser, et elle fut bien aise de lui accorder une faveur qu'elle lui pouvait faire sans qu'il sût même

qu'elle la lui faisait. M. de Nemours, qui remarquait son embarras, et qui en devinait quasi la
cause, s'approcha d'elle et lui dit tout bas :

« Si vous avez vu ce que j'ai osé faire, ayez la
bonté, Madame, de me laisser croire que vous
l'ignorez; je n'ose vous en demander davantage. »

Et il se retira après ces paroles et n'attendit
point sa réponse.

Mme la Dauphine sortit pour s'aller promener suivie de toutes les dames, et M. de Nemours
alla se renfermer chez lui, ne pouvant soutenir en
public la joie d'avoir un portrait de Mme de Clèves.
Il sentait tout ce que la passion peut faire sentir de
plus agréable; il aimait la plus aimable personne
de la cour; il s'en faisait aimer malgré elle, et il
voyait dans toutes ses actions cette sorte de trouble
et d'embarras que cause l'amour dans l'innocence
de la première jeunesse.

Le soir, on chercha ce portrait avec beaucoup
de soin; comme on trouvait la boîte où il devait
être, l'on ne soupçonna point qu'il eût été dérobé, et l'on crut qu'il était tombé par hasard.
M. de Clèves était affligé de cette perte et, après
qu'on eut encore cherché inutilement, il dit à sa
femme, mais d'une manière qui faisait voir qu'il
ne le pensait pas, qu'elle avait sans doute quelque

amant caché à qui elle avait donné ce portrait ou qui l'avait dérobé, et qu'un autre qu'un amant ne se serait pas contenté de la peinture sans la boîte.

Ces paroles, quoique dites en riant, firent une vive impression dans l'esprit de Mme de Clèves. Elles lui donnèrent des remords; elle fit réflexion à la violence de l'inclination qui l'entraînait vers M. de Nemours; elle trouva qu'elle n'était plus maîtresse de ses paroles et de son visage; elle pensa que Lignerolles était revenu; qu'elle ne craignait plus l'affaire d'Angleterre; qu'elle n'avait plus de soupçons sur Mme la Dauphine; qu'enfin il n'y avait plus rien qui la pût défendre et qu'il n'y avait de sûreté pour elle qu'en s'éloignant. Mais, comme elle n'était pas maîtresse de s'éloigner, elle se trouvait dans une grande extrémité et prête à tomber dans ce qui lui paraissait le plus grand des malheurs, qui était de laisser voir à M. de Nemours l'inclination qu'elle avait pour lui. Elle se souvenait de tout ce que Mme de Chartres lui avait dit en mourant et des conseils qu'elle lui avait donnés de prendre toutes sortes de partis, quelque difficiles qu'ils pussent être, plutôt que de s'embarquer dans une galanterie. Ce que M. de Clèves lui avait dit sur la sincérité, en parlant de Mme de Tournon, lui revint dans l'esprit; il lui sembla

qu'elle lui devait avouer l'inclination qu'elle avait
pour M. de Nemours. Cette pensée l'occupa longtemps; ensuite elle fut étonnée de l'avoir eue,
elle y trouva de la folie, et retomba dans l'embarras de ne savoir quel parti prendre.

La paix était signée; Mme Élisabeth, après
beaucoup de répugnance, s'était résolue à obéir
au roi son père. Le duc d'Albe avait été nommé
pour venir l'épouser au nom du roi catholique,
et il devait bientôt arriver. L'on attendait le duc
de Savoie, qui venait épouser Madame, sœur du
roi, et dont les noces se devaient faire en même
temps. Le roi ne songeait qu'à rendre ces noces
célèbres par des divertissements où il pût faire
paraître l'adresse et la magnificence de sa cour.
On proposa tout ce qui se pouvait faire de plus
grand pour des ballets et des comédies, mais le
roi trouva ces divertissements trop particuliers,
et il en voulut d'un plus grand éclat. Il résolut
de faire un tournoi, où les étrangers seraient
reçus, et dont le peuple pourrait être specta-
teur. Tous les princes et les jeunes seigneurs en-
trèrent avec joie dans le dessein du roi, et surtout le duc de Ferrare, M. de Guise et M. de
Nemours, qui surpassaient tous les autres dans
ces sortes d'exercices. Le roi les choisit pour
être avec lui les quatre tenants du tournoi.

L'on fit publier, par tout le royaume, qu'en la
ville de Paris le pas était ouvert, au quinzième
juin, par Sa Majesté très Chrétienne et par les
princes Alphonse d'Este, duc de Ferrare, François
de Lorraine, duc de Guise et Jacques de Savoie,
duc de Nemours, pour être tenu contre tous ve-
nants, à commencer le premier combat, à cheval
en lice, en double pièce, quatre coups de lance et
un pour les dames; le deuxième combat, à coups
d'épée, un à un ou deux à deux, à la volonté des
maîtres du camp; le troisième combat à pied, trois
coups de pique et six coups d'épée; que les tenants
fourniraient de lances, d'épées et de piques, au
choix des assaillants; et que, si en courant on donnait au cheval, on serait mis hors des rangs; qu'il
y aurait quatre maîtres de camp pour donner les
ordres et que ceux des assaillants qui auraient le
plus rompu et le mieux fait auraient un prix
dont la valeur serait à la discrétion des juges; que
tous les assaillants, tant français qu'étrangers, seraient tenus de venir toucher à l'un des écus qui
seraient pendus au perron au bout de la lice, ou à
plusieurs, selon leur choix; que là ils trouveraient
un officier d'armes, qui les recevrait pour les enrô-
ler selon leur rang et selon les écus qu'ils auraient
touchés; que les assaillants seraient tenus de faire
apporter par un gentilhomme leur écu, avec leurs

armes, pour le pendre au perron trois jours avant
le commencement du tournoi; qu'autrement, ils
n'y seraient point reçus sans le congé des tenants.

On fit faire une grande lice proche de la Bas-
tille, qui venait du château des Tournelles, qui
traversait la rue Saint-Antoine et qui allait rendre
aux écuries royales. Il y avait des deux côtés des
échafauds et des amphithéâtres, avec des loges
couvertes qui formaient des espèces de galeries
qui faisaient un très bel effet à la vue et qui pouvaient contenir un nombre infini de personnes.
Tous les princes et seigneurs ne furent plus occupés que du soin d'ordonner ce qui leur était
nécessaire pour paraître avec éclat et pour mêler,
dans leurs chiffres ou dans leurs devises, quelque
chose de galant qui eût rapport aux personnes
qu'ils aimaient.

Peu de jours avant l'arrivée du duc d'Albe, le
roi fit une partie de paume avec M. de Nemours,
le chevalier de Guise et le vidame de Chartres.
Les reines les allèrent voir jouer, suivies de toutes
les dames et, entre autres, de Mme de Clèves.
Après que la partie fut finie, comme l'on sortait
du jeu de paume, Chastelart s'approcha de la
reine dauphine et lui dit que le hasard lui venait
de mettre entre les mains une lettre de galanterie
qui était tombée de la poche de M. de Nemours.

Cette reine, qui avait toujours de la curiosité
pour ce qui regardait ce prince, dit à Chastelart
de la lui donner; elle la prit et suivit la reine, sa
belle-mère, qui s'en allait avec le roi voir travailler
à la lice. Après que l'on y eut été quelque temps,
le roi fit amener des chevaux qu'il avait fait venir
depuis peu. Quoiqu'ils ne fussent pas encore
dressés, il les voulut monter, et en fit donner à
tous ceux qui l'avaient suivi. Le roi et M. de
Nemours se trouvèrent sur les plus fougueux;
ces chevaux se voulurent jeter l'un à l'autre.
M. de Nemours, par la crainte de blesser le roi,
recula brusquement et porta son cheval contre
un pilier du manège, avec tant de violence que la
secousse le fit chanceler. On courut à lui, et on le
crut considérablement blessé. Mme de Clèves le
crut encore plus blessé que les autres. L'intérêt
qu'elle y prenait lui donna une appréhension et
un trouble qu'elle ne songea pas à cacher; elle
s'approcha de lui avec les reines et avec un visage
si changé qu'un homme moins intéressé que le
chevalier de Guise s'en fût aperçu; aussi le
remarqua-t-il aisément, et il eut bien plus d'attention à l'état où était Mme de Clèves qu'à
celui où était M. de Nemours. Le coup que ce
prince s'était donné lui causa un si grand éblouis-
sement qu'il demeura quelque temps la tête pen-

chée sur ceux qui le soutenaient. Quand il la
releva, il vit d'abord Mme de Clèves; il connut
sur son visage la pitié qu'elle avait de lui et il la
regarda d'une sorte qui put lui faire juger combien il en était touché. Il fit ensuite des remercie-
ments aux reines de la bonté qu'elles lui témoi-
gnaient et des excuses de l'état où il avait
été devant elles. Le roi lui ordonna de s'aller
reposer.

Mme de Clèves, après être remise de la frayeur
qu'elle avait eue, fit bientôt réflexion aux
marques qu'elle en avait données. Le chevalier
de Guise ne la laissa pas longtemps dans l'espérance que personne ne s'en serait aperçu; il
lui donna la main pour la conduire hors de la
lice.

« Je suis plus à plaindre que M. de Nemours,
Madame, lui dit-il; pardonnez-moi si je sors de ce
profond respect que j'ai toujours eu pour vous, et
si je vous fais paraître la vive douleur que je sens
de ce que je viens de voir : c'est la première fois
que j'ai été assez hardi pour vous parler et ce
sera aussi la dernière. La mort, ou du moins un
éloignement éternel, m'ôteront d'un lieu où je ne
puis plus vivre puisque je viens de perdre la triste
consolation de croire que tous ceux qui osent
vous regarder sont aussi malheureux que moi. »

Mme de Clèves ne répondit que quelques
paroles mal arrangées, comme si elle n'eût pas
entendu ce que signifiaient celles du chevalier
de Guise. Dans un autre temps elle aurait été
offensée qu'il lui eût parlé des sentiments qu'il
avait pour elle; mais dans ce moment elle ne
sentit que l'affliction de voir qu'il s'était aperçu
de ceux qu'elle avait pour M. de Nemours. Le
chevalier de Guise en fut si convaincu et si pénétré de douleur que, dès ce jour, il prit la résolution de ne penser jamais à être aimé de Mme de
Clèves. Mais pour quitter cette entreprise, qui lui
avait paru si difficile et si glorieuse, il en fallait
quelque autre dont la grandeur pût l'occuper. Il
se mit dans l'esprit de prendre Rhodes, dont il
avait déjà eu quelque pensée; et, quand la mort
l'ôta du monde dans la fleur de sa jeunesse et
dans le temps qu'il avait acquis la réputation
d'un des plus grands princes de son siècle, le
seul regret qu'il témoigna de quitter la vie fut
de n'avoir pu exécuter une si belle résolution,
dont il croyait le succès infaillible par tous les
soins qu'il en avait pris.

Mme de Clèves, en sortant de la lice, alla chez
la reine, l'esprit bien occupé de ce qui s'était
passé. M. de Nemours y vint peu de temps après,
habillé magnifiquement et comme un homme

qui ne se sentait pas de l'accident qui lui était
arrivé. Il paraissait même plus gai que de coutume; et la joie de ce qu'il croyait avoir vu lui
donnait un air qui augmentait encore son agrément. Tout le monde fut surpris lorsqu'il entra,
et il n'y eut personne qui ne lui demandât de ses
nouvelles, excepté Mme de Clèves, qui demeura
auprès de la cheminée sans faire semblant de le
voir. Le roi sortit d'un cabinet où il était et, le
voyant parmi les autres, il l'appela pour lui
parler de son aventure. M. de Nemours passa
auprès de Mme de Clèves et lui dit tout bas :

« J'ai reçu aujourd'hui des marques de votre
pitié, Madame; mais ce n'est pas de celles dont
je suis le plus digne. »

Mme de Clèves s'était bien doutée que ce
prince s'était aperçu de la sensibilité qu'elle avait
eue pour lui, et ses paroles lui firent voir qu'elle
ne s'était pas trompée. Ce lui était une grande
douleur de voir qu'elle n'était plus maîtresse de
cacher ses sentiments et de les avoir laissés paraître au chevalier de Guise. Elle en avait aussi
beaucoup que M. de Nemours les connût; mais
cette dernière douleur n'était pas si entière et
elle était mêlée de quelque sorte de douceur.

La reine dauphine, qui avait une extrême
impatience de savoir ce qu'il y avait dans la

lettre que Chastelard lui avait donnée, s'approcha de Mme de Clèves :

« Allez lire cette lettre, lui dit-elle ; elle s'adresse à M. de Nemours et, selon les apparences, elle est de cette maîtresse pour qui il a quitté toutes les autres. Si vous ne la pouvez lire présentement, gardez-la ; venez ce soir à mon coucher pour me la rendre et pour me dire si vous en connaissez l'écriture. »

Mme la Dauphine quitta Mme de Clèves après ces paroles et la laissa si étonnée et dans un si grand saisissement qu'elle fut quelque temps sans pouvoir sortir de sa place. L'impatience et le trouble où elle était ne lui permirent pas de demeurer chez la reine ; elle s'en alla chez elle, quoiqu'il ne fût pas l'heure où elle avait accoutumé de se retirer. Elle tenait cette lettre avec une main tremblante ; ses pensées étaient si confuses qu'elle n'en avait aucune distincte ; et elle se trouvait dans une sorte de douleur insupportable, qu'elle ne connaissait point et qu'elle n'avait jamais sentie. Sitôt qu'elle fut dans son cabinet, elle ouvrit cette lettre, et la trouva telle :

LETTRE

Je vous ai trop aimé pour vous laisser croire que le changement qui vous paraît en moi soit un effet de ma légèreté; je veux vous apprendre que votre infidélité en est la cause. Vous êtes bien supris que je vous parle de votre infidélité; vous me l'aviez cachée avec tant d'adresse, et j'ai pris tant de soin de vous cacher que je la savais, que vous avez raison d'être étonné qu'elle me soit connue. Je suis surprise moi-même que j'aie pu ne vous en rien faire paraître. Jamais douleur n'a été pareille à la mienne. Je croyais que vous aviez pour moi une passion violente; je ne vous cachais plus celle que j'avais pour vous et, dans le temps que je vous la laissais voir tout entière, j'appris que vous me trompiez, que vous en aimiez une autre et que, selon toutes les apparences, vous me sacrifiez à cette nouvelle maîtresse. Je le sus le jour de la course de bague; c'est ce qui fit que je n'y allai point. Je feignis d'être malade pour cacher le désordre de mon esprit; mais je le devins en effet et mon corps ne put supporter une si violente agitation. Quand je commençai à me porter mieux, je feignis encore d'être fort mal, afin d'avoir un prétexte de ne vous point voir et de ne vous point écrire. Je voulus avoir du temps pour résoudre de quelle sorte j'en devais user avec vous; je *pris et je quittai vingt fois les mêmes résolutions; mais enfin je vous trouvai indigne de voir ma douleur et je résolus de ne vous la point faire paraître. Je voulus blesser votre orgueil en vous faisant voir que ma passion s'affaiblissait d'elle-même. Je crus diminuer par là le prix du sacrifice que vous en faisiez; je ne voulus pas que vous eussiez le plaisir de montrer combien je vous aimais pour en paraître plus aimable. Je résolus de vous écrire des lettres tièdes et languissantes pour jeter dans l'esprit de celle à qui vous les donniez que l'on cessait de vous aimer. Je ne voulus pas qu'elle eût le plaisir d'apprendre que je savais qu'elle triomphait de moi, ni augmenter son triomphe par mon désespoir et par mes reproches. Je pensai que je ne vous punirais pas assez en rompant avec vous et que je ne vous donnerais qu'une légère douleur si je cessais de vous aimer lorsque vous ne m'aimiez plus. Je trouvai qu'il fallait que vous m'aimassiez pour sentir le mal de n'être point aimé, que j'éprouvais si cruellement. Je crus que si quelque chose pouvait rallumer les sentiments que vous aviez eus pour moi, c'était de vous faire voir que les miens étaient changés; mais de vous le faire voir en feignant de vous le cacher, et comme si je n'eusse pas eu la force de vous l'avouer. Je m'arrêtai à cette résolution; mais qu'elle me fut difficile à prendre, et qu'en vous revoyant elle me parut impossible à exécuter! Je fus prête cent fois à éclater par mes reproches et par mes*

pleurs ; l'état où j'étais encore par ma santé me servit à
vous déguiser mon trouble et mon affliction. Je fus soutenue ensuite par le plaisir de dissimuler avec vous,
comme vous dissimuliez avec moi ; néanmoins, je me
faisais une si grande violence pour vous dire et pour
vous écrire que je vous aimais que vous vîtes plus tôt
que je n'avais eu dessein de vous laisser voir que mes
sentiments étaient changés. Vous en fûtes blessé ; vous
vous en plaignîtes. Je tâchais de vous rassurer ; mais
c'était d'une manière si forcée que vous en étiez encore
mieux persuadé que je ne vous aimais plus. Enfin, je fis
tout ce que j'avais eu l'intention de faire. La bizar-
rerie de votre cœur vous fit revenir vers moi, à mesure
que vous voyiez que je m'éloignais de vous. J'ai joui
de tout le plaisir que peut donner la vengeance ; il m'a
paru que vous m'aimiez mieux que vous n'aviez jamais
fait et je vous ai fait voir que je ne vous aimais plus.
J'ai eu lieu de croire que vous aviez entièrement abandonné celle pour qui vous m'aviez quittée. J'ai eu aussi
des raisons pour être persuadée que vous ne lui aviez
jamais parlé de moi ; mais votre retour et votre discrétion n'ont pu réparer votre légèreté. Votre cœur a été
partagé entre moi et une autre, vous m'avez trompée ;
cela suffit pour m'ôter le plaisir d'être aimée de vous,
comme je croyais mériter de l'être, et pour me laisser
dans cette résolution que j'ai prise de ne vous voir
jamais et dont vous êtes si surpris.

Mme de Clèves lut cette lettre et la relut plusieurs fois, sans savoir néanmoins ce qu'elle avait
lu. Elle voyait seulement que M. de Nemours ne
l'aimait pas comme elle l'avait pensé et qu'il en
aimait d'autres qu'il trompait comme elle. Quelle
vue et quelle connaissance pour une personne de
son humeur, qui avait une passion violente, qui
venait d'en donner des marques à un homme
qu'elle jugeait indigne et à un autre qu'elle mal-
traitait pour l'amour de lui ! Jamais affliction n'a
été si piquante et si vive : il lui semblait que ce
qui faisait l'aigreur de cette affliction était ce qui
s'était passé dans cette journée et que, si M. de
Nemours n'eût point eu lieu de croire qu'elle
l'aimait, elle ne se fût pas souciée qu'il en eût
aimé une autre. Mais elle se trompait elle-
même; et ce mal, qu'elle trouvait si insupportable, était la jalousie avec toutes les horreurs
dont elle peut être accompagnée. Elle voyait par
cette lettre que M. de Nemours avait une galanterie depuis longtemps. Elle trouvait que celle
qui avait écrit la lettre avait de l'esprit et du mérite; elle lui paraissait digne d'être aimée; elle
lui trouvait plus de courage qu'elle ne s'en trouvait à elle-même et elle enviait la force qu'elle
avait eue de cacher ses sentiments à M. de

Nemours. Elle voyait, par la fin de la lettre, que cette personne se croyait aimée; elle pensait que la discrétion que ce prince lui avait fait paraître, et dont elle avait été si touchée, n'était peut-être que l'effet de la passion qu'il avait pour cette autre personne à qui il craignait de déplaire. Enfin elle pensait tout ce qui pouvait augmenter son affliction et son désespoir. Quels retours ne fit-elle point sur elle-même! quelles réflexions sur les conseils que sa mère lui avait donnés! Combien se repentit-elle de ne s'être pas opiniâtrée à se séparer du commerce du monde, malgré M. de Clèves, ou de n'avoir pas suivi la pensée qu'elle avait eue de lui avouer l'inclination qu'elle avait pour M. de Nemours! Elle trouvait qu'elle aurait mieux fait de la découvrir à un mari dont elle connaissait la bonté, et qui aurait eu intérêt à la cacher, que de la laisser voir à un homme qui en était indigne, qui la trompait, qui la sacrifiait peut-être et qui ne pensait à être aimé d'elle que par un sentiment d'orgueil et de vanité. Enfin, elle trouva que tous les maux qui lui pouvaient arriver, et toutes les extrémités où elle se pouvait porter, étaient moindres que d'avoir laissé voir à M. de Nemours qu'elle l'aimait et de connaître qu'il en aimait une autre. Tout ce qui la consolait était de penser au moins, qu'après cette connaissance, elle n'avait plus rien à craindre d'elle-même et qu'elle serait entièrement guérie de l'inclination qu'elle avait pour ce prince.

Elle ne pensa guère à l'ordre que Mme la Dauphine lui avait donné de se trouver à son coucher; elle se mit au lit et feignit de se trouver mal, en sorte que, quand M. de Clèves revint de chez le roi, on lui dit qu'elle était endormie; mais elle était bien éloignée de la tranquillité qui conduit au sommeil. Elle passa la nuit sans faire autre chose que s'affliger et relire la lettre qu'elle avait entre les mains.

Mme de Clèves n'était pas la seule personne dont cette lettre troublait le repos. Le vidame de Chartres, qui l'avait perdue, et non pas M. de Nemours, en était dans une extrême inquiétude; il avait passé tout le soir chez M. de Guise, qui avait donné un grand souper au duc de Ferrare, son beau-frère, et à toute la jeunesse de la cour. Le hasard fit qu'en soupant on parla de jolies lettres. Le vidame de Chartres dit qu'il en avait une sur lui, plus jolie que toutes celles qui avaient jamais été écrites. On le pressa de la montrer : il s'en défendit. M. de Nemours lui soutint qu'il n'en avait point et qu'il ne parlait que par vanité. Le vidame lui répondit qu'il

poussait sa discrétion à bout, que néanmoins il
ne montrerait pas la lettre, mais qu'il en lirait
quelques endroits, qui feraient juger que peu
d'hommes en recevaient de pareilles. En même
temps, il voulut prendre cette lettre, et ne la
trouva point; il la chercha inutilement, on lui en
fit la guerre, mais il parut si inquiet que l'on
cessa de lui en parler. Il se retira plus tôt que les
autres, et s'en alla chez lui avec impatience, pour
voir s'il n'y avait point laissé la lettre qui lui
manquait. Comme il la cherchait encore, un
premier valet de chambre de la reine le vint
trouver pour lui dire que la vicomtesse d'Uzès
avait cru nécessaire de l'avertir en diligence que
l'on avait dit chez la reine qu'il était tombé une
lettre de galanterie de sa poche pendant qu'il
était au jeu de paume; que l'on avait raconté
une grande partie de ce qui était dans la lettre;
que la reine avait témoigné beaucoup de curiosité de la voir; qu'elle l'avait envoyé demander à
un de ses gentilshommes servants, mais qu'il
avait répondu qu'il l'avait laissée entre les mains
de Chastelart.

Le premier valet de chambre dit encore beaucoup d'autres choses au vidame de Chartres qui
achevèrent de lui donner un grand trouble. Il
sortit à l'heure même pour aller chez un gentil-

homme qui était ami intime de Chastelart; il le
fit lever, quoique l'heure fût extraordinaire, pour
aller demander cette lettre, sans dire qui était
celui qui la demandait et qui l'avait perdue.
Chastelart, qui avait l'esprit prévenu qu'elle était
de M. de Nemours, et que ce prince était amoureux de Mme la Dauphine, ne douta point que
ce ne fût lui qui la faisait redemander. Il répondit, avec une maligne joie, qu'il avait remis la
lettre entre les mains de la reine dauphine. Le
gentilhomme vint faire cette réponse au vidame
de Chartres. Elle augmenta l'inquiétude qu'il
avait déjà, et y en joignit encore de nouvelles;
après avoir été longtemps irrésolu sur ce qu'il
devait faire, il trouva qu'il n'y avait que M. de
Nemours qui pût lui aider à sortir de l'embarras
où il était.

Il s'en alla chez lui et entra dans sa chambre
que le jour ne commençait qu'à paraître. Ce
prince dormait d'un sommeil tranquille; ce qu'il
avait vu, le jour précédent, de Mme de Clèves,
ne lui avait donné que des idées agréables. Il fut
bien surpris de se voir éveillé par le vidame de
Chartres, et il lui demanda si c'était pour se venger de ce qu'il lui avait dit pendant le souper
qu'il venait troubler son repos. Le vidame
lui fit bien juger, par son visage, qu'il n'y avait

rien que de sérieux au sujet qui l'amenait.

« Je viens vous confier la plus importante
affaire de ma vie, lui dit-il. Je sais bien que vous
ne m'en devez pas être obligé, puisque c'est
dans un temps où j'ai besoin de votre secours;
mais je sais bien aussi que j'aurais perdu de
votre estime si je vous avais appris tout ce que je
vais vous dire sans que la nécessité m'y eût contraint. J'ai laissé tomber cette lettre dont je parlais hier au soir; il m'est d'une conséquence
extrême que personne ne sache qu'elle s'adresse
à moi. Elle a été vue de beaucoup de gens qui
étaient dans le jeu de paume où elle tomba hier;
vous y étiez aussi et je vous demande en grâce
de vouloir bien dire que c'est vous qui l'avez
perdue.

— Il faut que vous croyiez que je n'ai point de
maîtresse, reprit M. de Nemours en souriant,
pour me faire une pareille proposition et pour
vous imaginer qu'il n'y ait personne avec qui
je me puisse brouiller en laissant croire que je
reçois de pareilles lettres.

— Je vous prie, dit le vidame, écoutez-moi
sérieusement. Si vous avez une maîtresse, comme
je n'en doute point, quoique je ne sache pas qui
elle est, il vous sera aisé de vous justifier et je
vous en donnerai les moyens infaillibles; quand

vous ne vous justifieriez pas auprès d'elle, il ne
vous en peut coûter que d'être brouillé pour
quelques moments. Mais moi, par cette aventure,
je déshonore une personne qui m'a passionnément aimé et qui est une des plus estimables
femmes du monde; et, d'un autre côté, je m'at-
tire une haine implacable, qui me coûtera ma
fortune et peut-être quelque chose de plus.

— Je ne puis entendre tout ce que vous me
dites, répondit M. de Nemours, mais vous me
faites entrevoir que les bruits qui ont couru de
l'intérêt qu'une grande princesse prenait à vous
ne sont pas entièrement faux.

— Ils ne le sont pas aussi, repartit le vidame
de Chartres; et plût à Dieu qu'ils le fussent, je ne
me trouverais pas dans l'embarras où je me
trouve; mais il faut vous raconter tout ce qui
s'est passé, pour vous faire voir tout ce que j'ai à
craindre.

« Depuis que je suis à la cour, la reine m'a
toujours traité avec beaucoup de distinction et
d'agrément, et j'avais eu lieu de croire qu'elle
avait de la bonté pour moi; néanmoins, il n'y
avait rien de particulier, et je n'avais jamais
songé à avoir d'autres sentiments pour elle que
ceux du respect. J'étais même fort amoureux de
Mme de Thémines; il est aisé de juger en la

voyant qu'on peut avoir beaucoup d'amour pour elle quand on en est aimé, et je l'étais. Il y a près de deux ans que, comme la cour était à Fontainebleau, je me trouvai deux ou trois fois en conversation avec la reine à des heures où il y avait très peu de monde. Il me parut que mon esprit lui plaisait et qu'elle entrait dans tout ce que je disais. Un jour, entre autres, on se mit à parler de la confiance. Je dis qu'il n'y avait personne en qui j'en eusse une entière; que je trouvais que l'on se repentait toujours d'en avoir et que je savais beaucoup de choses dont je n'avais jamais parlé. La reine me dit qu'elle m'en estimait davantage; qu'elle n'avait trouvé personne en France qui eût du secret et que c'était ce qui l'avait le plus embarrassée, parce que cela lui avait ôté le plaisir de donner sa confiance; que c'était une chose nécessaire, dans la vie, que d'avoir quelqu'un à qui on pût parler, et surtout pour les personnes de son rang. Les jours suivants, elle reprit encore plusieurs fois la même conversation; elle m'apprit même des choses assez particulières qui se passaient. Enfin, il me sembla qu'elle souhaitait de s'assurer de mon secret et qu'elle avait envie de me confier les siens. Cette pensée m'attacha à elle, je fus touché de cette distinction et je lui fis ma cour

avec beaucoup plus d'assiduité que je n'avais
accoutumé. Un soir que le roi et toutes les dames
s'étaient allés promener à cheval dans la forêt,
où elle n'avait pas voulu aller parce qu'elle
s'était trouvée un peu mal, je demeurai auprès
d'elle; elle descendit au bord de l'étang et quitta
la main de ses écuyers pour marcher avec plus
de liberté. Après qu'elle eut fait quelques tours,
elle s'approcha de moi et m'ordonna de la
suivre. « Je veux vous parler, me dit-elle; et
» vous verrez, par ce que je veux vous dire, que
» je suis de vos amies. » Elle s'arrêta à ces paroles, et, me regardant fixement : « Vous êtes
» amoureux, continua-t-elle, et parce que vous
» ne vous fiez peut-être à personne, vous croyez
» que votre amour n'est pas su; mais il est
» connu, et même des personnes intéressées. On
» vous observe, on sait les lieux où vous voyez
» votre maîtresse, on a dessein de vous y sur-
» prendre. Je ne sais qui elle est; je ne vous le
» demande point et je veux seulement vous
» garantir des malheurs où vous pouvez tom-
» ber. » Voyez, je vous prie, quel piège me ten-
dait la reine et combien il était difficile de n'y
pas tomber. Elle voulait savoir si j'étais amoureux; et en ne me demandant point de qui je
l'étais et, en ne me laissant voir que la seule

intention de me faire plaisir, elle m'ôtait la
pensée qu'elle me parlât par curiosité ou par
dessein.

» Cependant, contre toutes sortes d'apparences, je démêlai la vérité. J'étais amoureux de
Mme de Thémines; mais, quoiqu'elle m'aimât,
je n'étais pas assez heureux pour avoir des lieux
particuliers à la voir et pour craindre d'y être
surpris; et ainsi je vis bien que ce ne pouvait
être elle dont la reine voulait parler. Je savais
bien aussi que j'avais un commerce de galanterie
avec une autre femme moins belle et moins sé-
vère que Mme de Thémines, et qu'il n'était pas
impossible que l'on eût découvert le lieu où je
la voyais; mais, comme je m'en souciais peu, il
m'était aisé de me mettre à couvert de toutes
sortes de périls en cessant de la voir. Ainsi je pris
le parti de ne rien avouer à la reine et de l'assurer, au contraire, qu'il y avait très longtemps
que j'avais abandonné le désir de me faire aimer
des femmes dont je pouvais espérer de l'être,
parce que je les trouvais quasi toutes indignes
d'attacher un honnête homme et qu'il n'y avait
que quelque chose fort au-dessus d'elles qui pût
m'engager. « Vous ne me répondez pas sincère-
» ment, répliqua la reine; je sais le contraire de
» ce que vous me dites. La manière dont je vous

» parle vous doit obliger à ne me rien cacher. Je
» veux que vous soyez de mes amis, continua-
» t-elle; mais je ne veux pas, en vous donnant
» cette place, ignorer quels sont vos attache-
» ments. Voyez si vous la voulez acheter au prix
» de me les apprendre : je vous donne deux
» jours pour y penser; mais, après ce temps-là,
» songez bien à ce que vous me direz, et souve-
» nez-vous que si, dans la suite, je trouve que
» vous m'avez trompée, je ne vous le pardonne-
» rai de ma vie. »

» La reine me quitta après m'avoir dit ces paroles, sans attendre ma réponse. Vous pouvez
croire que je demeurai l'esprit bien rempli de ce
qu'elle me venait de dire. Les deux jours qu'elle
m'avait donnés pour y penser ne me parurent pas
trop longs pour me déterminer. Je voyais qu'elle
voulait savoir si j'étais amoureux et qu'elle
ne souhaitait pas que je le fusse. Je voyais les suites
et les conséquences du parti que j'allais prendre;
ma vanité n'était pas peu flattée d'une liaison particulière avec une reine, et une reine dont la personne est encore extrêmement aimable. D'un
autre côté, j'aimais Mme de Thémines et, quoique je lui fisse une espèce d'infidélité pour cette
autre femme dont je vous ai parlé, je ne me
pouvais résoudre à rompre avec elle. Je voyais

aussi le péril où je m'exposais en trompant la
reine et combien il était difficile de la tromper;
néanmoins, je ne pus me résoudre à refuser ce
que la fortune m'offrait et je pris le hasard de
tout ce que ma mauvaise conduite pouvait m'attirer. Je rompis avec cette femme dont on pouvait découvrir le commerce et j'espérai de cacher
celui que j'avais avec Mme de Thémines.

» Au bout des deux jours que la reine m'avait
donnés, comme j'entrais dans la chambre où
toutes les dames étaient au cercle, elle me dit tout
haut, avec un air grave qui me surprit : « Avez-
» vous pensé à cette affaire dont je vous ai chargé
» et en savez-vous la vérité? — Oui, Madame, lui
» répondis-je, et elle est comme je l'ai dite à Votre
» Majesté. — Venez ce soir à l'heure que je dois
» écrire, répliqua-t-elle, et j'achèverai de vous
» donner mes ordres. » Je fis une profonde révérence sans rien répondre et ne manquai pas de
me trouver à l'heure qu'elle m'avait marquée.
Je la trouvai dans la galerie où était son secrétaire
et quelqu'une de ses femmes. Sitôt qu'elle me vit,
elle vint à moi et me mena à l'autre bout de la
galerie. « Eh bien! me dit-elle, est-ce après y avoir
» bien pensé que vous n'avez rien à me dire, et la
» manière dont j'en use avec vous ne mérite-t-elle
» pas que vous me parliez sincèrement? — C'est

» parce que je vous parle sincèrement, Madame,
» lui répondis-je, que je n'ai rien à vous dire;
» et je jure à Votre Majesté, avec tout le respect
» que je lui dois, que je n'ai d'attachement pour
» aucune femme de la cour. — Je le veux croire,
» repartit la reine, parce que je le souhaite; et je
» le souhaite, parce que je désire que vous soyez
» entièrement attaché à moi, et qu'il serait impos-
» sible que je fusse contente de votre amitié si
» vous étiez amoureux. On ne peut se fier à ceux
» qui le sont; on ne peut s'assurer de leur secret.
» Ils sont trop distraits et trop partagés, et leur
» maîtresse leur fait une première occupation qui
» ne s'accorde point avec la manière dont je veux
» que vous soyez attaché à moi. Souvenez-vous
» donc que c'est sur la parole que vous me donnez
» que vous n'avez aucun engagement que je vous
» choisis pour vous donner toute ma confiance.
» Souvenez-vous que je veux la vôtre tout entière;
» que je veux que vous n'ayez ni ami, ni amie,
» que ceux qui me seront agréables, et que vous
» abandonniez tout autre soin que celui de me
» plaire. Je ne vous ferai pas perdre celui de votre
» fortune; je la conduirai avec plus d'application
» que vous-même et, quoi que je fasse pour vous,
» je m'en tiendrai trop bien récompensée si je
» vous trouve pour moi tel que je l'espère. Je vous

» choisis pour vous confier tous mes chagrins et
» pour m'aider à les adoucir. Vous pouvez juger
» qu'ils ne sont pas médiocres. Je souffre en appa-
» rence, sans beaucoup de peine, l'attachement du
» roi pour la duchesse de Valentinois; mais il
» m'est insupportable. Elle gouverne le roi, elle
» le trompe, elle me méprise, tous mes gens sont
» à elle. La reine, ma belle-fille, fière de sa beauté
» et du crédit de ses oncles, ne me rend aucun
» devoir. Le connétable de Montmorency est
» maître du roi et du royaume; il me hait, et m'a
» donné des marques de sa haine que je ne puis
» oublier. Le maréchal de Saint-André est un
» jeune favori audacieux, qui n'en use pas mieux
» avec moi que les autres. Le détail de mes mal-
» heurs vous ferait pitié; je n'ai osé jusqu'ici me
» fier à personne, je me fie à vous; faites que je
» ne m'en repente point et soyez ma seule conso-
» lation. » Les yeux de la reine rougirent en achevant ces paroles; je pensai me jeter à ses pieds
tant je fus véritablement touché de la bonté
qu'elle me témoignait. Depuis ce jour-là, elle eut
en moi une entière confiance; elle ne fit plus rien
sans m'en parler et j'ai conservé une liaison qui
dure encore...

TOME TROISIÈME

» ...Cependant, quelque rempli et quelque occupé que je fusse de cette nouvelle liaison avec la reine, je tenais à Mme de Thémines par une inclination naturelle que je ne pouvais vaincre. Il me parut qu'elle cessait de m'aimer et, au lieu que, si j'eusse été sage, je me fusse servi du changement qui paraissait en elle pour aider à me guérir, mon amour en redoubla et je me conduisais si mal que la reine eut quelque connaissance de cet attachement. La jalousie est naturelle aux personnes de sa nation, et peut-être que cette princesse a pour moi des sentiments plus vifs qu'elle ne pense elle-même. Mais enfin le bruit que j'étais amoureux lui donna de si grandes inquiétudes et de si grands chagrins que je me crus cent fois perdu auprès d'elle. Je la rassurai enfin à force de soins, de soumissions et de faux serments; mais je n'aurais

pu la tromper longtemps, si le changement de
Mme de Thémines ne m'avait détaché d'elle malgré moi. Elle me fit voir qu'elle ne m'aimait plus;
et j'en fus si persuadé que je fus contraint de ne
la pas tourmenter davantage et de la laisser en
repos. Quelque temps après, elle m'écrivit cette
lettre que j'ai perdue. J'appris par là qu'elle avait
su le commerce que j'avais eu avec cette autre
femme dont je vous ai parlé et que c'était la cause
de son changement. Comme je n'avais plus rien
alors qui me partageât, la reine était assez contente
de moi; mais comme les sentiments que j'ai pour
elle ne sont pas d'une nature à me rendre incapable de tout autre attachement et que l'on n'est
pas amoureux par sa volonté, je le suis devenu
de Mme de Martigues, pour qui j'avais déjà eu
beaucoup d'inclination pendant qu'elle était
Villemontais, fille de la reine dauphine. J'ai lieu
de croire que je n'en suis pas haï; la discrétion
que je lui fais paraître et dont elle ne sait pas
toutes les raisons lui est agréable. La reine n'a
aucun soupçon sur son sujet; mais elle en a un
autre qui n'est guère moins fâcheux. Comme
Mme de Martigues est toujours chez la reine dauphine, j'y vais aussi beaucoup plus souvent que
de coutume. La reine s'est imaginé que c'est de
cette princesse que je suis amoureux. Le rang

de la reine dauphine qui est égal au sien, et la
beauté et la jeunesse qu'elle a au-dessus d'elle,
lui donnent une jalousie qui va jusques à la fureur
et une haine contre sa belle-fille qu'elle ne sau-
rait plus cacher. Le cardinal de Lorraine, qui me
paraît depuis longtemps aspirer aux bonnes grâces
de la reine et qui voit bien que j'occupe une place
qu'il voudrait remplir, sous prétexte de raccommoder Mme la Dauphine avec elle, est entré dans
les différends qu'elles ont eus ensemble. Je ne
doute pas qu'il n'ait démêlé le véritable sujet de
l'aigreur de la reine et je crois qu'il me rend
toutes sortes de mauvais offices sans lui laisser
voir qu'il a dessein de me les rendre. Voilà l'état
où sont les choses à l'heure que je vous parle.
Jugez quel effet peut produire la lettre que j'ai
perdue, et que mon malheur m'a fait mettre dans
ma poche pour la rendre à Mme de Thémines.
Si la reine voit cette lettre, elle connaîtra que je
l'ai trompée et que presque dans le temps que
je la trompais pour Mme de Thémines je trompais Mme de Thémines pour une autre; jugez
quelle idée cela lui peut donner de moi et si elle
peut jamais se fier à mes paroles. Si elle ne voit
point cette lettre, que lui dirai-je? Elle sait qu'on
l'a remise entre les mains de Mme la Dauphine;
elle croira que Chastelart a reconnu l'écriture

de cette reine et que la lettre est d'elle; elle s'ima-
ginera que la personne dont on témoigne de la
jalousie est peut-être elle-même; enfin, il n'y a
rien qu'elle n'ait lieu de penser et il n'y a rien
que je ne doive craindre de ses pensées. Ajou-
tez à cela que je suis vivement touché de Mme de
Martigues; qu'assurément Mme la Dauphine
lui montrera cette lettre qu'elle croira écrite depuis peu; ainsi je serai également brouillé, et
avec la personne du monde que j'aime le plus,
et avec la personne du monde que je dois le plus
craindre. Voyez après cela si je n'ai pas raison
de vous conjurer de dire que la lettre est à vous,
et de vous demander, en grâce, de l'aller retirer
des mains de Mme la Dauphine.

— Je vois bien, dit M. de Nemours, que l'on
ne peut être dans un plus grand embarras que
celui où vous êtes, et il faut avouer que vous le
méritez. On m'a accusé de n'être pas un amant
fidèle et d'avoir plusieurs galanteries à la fois;
mais vous me passez de si loin que je n'aurais
seulement osé imaginer les choses que vous avez
entreprises. Pouviez-vous prétendre de conserver Mme de Thémines en vous engageant avec
la reine et espériez-vous de vous engager avec
la reine et de la pouvoir tromper? Elle est Ita-
lienne et reine, et par conséquent pleine de soup-

çons, de jalousie et d'orgueil; quand votre bonne fortune, plutôt que votre bonne conduite, vous a ôté des engagements où vous étiez, vous en avez pris de nouveaux et vous vous êtes imaginé qu'au milieu de la cour vous pourriez aimer Mme de Martigues sans que la reine s'en aperçût. Vous ne pouviez prendre trop de soins de lui ôter la honte d'avoir fait les premiers pas. Elle a pour vous une passion violente; votre discrétion vous empêche de me le dire et la mienne de vous le demander; mais enfin elle vous aime, elle a de la défiance, et la vérité est contre vous.

— Est-ce à vous à m'accabler de réprimandes, interrompit le vidame, et votre expérience ne vous doit-elle pas donner de l'indulgence pour mes fautes? Je veux pourtant bien convenir que j'ai tort; mais songez, je vous conjure, à me tirer de l'abîme où je suis. Il me paraît qu'il faudrait que vous vissiez la reine dauphine sitôt qu'elle sera éveillée pour lui redemander cette lettre, comme l'ayant perdue.

— Je vous ai déjà dit, reprit M. de Nemours, que la proposition que vous me faites est un peu extraordinaire et que mon intérêt particulier m'y peut faire trouver des difficultés; mais, de plus, si l'on a vu tomber cette lettre de votre poche,

il me paraît difficile de persuader qu'elle soit
tombée de la mienne.

— Je croyais vous avoir appris, répondit le vidame, que l'on a dit à la reine dauphine que
c'était de la vôtre qu'elle était tombée.

— Comment! reprit brusquement M. de Nemours, qui vit dans ce moment les mauvais
offices que cette méprise lui pouvait faire auprès de Mme de Clèves, l'on a dit à la reine
dauphine que c'est moi qui ai laissé tomber
cette lettre?

— Oui, reprit le vidame, on le lui a dit. Et ce
qui a fait cette méprise, c'est qu'il y avait plusieurs gentilshommes des reines dans une des
chambres du jeu de paume où étaient nos habits
et que vos gens et les miens les ont été quérir.
En même temps la lettre est tombée; ces gentilshommes l'ont ramassée et l'ont lue tout haut. Les
uns ont cru qu'elle était à vous et les autres à moi.
Chastelart, qui l'a prise et à qui je viens de la
faire demander, a dit qu'il l'avait donnée à la
reine dauphine comme une lettre qui était à vous;
et ceux qui en ont parlé à la reine ont dit par
malheur qu'elle était à moi; ainsi vous pouvez
faire aisément ce que je souhaite et m'ôter de
l'embarras où je suis. »

M. de Nemours avait toujours fort aimé le

vidame de Chartres, et ce qu'il était à Mme de
Clèves le lui rendait encore plus cher. Néanmoins, il ne pouvait se résoudre à prendre le
hasard qu'elle entendît parler de cette lettre
comme d'une chose où il avait intérêt. Il se mit
à rêver profondément, et le vidame, se doutant
à peu près du sujet de sa rêverie :

« Je vois bien, lui dit-il, que vous craignez de
vous brouiller avec votre maîtresse, et même vous
me donneriez lieu de croire que c'est avec la reine
dauphine si le peu de jalousie que je vous vois de
M. d'Anville ne m'en ôtait la pensée; mais, quoi
qu'il en soit, il est juste que vous ne sacrifiez pas
votre repos au mien et je veux bien vous donner
les moyens de faire voir à celle que vous aimez
que cette lettre s'adresse à moi et non pas à vous :
voilà un billet de Mme d'Amboise, qui est amie
de Mme de Thémines, et à qui elle s'est fiée de
tous les sentiments qu'elle a eus pour moi. Par ce
billet, elle me redemande cette lettre de son amie,
que j'ai perdue; mon nom est sur le billet; et ce
qui est dedans prouve sans aucun doute que la
lettre que l'on me redemande est la même
que l'on a trouvée. Je vous remets ce billet
entre les mains et je consens que vous le mon-
triez à votre maîtresse pour vous justifier. Je
vous conjure de ne pas perdre un moment et

d'aller, dès ce matin, chez Mme la Dauphine. »

M. de Nemours le promit au vidame de Chartres
et prit le billet de Mme d'Amboise; néanmoins,
son dessein n'était pas de voir la reine dauphine
et il trouvait qu'il avait quelque chose de plus
pressé à faire. Il ne doutait pas qu'elle n'eût déjà
parlé de la lettre à Mme de Clèves et il ne pouvait supporter qu'une personne qu'il aimait si
éperdument eût lieu de croire qu'il eût quelque
attachement pour une autre.

Il alla chez elle à l'heure qu'il crut qu'elle pouvait être éveillée et lui fit dire qu'il ne demanderait pas à avoir l'honneur de la voir à une heure si
extraordinaire si une affaire de conséquence ne
l'y obligeait. Mme de Clèves était encore au lit,
l'esprit aigri et agité de tristes pensées qu'elle
avait eues pendant la nuit. Elle fut extrêmement
surprise lorsqu'on lui dit que M. de Nemours
la demandait; l'aigreur où elle était ne la fit pas
balancer à répondre qu'elle était malade et qu'elle
ne pouvait lui parler.

Ce prince ne fut pas blessé de ce refus : une
marque de froideur, dans un temps où elle pouvait avoir de la jalousie, n'était pas un mauvais
augure. Il alla à l'appartement de M. de Clèves,
et lui dit qu'il venait de celui de Madame sa
femme, qu'il était bien fâché de ne la pouvoir

entretenir, parce qu'il avait à lui parler d'une
affaire importante pour le vidame de Chartres.
Il fit entendre en peu de mots à M. de Clèves la
conséquence de cette affaire, et M. de Clèves le
mena à l'heure même dans la chambre de sa
femme. Si elle n'eût point été dans l'obscurité,
elle eût eu peine à cacher son trouble et son étonnement de voir entrer M. de Nemours conduit
par son mari. M. de Clèves lui dit qu'il s'agissait
d'une lettre, où l'on avait besoin de son secours
pour les intérêts du vidame, qu'elle verrait avec
M. de Nemours ce qu'il y avait à faire, et que,
pour lui, il s'en allait chez le roi qui venait de
l'envoyer querir.

M. de Nemours demeura seul auprès de Mme de
Clèves, comme il le pouvait souhaiter.

« Je viens vous demander, Madame, lui dit-il,
si Mme la Dauphine ne vous a point parlé d'une
lettre que Chastelart lui remit hier entre les
mains.

— Elle m'en a dit quelque chose, répondit
Mme de Clèves; mais je ne vois pas ce que cette
lettre a de commun avec les intérêts de mon
oncle et je vous puis assurer qu'il n'y est pas
nommé.

— Il est vrai, Madame, répliqua M. de Nemours, il n'y est pas nommé; néanmoins elle

s'adresse à lui et il lui est très important que vous la retiriez des mains de Mme la Dauphine.

— J'ai peine à comprendre, reprit Mme de Clèves, pourquoi il lui importe que cette lettre soit vue et pourquoi il faut la redemander sous son nom.

— Si vous voulez vous donner le loisir de m'écouter, Madame, dit M. de Nemours, je vous ferai bientôt voir la vérité et vous apprendrez des choses si importantes pour M. le Vidame, que je ne les aurais pas même confiées à M. le prince de Clèves, si je n'avais eu besoin de son secours pour avoir l'honneur de vous voir.

— Je pense que tout ce que vous prendriez la peine de me dire serait inutile, répondit Mme de Clèves avec un air assez sec, et il vaut mieux que vous alliez trouver la reine dauphine et que, sans chercher de détours, vous lui disiez l'intérêt que vous avez à cette lettre, puisque aussi bien on lui a dit qu'elle vient de vous. »

L'aigreur que M. de Nemours voyait dans l'esprit de Mme de Clèves lui donnait le plus sensible plaisir qu'il eût jamais eu et balançait son impatience de se justifier.

« Je ne sais, Madame, reprit-il, ce qu'on peut avoir dit à Mme la Dauphine; mais je n'ai aucun

intérêt à cette lettre et elle s'adresse à M. le Vidame.

— Je le crois, répliqua Mme de Clèves; mais
on a dit le contraire à la reine dauphine et il ne
lui paraîtra pas vraisemblable que les lettres de
M. le Vidame tombent de vos poches. C'est pourquoi, à moins que vous n'ayez quelque raison que
je ne sais point à cacher la vérité à la reine dauphine, je vous conseille de la lui avouer.

— Je n'ai rien à lui avouer, reprit-il; la lettre
ne s'adresse pas à moi et, s'il y a quelqu'un que je
souhaite d'en persuader ce n'est pas Mme la Dauphine. Mais, Madame, comme il s'agit en ceci de
la fortune de M. le Vidame, trouvez bon que je
vous apprenne des choses qui sont même dignes
de votre curiosité. »

Mme de Clèves témoigna par son silence qu'elle
était prête à l'écouter, et M. de Nemours lui conta,
le plus succinctement qu'il lui fut possible, tout
ce qu'il venait d'apprendre du vidame. Quoique
ce fussent des choses propres à donner de l'étonnement et à être écoutées avec attention, Mme de
Clèves les entendit avec une froideur si grande
qu'il semblait qu'elle ne les crût pas véritables
ou qu'elles lui fussent indifférentes. Son esprit
demeura dans cette situation jusqu'à ce que M. de
Nemours lui parlât du billet de Mme d'Amboise,

qui s'adressait au vidame de Chartres et qui était
la preuve de tout ce qu'il lui venait de dire.
Comme Mme de Clèves savait que cette femme
était amie de Mme de Thémines, elle trouva une
apparence de vérité à ce que lui disait M. de Nemours, qui lui fit penser que la lettre ne s'adressait
peut-être pas à lui. Cette pensée la tira tout d'un
coup, et malgré elle, de la froideur qu'elle avait
eue jusqu'alors. Ce prince, après lui avoir lu ce
billet qui faisait sa justification, le lui présenta
pour le lire et lui dit qu'elle en pouvait connaître
l'écriture; elle ne put s'empêcher de le prendre,
de regarder le dessus pour voir s'il s'adressait au
vidame de Chartres et de le lire tout entier pour
juger si la lettre que l'on redemandait était la
même qu'elle avait entre les mains. M. de Nemours lui dit encore tout ce qu'il crut propre à
la persuader; et, comme on persuade aisément
une vérité agréable, il convainquit Mme de Clèves
qu'il n'avait point de part à cette lettre.

Elle commença alors à raisonner avec lui sur
l'embarras et le péril où était le vidame, à le blâmer de sa méchante conduite, à chercher les
moyens de le secourir; elle s'étonna du procédé
de la reine, elle avoua à M. de Nemours qu'elle
avait la lettre; enfin, sitôt qu'elle le crut innocent,
elle entra avec un esprit ouvert et tranquille dans

les mêmes choses qu'elle semblait d'abord ne daigner pas entendre. Ils convinrent qu'il ne fallait point rendre la lettre à la reine dauphine, de peur qu'elle ne la montrât à Mme de Martigues, qui connaissait l'écriture de Mme de Thémines et qui aurait aisément deviné, par l'intérêt qu'elle prenait au vidame, qu'elle s'adressait à lui. Ils trouvèrent aussi qu'il ne fallait pas confier à la reine dauphine tout ce qui regardait la reine, sa belle-mère. Mme de Clèves, sous le prétexte des affaires de son oncle, entrait avec plaisir à garder tous les secrets que M. de Nemours lui confiait.

Ce prince ne lui eût pas toujours parlé des intérêts du vidame, et la liberté où il se trouvait de l'entretenir lui eût donné une hardiesse qu'il n'avait encore osé prendre si l'on ne fût venu dire à Mme de Clèves que la reine dauphine lui ordonnait de l'aller trouver. M. de Nemours fut contraint de se retirer; il alla trouver le vidame pour lui dire qu'après l'avoir quitté il avait pensé qu'il était plus à propos de s'adresser à Mme de Clèves, qui était sa nièce, que d'aller droit à Mme la Dauphine. Il ne manqua pas de raisons pour faire approuver ce qu'il avait fait et pour en faire espérer un bon succès.

Cependant Mme de Clèves s'habilla en diligence

pour aller chez la reine. A peine parut-elle dans
sa chambre que cette princesse la fit approcher
et lui dit tout bas :

« Il y a deux heures que je vous attends, et
jamais je n'ai été si embarrassée à déguiser la
vérité que je l'ai été ce matin. La reine a entendu
parler de la lettre que je vous donnai hier; elle
croit que c'est le vidame de Chartres qui l'a
laissée tomber. Vous savez qu'elle y prend quelque intérêt; elle a fait chercher cette lettre, elle
l'a fait demander à Chastelart; il a dit qu'il me
l'avait donnée; on me l'est venu demander sur
le prétexte que c'était une jolie lettre qui donnait de la curiosité à la reine. Je n'ai osé dire
que vous l'aviez; je crus qu'elle s'imaginerait
que je vous l'avais mise entre les mains à cause
du vidame votre oncle, et qu'il y aurait une
grande intelligence entre lui et moi. Il m'a déjà
paru qu'elle souffrait avec peine qu'il me vît
souvent, de sorte que j'ai dit que la lettre était
dans les habits que j'avais hier et que ceux qui
en avaient la clef étaient sortis. Donnez-moi
promptement cette lettre, ajouta-t-elle, afin que je
la lui envoie et que je la lise avant que de l'envoyer
pour voir si je n'en connaîtrai point l'écriture. »

Mme de Clèves se trouva encore plus embarrassée qu'elle n'avait pensé.

« Je ne sais, Madame, comment vous ferez, répondit-elle; car M. de Clèves, à qui je l'avais donnée à lire, l'a rendue à M. de Nemours, qui est venu dès ce matin le prier de vous la rede-mander. M. de Clèves a eu l'imprudence de lui dire qu'il l'avait et il a eu la faiblesse de céder aux prières que M. de Nemours lui a faites de la lui rendre.

— Vous me mettez dans le plus grand embarras où je puisse jamais être, repartit Mme la Dau-phine, et vous avez tort d'avoir rendu cette lettre à M. de Nemours; puisque c'était moi qui vous l'avais donnée, vous ne deviez point la rendre sans ma permission. Que voulez-vous que je dise à la reine et que pourra-t-elle s'imaginer? Elle croira, et avec apparence, que cette lettre me regarde et qu'il y a quelque chose entre le vidame et moi. Jamais on ne lui persuadera que cette lettre soit à M. de Nemours.

— Je suis très affligée, répondit Mme de Clèves, de l'embarras que je vous cause. Je le crois aussi grand qu'il est; mais c'est la faute de M. de Clèves et non pas la mienne.

— C'est la vôtre, répliqua Mme la Dauphine, de lui avoir donné la lettre, et il n'y a que vous de femme au monde qui fasse confidence à son mari de toutes les choses qu'elle sait.

— Je crois que j'ai tort, Madame, répliqua
Mme de Clèves, mais songez à réparer ma faute et
non pas à l'examiner.

— Ne vous souvenez-vous point, à peu près, de
ce qui est dans cette lettre? dit alors la reine dauphine.

— Oui, Madame, répondit-elle, je m'en souviens et l'ai relue plus d'une fois.

— Si cela est, reprit Mme la Dauphine, il faut
que vous alliez tout à l'heure la faire écrire d'une
main inconnue. Je l'enverrai à la reine; elle ne la
montrera pas à ceux qui l'ont vue. Quand elle le
ferait, je soutiendrai toujours que c'est celle que
Chastelart m'a donnée et il n'oserait dire le
contraire. »

Mme de Clèves entra dans cet expédient, et
d'autant plus qu'elle pensa qu'elle enverrait querir M. de Nemours pour ravoir la lettre même,
afin de la faire copier mot à mot et d'en faire à
peu près imiter l'écriture, et elle crut que la reine
y serait infailliblement trompée. Sitôt qu'elle fut
chez elle, elle conta à son mari l'embarras de
Mme la Dauphine et le pria d'envoyer chercher
M. de Nemours. On le chercha; il vint en diligence. Mme de Clèves lui dit tout ce qu'elle avait
déjà appris à son mari et lui demanda la lettre;
mais M. de Nemours répondit qu'il l'avait déjà

rendue au vidame de Chartres, qui avait eu tant
de joie de la ravoir et de se trouver hors du péril
qu'il aurait couru qu'il l'avait renvoyée à l'heure
même à l'amie de Mme de Thémines. Mme de
Clèves se retrouva dans un nouvel embarras; et
enfin, après avoir bien consulté, ils résolurent de
faire la lettre de mémoire. Ils s'enfermèrent pour y
travailler; on donna ordre à la porte de ne laisser
entrer personne et on renvoya tous les gens de
M. de Nemours. Cet air de mystère et de confidence n'était pas d'un médiocre charme pour ce
prince et même pour Mme de Clèves. La présence de son mari et les intérêts du vidame de
Chartres la rassuraient en quelque sorte sur ses
scrupules. Elle ne sentait que le plaisir de voir
M. de Nemours, elle en avait une joie pure et sans
mélange qu'elle n'avait jamais sentie : cette joie
lui donnait une liberté et un enjouement dans
l'esprit que M. de Nemours ne lui avait jamais
vus et qui redoublaient son amour. Comme il
n'avait point eu encore de si agréables moments,
sa vivacité en était augmentée; et quand Mme de
Clèves voulut commencer à se souvenir de la lettre
et à l'écrire, ce prince, au lieu de lui aider sérieusement, ne faisait que l'interrompre et lui dire des
choses plaisantes. Mme de Clèves entra dans le
même esprit de gaieté, de sorte qu'il y avait déjà

longtemps qu'ils étaient enfermés, et on était déjà
venu deux fois de la part de la reine dauphine
pour dire à Mme de Clèves de se dépêcher,
qu'ils n'avaient pas encore fait la moitié de la
lettre.

M. de Nemours était bien aise de faire durer
un temps qui lui était si agréable et oubliait les
intérêts de son ami. Mme de Clèves ne s'ennuyait
pas et oubliait aussi les intérêts de son oncle. Enfin
à peine, à quatre heures, la lettre était-elle achevée, et elle était si mal, et l'écriture dont on la fit
copier ressemblait si peu à celle que l'on avait eu
dessein d'imiter qu'il eût fallu que la reine n'eût
guère pris de soin d'éclaircir la vérité pour ne la
pas connaître. Aussi n'y fut-elle pas trompée,
quelque soin que l'on prît de lui persuader que
cette lettre s'adressait à M. de Nemours. Elle
demeura convaincue, non seulement qu'elle était
au vidame de Chartres, mais elle crut que la reine
dauphine y avait part et qu'il y avait quelque
intelligence entre eux. Cette pensée augmenta
tellement la haine qu'elle avait pour cette princesse qu'elle ne lui pardonna jamais et qu'elle la
persécuta jusqu'à ce qu'elle l'eût fait sortir de
France.

Pour le vidame de Chartres, il fut ruiné auprès
d'elle, et, soit que le cardinal de Lorraine se fût

déjà rendu maître de son esprit, ou que l'aventure
de cette lettre, qui lui fit voir qu'elle s'était trompée, lui aidât à démêler les autres tromperies que
le vidame lui avait déjà faites, il est certain qu'il
ne put jamais se raccommoder sincèrement avec
elle. Leur liaison se rompit, et elle le perdit
ensuite à la conjuration d'Amboise, où il se trouva
embarrassé.

Après qu'on eut envoyé la lettre à Mme la Dauphine, M. de Clèves et M. de Nemours s'en
allèrent. Mme de Clèves demeura seule, et, sitôt
qu'elle ne fut plus soutenue par cette joie que
donne la présence de ce que l'on aime, elle revint
comme d'un songe; elle regarda avec étonnement
la prodigieuse différence de l'état où elle était le
soir d'avec celui où elle se trouvait alors; elle se
remit devant les yeux l'aigreur et la froideur
qu'elle avait fait paraître à M. de Nemours tant
qu'elle avait cru que la lettre de Mme de Thémines s'adressait à lui; quel calme et quelle douceur avaient succédé à cette aigreur, sitôt qu'il
l'avait persuadée que cette lettre ne le regardait
pas. Quand elle pensait qu'elle s'était reproché
comme un crime, le jour précédent, de lui avoir
donné des marques de sensibilité que la seule
compassion pouvait avoir fait naître et que, par
son aigreur, elle lui avait fait paraître des senti-

ments de jalousie qui étaient des preuves certaines
de passion, elle ne se reconnaissait plus elle-
même. Quand elle pensait encore que M. de
Nemours voyait bien qu'elle connaissait son
amour, qu'il voyait bien aussi que, malgré
cette connaissance, elle ne l'en traitait pas plus
mal en présence même de son mari, qu'au contraire elle ne l'avait jamais regardé si favorablement, qu'elle était cause que M. de Clèves l'avait
envoyé querir et qu'ils venaient de passer une
après-dînée ensemble en particulier, elle trouvait
qu'elle était d'intelligence avec M. de Nemours,
qu'elle trompait le mari du monde qui méritait
le moins d'être trompé, et elle était honteuse de
paraître si peu digne d'estime aux yeux même de
son amant. Mais, ce qu'elle pouvait moins supporter que tout le reste, était le souvenir de l'état
où elle avait passé la nuit, et les cuisantes douleurs
que lui avait causées la pensée que M. de Nemours
aimait ailleurs et qu'elle était trompée.

Elle avait ignoré jusqu'alors les inquiétudes
mortelles de la défiance et de la jalousie; elle
n'avait pensé qu'à se défendre d'aimer M. de
Nemours et elle n'avait point encore commencé
à craindre qu'il en aimât une autre. Quoique les
soupçons que lui avait donnés cette lettre fussent
effacés, ils ne laissèrent pas de lui ouvrir les yeux

sur le hasard d'être trompée et de lui donner des
impressions de défiance et de jalousie qu'elle
n'avait jamais eues. Elle fut étonnée de n'avoir
point encore pensé combien il était peu vraisemblable qu'un homme comme M. de Nemours,
qui avait toujours fait paraître tant de légèreté
parmi les femmes, fût capable d'un attachement
sincère et durable. Elle trouva qu'il était presque
impossible qu'elle pût être contente de sa passion.
« Mais quand je le pourrais être, disait-elle, qu'en
veux-je faire? Veux-je la souffrir? Veux-je y
répondre? Veux-je m'engager dans une galanterie? Veux-je manquer à M. de Clèves? Veux-je
me manquer à moi-même? Et veux-je enfin m'exposer aux cruels repentirs et aux mortelles douleurs que donne l'amour? Je suis vaincue et sur-
montée par une inclination qui m'entraîne malgré
moi. Toutes mes résolutions sont inutiles; je
pensai hier tout ce que je pense aujourd'hui et
je fais aujourd'hui tout le contraire de ce que je
résolus hier. Il faut m'arracher de la présence de
M. de Nemours; il faut m'en aller à la campagne,
quelque bizarre que puisse paraître mon voyage;
et si M. de Clèves s'opiniâtre à l'empêcher ou à en
vouloir savoir les raisons, peut-être lui ferai-je
le mal, et à moi-même aussi, de les lui apprendre. »
Elle demeura dans cette résolution et passa tout le

soir chez elle, sans aller savoir de Mme la Dauphine ce qui était arrivé de la fausse lettre du
vidame.

Quand M. de Clèves fut revenu, elle lui dit
qu'elle voulait aller à la campagne, qu'elle se
trouvait mal et qu'elle avait besoin de prendre
l'air. M. de Clèves, à qui elle paraissait d'une
beauté qui ne lui persuadait pas que ses maux
fussent considérables, se moqua d'abord de la
proposition de ce voyage et lui répondit qu'elle
oubliait que les noces des princesses et le tournoi
s'allaient faire, et qu'elle n'avait pas trop de temps
pour se préparer à y paraître avec la même magnificence que les autres femmes. Les raisons de
son mari ne la firent pas changer de dessein; elle
le pria de trouver bon que, pendant qu'il irait à
Compiègne avec le roi, elle allât à Coulommiers,
qui était une belle maison à une journée de Paris,
qu'ils faisaient bâtir avec soin. M. de Clèves y
consentit; elle y alla dans le dessein de n'en pas
revenir sitôt, et le roi partit pour Compiègne,
où il ne devait être que peu de jours.

M. de Nemours avait eu bien de la douleur de
n'avoir point revu Mme de Clèves depuis cette
après-dînée qu'il avait passée avec elle si agréablement et qui avait augmenté ses espérances. Il
avait une impatience de la revoir qui ne lui don-

nait point de repos, de sorte que, quand le roi revint à Paris, il résolut d'aller chez sa sœur, la duchesse de Mercœur, qui était à la campagne assez près de Coulommiers. Il proposa au vidame d'y aller avec lui, qui accepta aisément cette proposition; et M. de Nemours la fit dans l'espérance de voir Mme de Clèves et d'aller chez elle avec le vidame.

Mme de Mercœur les reçut avec beaucoup de joie et ne pensa qu'à les divertir et à leur donner tous les plaisirs de la campagne. Comme ils étaient à la chasse à courir le cerf, M. de Nemours s'égara dans la forêt. En s'enquérant du chemin qu'il devait tenir pour s'en retourner, il sut qu'il était proche de Coulommiers. A ce mot de Coulommiers, sans faire aucune réflexion et sans savoir quel était son dessein, il alla à toute bride du côté qu'on le lui montrait. Il arriva dans la forêt et se laissa conduire au hasard par des routes faites avec soin, qu'il jugea bien qui conduisaient vers le château. Il trouva au bout de ces routes un pavillon, dont le dessous était un grand salon accompagné de deux cabinets, dont l'un était ouvert sur un jardin de fleurs, qui n'était séparé de la forêt que par des palissades, et le second donnait sur une grande allée du parc. Il entra dans le pavillon, et il se serait arrêté à en regarder

la beauté, sans qu'il vît venir par cette allée du
parc M. et Mme de Clèves, accompagnés d'un
grand nombre de domestiques. Comme il ne s'était
pas attendu à trouver M. de Clèves qu'il avait
laissé auprès du roi, son premier mouvement le
porta à se cacher; il entra dans le cabinet qui
donnait sur le jardin de fleurs, dans la pensée
d'en ressortir par une porte qui était ouverte sur
la forêt; mais, voyant que Mme de Clèves et son
mari s'étaient assis sous le pavillon, que leurs
domestiques demeuraient dans le parc et qu'ils
ne pouvaient venir à lui sans passer dans le lieu où
étaient M. et Mme de Clèves, il ne put se refuser
le plaisir de voir cette princesse, ni résister à la
curiosité d'écouter sa conversation avec un mari
qui lui donnait plus de jalousie qu'aucun de ses
rivaux.

Il entendit que M. de Clèves disait à sa femme :
« Mais pourquoi ne voulez-vous point revenir à
Paris? Qui vous peut retenir à la campagne?
Vous avez depuis quelque temps un goût pour la
solitude qui m'étonne et qui m'afflige parce qu'il
nous sépare. Je vous trouve même plus triste que
de coutume et je crains que vous n'ayez quelque
sujet d'affliction.

— Je n'ai rien de fâcheux dans l'esprit, répondit-elle avec un air embarrassé, mais le tumulte

de la cour est si grand et il y a toujours un si grand monde chez vous qu'il est impossible que le corps et l'esprit ne se lassent et que l'on ne cherche du repos.

— Le repos, répliqua-t-il, n'est guère propre pour une personne de votre âge. Vous êtes, chez vous et dans la cour, d'une sorte à ne vous pas donner de lassitude et je craindrais plutôt que vous ne fussiez bien aise d'être séparée de moi.

— Vous me feriez une grande injustice d'avoir cette pensée, reprit-elle avec un embarras qui augmentait toujours; mais je vous supplie de me laisser ici. Si vous y pouviez demeurer, j'en aurais beaucoup de joie, pourvu que vous y demeurassiez seul, et que vous voulussiez bien n'y avoir point ce nombre infini de gens qui ne vous quittent quasi jamais.

— Ah! Madame! s'écria M. de Clèves, votre air et vos paroles me font voir que vous avez des raisons pour souhaiter d'être seule que je ne sais point, et je vous conjure de me les dire. »

Il la pressa longtemps de les lui apprendre sans pouvoir l'y obliger; et, après qu'elle se fut défendue d'une manière qui augmentait toujours la curiosité de son mari, elle demeura dans un profond silence, les yeux baissés, puis tout d'un coup prenant la parole et le regardant :

« Ne me contraignez point, lui dit-elle, à vous
avouer une chose que je n'ai pas la force de vous
avouer, quoique j'en aie eu plusieurs fois le dessein. Songez seulement que la prudence ne veut
pas qu'une femme de mon âge, et maîtresse de sa
conduite, demeure exposée au milieu de la cour.

— Que me faites-vous envisager, Madame ?
s'écria M. de Clèves. Je n'oserais vous le dire de
peur de vous offenser. »

Mme de Clèves ne répondit point ; et son silence
achevant de confirmer son mari dans ce qu'il avait
pensé :

« Vous ne me dites rien, reprit-il, et c'est me
dire que je ne me trompe pas.

— Eh bien ! Monsieur, lui répondit-elle en se
jetant à ses genoux, je vais vous faire un aveu que
l'on n'a jamais fait à son mari ; mais l'innocence
de ma conduite et de mes sentiments m'en donne
la force. Il est vrai que j'ai des raisons de m'éloigner de la cour et que je veux éviter les périls où
se trouvent quelquefois les personnes de mon
âge. Je n'ai jamais donné nulle marque de faiblesse et je ne craindrais pas d'en laisser paraître
si vous me laissiez la liberté de me retirer de la
cour ou si j'avais encore Mme de Chartres pour
aider à me conduire. Quelque dangereux que soit
le parti que je prends, je le prends avec joie pour

me conserver digne d'être à vous. Je vous demande
mille pardons si j'ai des sentiments qui vous
déplaisent, du moins je ne vous déplairai jamais
par mes actions. Songez que, pour faire ce que je
fais, il faut avoir plus d'amitié et plus d'estime
pour un mari que l'on en a jamais eu; conduisez-
moi, ayez pitié de moi, et aimez-moi encore, si
vous pouvez. »

M. de Clèves était demeuré, pendant tout ce
discours, la tête appuyée sur ses mains, hors de
lui-même, et il n'avait pas songé à faire relever sa
femme. Quand elle eut cessé de parler, qu'il
jeta les yeux sur elle, qu'il la vit à ses genoux le
visage couvert de larmes et d'une beauté si admirable, il pensa mourir de douleur, et l'embras-
sant en la relevant :

« Ayez pitié de moi vous-même, Madame, lui
dit-il, j'en suis digne; et pardonnez si, dans les
premiers moments d'une affliction aussi violente
qu'est la mienne je ne réponds pas, comme je
dois, à un procédé comme le vôtre. Vous me
paraissez plus digne d'estime et d'admiration que
tout ce qu'il y a jamais eu de femmes au monde;
mais aussi je me trouve le plus malheureux
homme qui ait jamais été. Vous m'avez donné
de la passion dès le premier moment que je vous
ai vue; vos rigueurs et votre possession n'ont pu

l'éteindre; elle dure encore; je n'ai jamais pu vous donner de l'amour, et je vois que vous craignez d'en avoir pour un autre. Et qui est-il, Madame, cet homme heureux qui vous donne cette crainte? Depuis quand vous plaît-il? Qu'a-t-il fait pour vous plaire? Quel chemin a-t-il trouvé pour aller à votre cœur? Je m'étais consolé en quelque sorte de ne l'avoir pas touché par la pensée qu'il était incapable de l'être. Cependant un autre fait ce que je n'ai pu faire. J'ai tout ensemble la jalousie d'un mari et celle d'un amant; mais il est impossible d'avoir celle d'un mari après un procédé comme le vôtre. Il est trop noble pour ne pas donner une sûreté entière; il me console même comme votre amant. La confiance et la sincérité que vous avez pour moi sont d'un prix infini : vous m'estimez assez pour croire que je n'abuserai pas de cet aveu. Vous avez raison, Madame, je n'en abuserai pas et je ne vous en aimerai pas moins. Vous me rendez malheureux par la plus grande marque de fidélité que jamais une femme ait donnée à son mari. Mais, Madame, achevez et apprenez-moi qui est celui que vous voulez éviter.

— Je vous supplie de ne me le point demander, répondit-elle; je suis résolue de ne vous le

pas dire et je crois que la prudence ne veut pas
que je vous le nomme.

— Ne craignez point, Madame, reprit M. de
Clèves, je connais trop le monde pour ignorer
que la considération d'un mari n'empêche
pas que l'on ne soit amoureux de sa femme.
On doit haïr ceux qui le sont et non pas s'en
plaindre; et encore une fois, Madame, je vous
conjure de m'apprendre ce que j'ai envie de
savoir.

— Vous m'en presseriez inutilement, répliqua-
t-elle; j'ai de la force pour taire ce que je crois
ne pas devoir dire. L'aveu que je vous ai fait
n'a pas été par faiblesse, et il faut plus de courage pour avouer cette vérité que pour entreprendre de la cacher. »

M. de Nemours ne perdait pas une parole
de cette conversation; et ce que venait de dire
Mme de Clèves ne lui donnait guère moins de
jalousie qu'à son mari. Il était si éperdument
amoureux d'elle qu'il croyait que tout le monde
avait les mêmes sentiments. Il était véritable aussi
qu'il avait plusieurs rivaux; mais il s'en imagi-
nait encore davantage, et son esprit s'égarait à
chercher celui dont Mme de Clèves voulait parler. Il avait cru bien des fois qu'il ne lui était
pas désagréable et il avait fait ce jugement sur

des choses qui lui parurent si légères dans ce moment qu'il ne put s'imaginer qu'il eût donné une passion qui devait être bien violente pour avoir recours à un remède si extraordinaire. Il était si transporté qu'il ne savait quasi ce qu'il voyait, et il ne pouvait pardonner à M. de Clèves de ne pas assez presser sa femme de lui dire ce nom qu'elle lui cachait.

M. de Clèves faisait néanmoins tous ses efforts pour le savoir; et, après qu'il l'en eut pressée inutilement :

« Il me semble, répondit-elle, que vous devez être content de ma sincérité; ne m'en demandez pas davantage et ne me donnez point lieu de me repentir de ce que je viens de faire. Contentez-vous de l'assurance que je vous donne encore qu'aucune de mes actions n'a fait paraître mes sentiments et que l'on ne m'a jamais rien dit dont j'aie pu m'offenser.

— Ah! Madame, reprit tout d'un coup M. de Clèves, je ne vous saurais croire. Je me souviens de l'embarras où vous fûtes le jour que votre portrait se perdit. Vous avez donné, Madame, vous avez donné ce portrait qui m'était si cher et qui m'appartenait si légitimement. Vous n'avez pu cacher vos sentiments; vous aimez, on le sait; votre vertu vous a jusqu'ici garantie du reste.

— Est-il possible, s'écria cette princesse, que vous puissiez penser qu'il y ait quelque déguisement dans un aveu comme le mien qu'aucune raison ne m'obligeait à vous faire? Fiez-vous à mes paroles; c'est par un assez grand prix que j'achète la confiance que je vous demande. Croyez, je vous en conjure, que je n'ai point donné mon portrait : il est vrai que je le vis prendre; mais je ne voulus pas faire paraître que je le voyais, de peur de m'exposer à me faire dire des choses que l'on ne m'a encore osé dire.

. — Par où vous a-t-on donc fait voir qu'on vous aimait, reprit M. de Clèves, et quelles marques de passion vous a-t-on données?

— Épargnez-moi la peine, répliqua-t-elle, de vous redire des détails qui me font honte à moi-même de les avoir remarqués et qui ne m'ont que trop persuadée de ma faiblesse.

— Vous avez raison, Madame, reprit-il, je suis injuste. Refusez-moi toutes les fois que je vous demanderai de pareilles choses; mais ne vous offensez pourtant pas si je vous les demande. »

Dans ce moment, plusieurs de leurs gens, qui étaient demeurés dans les allées, vinrent avertir M. de Clèves qu'un gentilhomme venait le chercher, de la part du roi, pour lui ordonner de se trouver le soir à Paris. M. de Clèves fut

contraint de s'en aller et il ne put rien dire à sa
femme, sinon qu'il la suppliait de venir le lendemain, et qu'il la conjurait de croire que, quoiqu'il fût affligé, il avait pour elle une tendresse
et une estime dont elle devait être satisfaite.

Lorsque ce prince fut parti, que Mme de
Clèves demeura seule, qu'elle regarda ce qu'elle
venait de faire, elle en fut si épouvantée qu'à
peine put-elle s'imaginer que ce fût une vérité.
Elle trouva qu'elle s'était ôté elle-même le cœur
et l'estime de son mari et qu'elle s'était creusé
un abîme dont elle ne sortirait jamais. Elle se
demandait pourquoi elle avait fait une chose si
hasardeuse, et elle trouvait qu'elle s'y était engagée sans en avoir presque eu le dessein. La sin-
gularité d'un pareil aveu, dont elle ne trouvait point d'exemple, lui en faisait voir tout le
péril.

Mais quand elle venait à penser que ce
remède, quelque violent qu'il fût, était le seul
qui la pouvait défendre contre M. de Nemours,
elle trouvait qu'elle ne devait point se repentir
et qu'elle n'avait point trop hasardé. Elle passa
toute la nuit, pleine d'incertitude, de trouble
et de crainte, mais, enfin, le calme revint dans
son esprit. Elle trouva même de la douceur à
avoir donné ce témoignage de fidélité à un mari

qui le méritait si bien, qui avait tant d'estime
et tant d'amitié pour elle, et qui venait de lui en
donner encore des marques par la manière dont
il avait reçu ce qu'elle lui avait avoué.

Cependant, M. de Nemours était sorti du lieu
où il avait entendu une conversation qui le
touchait si sensiblement et s'était enfoncé dans la
forêt. Ce qu'avait dit Mme de Clèves de son
portrait lui avait redonné la vie en lui faisant
connaître que c'était lui qu'elle ne haïssait pas.
Il s'abandonna d'abord à cette joie; mais elle ne
fut pas longue, quand il fit réflexion que la
même chose qui lui venait d'apprendre qu'il
avait touché le cœur de M. de Clèves le devait
persuader aussi qu'il n'en recevrait jamais nulle
marque et qu'il était impossible d'engager une
personne qui avait recours à un remède si extraordinaire. Il sentit pourtant un plaisir sensible
de l'avoir réduite à cette extrémité. Il trouva de
la gloire à s'être fait aimer d'une femme si différente de toutes celles de son sexe; enfin, il se
trouva cent fois heureux et malheureux tout
ensemble. La nuit le surprit dans la forêt, et il
eut beaucoup de peine à retrouver le chemin de
chez Mme de Mercœur. Il y arriva à la pointe du
jour. Il fut assez embarrassé de rendre compte
de ce qui l'avait retenu; il s'en démêla le mieux

qu'il lui fut possible et revint ce jour même à Paris avec le vidame.

Ce prince était si rempli de sa passion et si surpris de ce qu'il avait entendu, qu'il tomba dans une imprudence assez ordinaire, qui est de parler en termes généraux de ses sentiments particuliers et de conter ses propres aventures sous des noms empruntés. En revenant il tourna la conversation sur l'amour, il exagéra le plaisir d'être amoureux d'une personne digne d'être aimée. Il parla des effets bizarres de cette passion et enfin, ne pouvant renfermer en lui-même l'étonnement que lui donnait l'action de Mme de Clèves, il la conta au vidame, sans lui nommer la personne et sans lui dire qu'il y eût aucune part; mais il la conta avec tant de chaleur et avec tant d'admiration que le vidame soupçonna aisément que cette histoire regardait ce prince. Il le pressa extrêmement de le lui avouer. Il lui dit qu'il connaissait depuis long-temps qu'il avait quelque passion violente et qu'il y avait de l'injustice de se défier d'un homme qui lui avait confié le secret de sa vie. M. de Nemours était trop amoureux pour avouer son amour; il l'avait toujours caché au vidame, quoique ce fût l'homme de la cour qu'il aimât le mieux. Il lui répondit qu'un de ses amis lui avait conté cette aventure et lui avait fait promettre de n'en point parler, et qu'il le conjurait aussi de garder ce secret. Le vidame l'assura qu'il n'en parlerait point; néanmoins M. de Nemours se repentit de lui en avoir tant appris.

Cependant, M. de Clèves était allé trouver le roi, le cœur pénétré d'une douleur mortelle. Jamais mari n'avait eu une passion si violente pour sa femme et ne l'avait tant estimée. Ce qu'il venait d'apprendre ne lui ôtait pas l'estime; mais elle lui en donnait d'une espèce différente de celle qu'il avait eue jusqu'alors. Ce qui l'occupait le plus, était l'envie de deviner celui qui avait su lui plaire. M. de Nemours lui vint d'abord dans l'esprit, comme ce qu'il y avait de plus aimable à la cour; et le chevalier de Guise, et le maréchal de Saint-André, comme deux hommes qui avaient pensé à lui plaire et qui lui rendaient encore beaucoup de soins; de sorte qu'il s'arrêta à croire qu'il fallait que ce fût l'un des trois. Il arriva au Louvre et le roi le mena dans son cabinet pour lui dire qu'il l'avait choisi pour conduire Madame en Espagne; qu'il avait cru que personne ne s'acquitterait mieux que lui de cette commission et que personne aussi ne ferait tant d'honneur à la France que Mme de Clèves. M. de

Clèves reçut l'honneur de ce choix comme il le devait, et le regarda même comme une chose qui éloignerait sa femme de la cour sans qu'il parût de changement dans sa conduite. Néanmoins, le temps de ce départ était encore trop éloigné pour être un remède à l'embarras où il se trouvait. Il écrivit à l'heure même à Mme de Clèves pour lui apprendre ce que le roi venait de lui dire, et il lui manda encore qu'il voulait absolument qu'elle revînt à Paris. Elle y revint comme il l'ordonnait, et, lorsqu'ils se virent, ils se trouvèrent tous deux dans une tristesse extraordinaire.

M. de Clèves lui parla comme le plus honnête homme du monde et le plus digne de ce qu'elle avait fait.

« Je n'ai nulle inquiétude de votre conduite, lui dit-il; vous avez plus de force et plus de vertu que vous ne pensez. Ce n'est point aussi la crainte de l'avenir qui m'afflige. Je ne suis affligé que de vous voir pour un autre des sentiments que je n'ai pu vous donner.

— Je ne sais que vous répondre, lui dit-elle; je meurs de honte en vous parlant. Épargnez-moi, je vous en conjure, de si cruelles conversations; réglez ma conduite; faites que je ne voie personne. C'est tout ce que je vous demande. Mais trouvez bon que je ne vous parle plus d'une chose qui me fait paraître si peu digne de vous et que je trouve si indigne de moi.

— Vous avez raison, Madame, répliqua-t-il, j'abuse de votre douceur et de votre confiance; mais aussi ayez quelque compassion de l'état où vous m'avez mis, et songez que, quoi que vous m'ayez dit, vous me cachez un nom qui me donne une curiosité avec laquelle je ne saurais vivre. Je ne vous demande pourtant pas de la satisfaire; mais je ne puis m'empêcher de vous dire que je crois que celui que je dois envier est le maréchal de Saint-André, le duc de Nemours ou le chevalier de Guise.

— Je ne vous répondrai rien, lui dit-elle en rougissant, et je ne vous donnerai aucun lieu, par mes réponses, de diminuer ni de fortifier vos soupçons; mais si vous essayez de les éclaircir en m'observant, vous me donnerez un embarras qui paraîtra aux yeux de tout le monde. Au nom de Dieu, continua-t-elle, trouvez bon que, sur le prétexte de quelque maladie, je ne voie personne.

— Non, Madame, répliqua-t-il, on démêlerait bientôt que ce serait une chose supposée; et, de plus, je ne me veux fier qu'à vous-même : c'est le chemin que mon cœur me conseille de prendre, et la raison me le conseille aussi. De l'humeur dont vous êtes, en vous laissant votre liberté, je vous donne des bornes plus étroites que je ne pourrais vous en prescrire. »

M. de Clèves ne se trompait pas : la confiance qu'il témoignait à sa femme la fortifiait davantage contre M. de Nemours et lui faisait prendre des résolutions plus austères qu'aucune contrainte n'aurait pu faire. Elle alla donc au Louvre et chez la reine dauphine à son ordinaire; mais elle évitait la présence et les yeux de M. de Nemours avec tant de soin qu'elle lui ôta quasi toute la joie qu'il avait de se croire aimé d'elle. Il ne voyait rien dans ses actions qui ne lui persuadât le contraire. Il ne savait quasi si ce qu'il avait entendu n'était point un songe, tant il y trouvait peu de vraisemblance. La seule chose qui l'assurait qu'il ne s'était pas trompé était l'extrême tristesse de Mme de Clèves, quelque effort qu'elle fît pour la cacher; peut-être que des regards et des paroles obligeantes n'eussent pas tant augmenté l'amour de M. de Nemours que faisait cette conduite austère.

Un soir que M. et Mme de Clèves étaient chez la reine, quelqu'un dit que le bruit courait que le roi nommerait encore un grand seigneur de la cour pour aller conduire Madame en Espagne. M. de Clèves avait les yeux sur sa femme dans le temps que l'on ajouta que ce serait peut-être le chevalier de Guise ou le maréchal de Saint-André. Il remarqua qu'elle n'avait point été émue de ces deux noms, ni de la proposition qu'ils fissent ce voyage avec elle. Cela lui fit croire que pas un des deux n'était celui dont elle craignait la présence et, voulant s'éclaircir de ses soupçons, il entra dans le cabinet de la reine, où était le roi. Après y avoir demeuré quelque temps, il revint auprès de sa femme et lui dit tout bas qu'il venait d'apprendre que ce serait M. de Nemours qui irait avec eux en Espagne.

Le nom de M. de Nemours et la pensée d'être exposée à le voir tous les jours pendant un long voyage, en présence de son mari, donna un tel trouble à Mme de Clèves qu'elle ne le put cacher ; et, voulant y donner d'autres raisons :

« C'est un choix bien désagréable pour vous, répondit-elle, que celui de ce prince. Il partagera tous les honneurs, et il me semble que vous devriez essayer de faire choisir quelque autre.

— Ce n'est pas la gloire, Madame, reprit M. de Clèves, qui vous fait appréhender que M. de Nemours ne vienne avec moi. Le chagrin que vous en avez vient d'une autre cause. Ce chagrin m'apprend ce que j'aurais appris d'une autre femme, par la joie qu'elle en aurait eue. Mais ne craignez point; ce que je viens de vous dire n'est pas véritable, et je l'ai inventé pour m'assurer d'une chose que je ne croyais déjà que trop. »

Il sortit après ces paroles, ne voulant pas augmenter par sa présence l'extrême embarras où il voyait sa femme.

M. de Nemours entra dans cet instant et remarqua d'abord l'état où était Mme de Clèves. Il s'approcha d'elle et lui dit tout bas qu'il n'osait, par respect, lui demander ce qui la rendait plus rêveuse que de coutume. La voix de M. de Nemours la fit revenir, et, le regardant, sans avoir entendu ce qu'il venait de lui dire, pleine de ses propres pensées et de la crainte que son mari ne le vît auprès d'elle :

« Au nom de Dieu, lui dit-elle, laissez-moi en repos!

— Hélas! Madame, répondit-il, je ne vous y laisse que trop; de quoi pouvez-vous vous plaindre? Je n'ose vous parler, je n'ose même vous regarder; je ne vous approche qu'en tremblant. Par où me suis-je attiré ce que vous venez de me dire, et pourquoi me faites-vous paraître que j'ai quelque part au chagrin où je vous vois? »

Mme de Clèves fut bien fâchée d'avoir donné lieu à M. de Nemours de s'expliquer plus clairement qu'il n'avait fait en toute sa vie. Elle le quitta sans lui répondre, et s'en revint chez elle, l'esprit plus agité qu'elle ne l'avait jamais eu. Son mari s'aperçut aisément de l'augmentation de son embarras. Il vit qu'elle craignait qu'il ne lui parlât de ce qui s'était passé. Il la suivit dans un cabinet où elle était entrée.

« Ne m'évitez point, Madame, lui dit-il, je ne vous dirai rien qui puisse vous déplaire; je vous demande pardon de la surprise que je vous ai faite tantôt. J'en suis assez puni par ce que j'ai appris. M. de Nemours était de tous les hommes celui que je craignais le plus. Je vois le péril où vous êtes; ayez du pouvoir sur vous pour l'amour de vous-même et, s'il est possible, pour l'amour de moi. Je ne vous le demande point comme un mari, mais comme un homme dont vous faites tout le bonheur, et qui a pour vous une passion plus tendre et plus violente que celui que votre cœur lui préfère. »

M. de Clèves s'attendrit en prononçant ces dernières paroles et eut peine à les achever. Sa femme en fut pénétrée et, fondant en larmes, elle l'embrassa avec une tendresse et une douleur qui le mit dans un état peu différent du sien. Ils demeurèrent quelque temps sans se rien dire et se séparèrent sans avoir la force de se parler.

Les préparatifs pour le mariage de Madame
étaient achevés. Le duc d'Albe arriva pour l'épouser. Il fut reçu avec toute la magnificence et toutes
les cérémonies qui se pouvaient faire dans une
pareille occasion. Le roi envoya au-devant de lui
le prince de Condé, les cardinaux de Lorraine et
de Guise, les ducs de Lorraine, de Ferrare, d'Aumale, de Bouillon, de Guise et de Nemours. Ils
avaient plusieurs gentilshommes et grand nombre
de pages vêtus de leurs livrées. Le roi attendit lui-
même le duc d'Albe à la première porte du Louvre, avec les deux cents gentilshommes servants
et le connétable à leur tête. Lorsque ce duc fut
proche du roi, il voulut lui embrasser les genoux;
mais le roi l'en empêcha et le fit marcher à son
côté jusque chez la reine et chez Madame, à qui
le duc d'Albe apporta un présent magnifique de la
part de son maître. Il alla ensuite chez Mme Marguerite, sœur du roi, lui faire les compliments
de M. de Savoie et l'assurer qu'il arriverait dans
peu de jours. L'on fit de grandes assemblées au
Louvre pour faire voir au duc d'Albe, et au
prince d'Orange qui l'avait accompagné, les
beautés de la cour.

Mme de Clèves n'osa se dispenser de s'y trouver, quelque envie qu'elle en eût, par la crainte
de déplaire à son mari qui lui commanda abso-

lument d'y aller. Ce qui l'y déterminait encore davantage était l'absence de M. de Nemours. Il était allé au-devant de M. de Savoie et, après que ce prince fut arrivé, il fut obligé de se tenir presque toujours auprès de lui pour lui aider à toutes les choses qui regardaient les cérémonies de ses noces. Cela fit que Mme de Clèves ne rencontra pas ce prince aussi souvent qu'elle avait accoutumé; et elle s'en trouvait dans quelque sorte de repos.

Le vidame de Chartres n'avait pas oublié la conversation qu'il avait eue avec M. de Nemours. Il lui était demeuré dans l'esprit que l'aventure que ce prince lui avait contée était la sienne propre, et il l'observait avec tant de soin que peut-être aurait-il démêlé la vérité, sans que l'arrivée du duc d'Albe et celle de M. de Savoie firent un changement et une occupation dans la cour qui l'empêcha de voir ce qui aurait pu l'éclairer. L'envie de s'éclaircir, ou plutôt la disposition naturelle que l'on a de conter tout ce que l'on sait à ce que l'on aime, fit qu'il redit à Mme de Martigues l'action extraordinaire de cette personne, qui avait avoué à son mari la passion qu'elle avait pour un autre. Il l'assura que M. de Nemours était celui qui avait inspiré cette violente passion et il la conjura de lui aider à observer ce prince.

Mme de Martigues fut bien aise d'apprendre ce que lui dit le vidame; et la curiosité qu'elle avait toujours vue à Mme la Dauphine, pour ce qui regardait M. de Nemours, lui donnait encore plus d'envie de pénétrer cette aventure.

Peu de jours avant celui que l'on avait choisi pour la cérémonie du mariage, la reine dauphine donnait à souper au roi son beau-père et à la duchesse de Valentinois. Mme de Clèves, qui était occupée à s'habiller, alla au Louvre plus tard que de coutume. En y allant, elle trouva un gentilhomme qui la venait querir de la part de Mme la Dauphine. Comme elle entrait dans la chambre, cette princesse lui cria, de dessus son lit où elle était, qu'elle l'attendait avec une grande impatience.

« Je crois, Madame, lui répondit-elle, que je ne dois pas vous remercier de cette impatience et qu'elle est sans doute causée par quelque autre chose que par l'envie de me voir.

— Vous avez raison, lui répliqua la reine dauphine; mais néanmoins vous devez m'en être obligée, car je veux vous apprendre une aventure que je suis assurée que vous serez bien aise de savoir. »

Mme de Clèves se mit à genoux devant son lit et, par bonheur pour elle, elle n'avait pas le jour au visage.

« Vous savez, lui dit cette reine, l'envie que nous avions de deviner ce qui causait le changement qui paraît au duc de Nemours : je crois le savoir, et c'est une chose qui vous surprendra. Il est éperdument amoureux et fort aimé d'une des plus belles personnes de la cour. »

Ces paroles, que Mme de Clèves ne pouvait s'attribuer puisqu'elle ne croyait pas que personne sût qu'elle aimait ce prince, lui causèrent une douleur qu'il est aisé de s'imaginer.

« Je ne vois rien en cela, répondit-elle, qui doive surprendre d'un homme de l'âge de M. de Nemours et fait comme il est.

— Ce n'est pas aussi, reprit Mme la Dauphine, ce qui vous doit étonner; mais c'est de savoir que cette femme qui aime M. de Nemours ne lui en a jamais donné aucune marque et que la peur qu'elle a eue de n'être pas toujours maîtresse de sa passion a fait qu'elle l'a avouée à son mari, afin qu'il l'ôtât de la cour. Et c'est M. de Nemours lui-même qui a conté ce que je vous dis. »

Si Mme de Clèves avait eu d'abord de la douleur par la pensée qu'elle n'avait aucune part à cette aventure, les dernières paroles de Mme la Dauphine lui donnèrent du désespoir par la certitude de n'y en avoir que trop. Elle ne put répondre et demeura la tête penchée sur le lit pendant que la reine continuait de parler, si occupée de ce qu'elle disait qu'elle ne prenait pas garde à cet embarras. Lorsque Mme de Clèves fut un peu remise :

« Cette histoire ne me paraît guère vraisemblable, Madame, répondit-elle, et je voudrais bien savoir qui vous l'a contée.

— C'est Mme de Martigues, répliqua Mme la Dauphine, qui l'a apprise du vidame de Chartres. Vous savez qu'il en est amoureux; il la lui a confiée comme un secret et il la sait du duc de Nemours lui-même. Il est vrai que le duc de Nemours ne lui a pas dit le nom de la dame et ne lui a pas même avoué que ce fût lui qui en fût aimé; mais le vidame de Chartres n'en doute point. »

Comme la reine dauphine achevait ces paroles, quelqu'un s'approcha du lit. Mme de Clèves était tournée d'une sorte qui l'empêchait de voir qui c'était; mais elle n'en douta pas, lorsque Mme la Dauphine se récria avec un air de gaieté et de surprise :

« Le voilà lui-même, et je veux lui demander ce qui en est. »

Mme de Clèves connut bien que c'était le duc de Nemours, comme ce l'était, en effet, sans se tourner de son côté. Elle s'avança avec précipitation vers Mme la Dauphine, et lui dit tout bas qu'il fallait bien se garder de lui parler de cette aventure; qu'il l'avait confiée au vidame de Chartres; et que ce serait une chose capable de les brouiller. Mme la Dauphine lui répondit, en riant, qu'elle était trop prudente et se retourna vers M. de Nemours. Il était paré pour l'assemblée du soir et, prenant la parole avec cette grâce qui lui était si naturelle :

« Je crois, Madame, dit-il, que je puis penser, sans témérité, que vous parliez de moi quand je suis entré, que vous aviez dessein de me demander quelque chose et que Mme de Clèves s'y oppose.

— Il est vrai, répondit Mme la Dauphine; mais je n'aurai pas pour elle la complaisance que j'ai accoutumé d'avoir. Je veux savoir de vous si une histoire que l'on m'a contée est véritable et si vous n'êtes pas celui qui êtes amoureux et aimé d'une femme de la cour qui vous cache sa passion avec soin et qui l'a avouée à son mari. »

Le trouble et l'embarras de Mme de Clèves étaient au-delà de tout ce que l'on peut s'imaginer, et, si la mort se fût présentée pour la tirer de cet état, elle l'aurait trouvée agréable. Mais M. de Nemours était encore plus embarrassé, s'il est possible. Le discours de Mme la Dau-

phine, dont il avait eu lieu de croire qu'il n'était
pas haï, en présence de Mme de Clèves, qui
était la personne de la cour en qui elle avait le
plus de confiance, et qui en avait aussi le plus
en elle, lui donnait une si grande confusion de
pensées bizarres qu'il lui fut impossible d'être
maître de son visage. L'embarras où il voyait
Mme de Clèves par sa faute, et la pensée du
juste sujet qu'il lui donnait de le haïr, lui causa
un saisissement qui ne lui permit pas de répondre. Mme la Dauphine voyant à quel point
il était interdit :

« Regardez-le, regardez-le, dit-elle à Mme de
Clèves, et jugez si cette aventure n'est pas la
sienne. »

Cependant, M. de Nemours, revenant de son
premier trouble, et voyant l'importance de sortir
d'un pas si dangereux, se rendit maître tout d'un
coup de son esprit et de son visage :

« J'avoue, Madame, dit-il, que l'on ne peut
être plus surpris et plus affligé que je le suis de
l'infidélité que m'a faite le vidame de Chartres
en racontant l'aventure d'un de mes amis que
je lui avais confiée. Je pourrais m'en venger,
continua-t-il en souriant avec un air tranquille
qui ôta quasi à Mme la Dauphine les soupçons
qu'elle venait d'avoir. Il m'a confié des choses

qui ne sont pas d'une médiocre importance;
mais je ne sais pas, Madame, poursuivit-il, pourquoi vous me faites l'honneur de me mêler à
cette aventure. Le vidame ne peut pas dire
qu'elle me regarde, puisque je lui ai dit le
contraire. La qualité d'un homme amoureux me
peut convenir; mais, pour celle d'un homme
aimé, je ne crois pas, Madame, que vous puissiez
me la donner. »

Ce prince fut bien aise de dire quelque chose à
Mme la Dauphine, qui eût du rapport à ce qu'il
lui avait fait paraître en d'autres temps, afin de lui
détourner l'esprit des pensées qu'elle aurait pu
avoir. Elle crut bien aussi entendre ce qu'il disait;
mais, sans y répondre, elle continua à lui faire la
guerre de son embarras.

« J'ai été troublé, Madame, lui répondit-il,
pour l'intérêt de mon ami et par les justes reproches qu'il me pourrait faire d'avoir redit une
chose qui lui est plus chère que la vie. Il ne me l'a
néanmoins confiée qu'à demi, et il ne m'a pas
nommé la personne qu'il aime. Je sais seulement
qu'il est l'homme du monde le plus amoureux et
le plus à plaindre.

— Le trouvez-vous si à plaindre, répliqua
Mme la Dauphine, puisqu'il est aimé?

— Croyez-vous qu'il le soit, Madame, reprit-il,

et qu'une personne qui aurait une véritable passion pût la découvrir à son mari? Cette personne ne connaît pas sans doute l'amour, et elle a pris pour lui une légère reconnaissance de l'attachement que l'on a pour elle. Mon ami ne se peut flatter d'aucune espérance; mais, tout malheureux qu'il est, il se trouve heureux d'avoir du moins donné la peur de l'aimer et il ne changerait pas son état contre celui du plus heureux amant du monde.

— Votre ami a une passion bien aisée à satisfaire, dit Mme la Dauphine, et je commence à croire que ce n'est pas de vous dont vous parlez. Il ne s'en faut guère, continua-t-elle, que je ne sois de l'avis de Mme de Clèves, qui soutient que cette aventure ne peut être véritable.

— Je ne crois pas en effet qu'elle le puisse être, reprit Mme de Clèves qui n'avait point encore parlé; et quand il serait possible qu'elle le fût, par où l'aurait-on pu savoir? Il n'y a pas d'apparence qu'une femme, capable d'une chose si extraordinaire, eût la faiblesse de la raconter; apparemment son mari ne l'aurait pas racontée non plus, ou ce serait un mari bien indigne du procédé que l'on aurait eu avec lui. »

M. de Nemours, qui vit les soupçons de Mme de Clèves sur son mari, fut bien aise de les lui

confirmer. Il savait que c'était le plus redoutable
rival qu'il eût à détruire.

« La jalousie, répondit-il, et la curiosité d'en
savoir peut-être davantage que l'on ne lui en a dit
peuvent faire faire bien des imprudences à un
mari. »

Mme de Clèves était à la dernière épreuve de sa
force et de son courage et, ne pouvant plus soutenir la conversation, elle allait dire qu'elle se trouvait mal, lorsque, par bonheur pour elle, la
duchesse de Valentinois entra, qui dit à Mme la
Dauphine que le roi allait arriver. Cette reine
passa dans son cabinet pour s'habiller. M. de Nemours s'approcha de Mme de Clèves, comme elle
la voulait suivre.

« Je donnerais ma vie, Madame, lui dit-il, pour
vous parler un moment; mais de tout ce que j'aurais d'important à vous dire, rien ne me le paraît
davantage que de vous supplier de croire que si
j'ai dit quelque chose où Mme la Dauphine puisse
prendre part, je l'ai fait par des raisons qui ne la
regardent pas. »

Mme de Clèves ne fit pas semblant d'entendre
M. de Nemours; elle le quitta sans le regarder,
et se mit à suivre le roi qui venait d'entrer.
Comme il y avait beaucoup de monde, elle s'embarrassa dans sa robe et fit un faux pas : elle se

servit de ce prétexte pour sortir d'un lieu où elle
n'avait pas la force de demeurer et, feignant de ne
se pouvoir soutenir, elle s'en alla chez elle.

M. de Clèves vint au Louvre et fut étonné de n'y
pas trouver sa femme; on lui dit l'accident qui lui
était arrivé. Il s'en retourna à l'heure même pour
apprendre de ses nouvelles; il la trouva au lit et il
sut que son mal n'était pas considérable. Quand il
eut été quelque temps auprès d'elle, il s'aperçut
qu'elle était dans une tristesse si excessive qu'il en
fut surpris.

« Qu'avez-vous, Madame? lui dit-il. Il me
paraît que vous avez quelque autre douleur que
celle dont vous vous plaignez?

— J'ai la plus sensible affliction que je pouvais
jamais avoir, répondit-elle; quel usage avez-
vous fait de la confiance extraordinaire ou, pour
mieux dire, folle que j'ai eue en vous? Ne méri-
tais-je pas le secret, et quand je ne l'aurais pas
mérité, votre propre intérêt ne vous y engageait-il
pas? Fallait-il que la curiosité de savoir un nom
que je ne dois pas vous dire vous obligeât à vous
confier à quelqu'un pour tâcher de le découvrir?
Cela ne peut être que cette seule curiosité qui vous
ait fait faire une si cruelle imprudence, les suites
en sont aussi fâcheuses qu'elles pouvaient l'être.
Cette aventure est sue, et on me la vient de conter,

ne sachant pas que j'y eusse le principal intérêt.

— Que me dites-vous, Madame? lui répondit-il. Vous m'accusez d'avoir conté ce qui s'est
passé entre vous et moi, et vous m'apprenez
que la chose est sue? Je ne me justifie pas de
l'avoir redite; vous ne le sauriez croire, et il faut
sans doute que vous ayez pris pour vous ce que
l'on vous a dit de quelque autre.

— Ah! Monsieur, reprit-elle, il n'y a pas dans
le monde une autre aventure pareille à la mienne;
il n'y a point une autre femme capable de la
même chose. Le hasard ne peut l'avoir fait inven-
ter; on ne l'a jamais imaginée, et cette pensée
n'est jamais tombée dans un autre esprit que le
mien. Mme la Dauphine vient de me conter
toute cette aventure; elle l'a sue par le vidame
de Chartres qui la sait de M. de Nemours.

— M. de Nemours! s'écria M. de Clèves avec
une action qui marquait du transport et du
désespoir. Quoi! M. de Nemours sait que vous
l'aimez, et que je le sais?

— Vous voulez toujours choisir M. de Nemours
plutôt qu'un autre, répliqua-t-elle : je vous ai
dit que je ne vous répondrais jamais sur vos
soupçons. J'ignore si M. de Nemours sait la part
que j'ai dans cette aventure et celle que vous lui
avez donnée; mais il l'a contée au vidame de

Chartres et lui a dit qu'il la savait d'un de ses
amis, qui ne lui avait pas nommé la personne.
Il faut que cet ami de M. de Nemours soit des
vôtres et que vous vous soyez fié à lui pour
tâcher de vous éclaircir.

— A-t-on un ami au monde à qui on voulût
faire une telle confidence, reprit M. de Clèves,
et voudrait-on éclaircir ses soupçons au prix
d'apprendre à quelqu'un ce que l'on souhaite-
rait de se cacher à soi-même? Songez plutôt,
Madame, à qui vous avez parlé. Il est plus
vraisemblable que ce soit par vous que par moi
que ce secret soit échappé. Vous n'avez pu soutenir toute seule l'embarras où vous vous êtes
trouvée et vous avez cherché le soulagement de
vous plaindre avec quelque confidente qui vous
a trahie.

— N'achevez point de m'accabler, s'écria-
t-elle, et n'ayez point la dureté de m'accuser
d'une faute que vous avez faite. Pouvez-vous
m'en soupçonner, et puisque j'ai été capable de
vous parler, suis-je capable de parler à quelque
autre? »

L'aveu que Mme de Clèves avait fait à son
mari était une si grande marque de sa sincérité
et elle niait si fortement de s'être confiée à personne que M. de Clèves ne savait que penser.

D'un autre côté, il était assuré de n'avoir rien
redit; c'était une chose que l'on ne pouvait avoir
devinée, elle était sue; ainsi il fallait que ce fût
par l'un des deux, mais ce qui lui causait une
douleur violente était de savoir que ce secret
était entre les mains de quelqu'un et qu'apparemment il serait bientôt divulgué.

Mme de Clèves pensait à peu près les mêmes
choses, elle trouvait également impossible que
son mari eût parlé et qu'il n'eût pas parlé. Ce
qu'avait dit M. de Nemours que la curiosité
pouvait faire faire des imprudences à un mari
lui paraissait se rapporter si juste à l'état de
M. de Clèves qu'elle ne pouvait croire que ce fût
une chose que le hasard eût fait dire; et cette
vraisemblance la déterminait à croire que M. de
Clèves avait abusé de la confiance qu'elle avait
en lui. Ils étaient si occupés l'un et l'autre de
leurs pensées qu'ils furent longtemps sans parler, et ils ne sortirent de ce silence que pour
redire les mêmes choses qu'ils avaient déjà dites
plusieurs fois, et demeurèrent le cœur et l'esprit
plus éloignés et plus altérés qu'ils ne les avaient
encore eus.

Il est aisé de s'imaginer en quel état ils pas-
sèrent la nuit. M. de Clèves avait épuisé toute
sa constance à soutenir le malheur de voir une

femme qu'il adorait touchée de passion pour un
autre. Il ne lui restait plus de courage; il croyait
même n'en devoir pas trouver dans une chose où
sa gloire et son honneur étaient si vivement bles-
sés. Il ne savait plus que penser de sa femme;
il ne voyait plus quelle conduite il lui devait
faire prendre, ni comment il se devait conduire
lui-même; et il ne trouvait de tous côtés que
des précipices et des abîmes. Enfin, après une
agitation et une incertitude très longues, voyant
qu'il devait bientôt s'en aller en Espagne, il prit
le parti de ne rien faire qui pût augmenter les
soupçons ou la connaissance de son malheureux
état. Il alla trouver Mme de Clèves et lui dit
qu'il ne s'agissait pas de démêler entre eux qui
avait manqué au secret; mais qu'il s'agissait de
faire voir que l'histoire que l'on avait contée
était une fable où elle n'avait aucune part; qu'il
dépendait d'elle de le persuader à M. de Nemours
et aux autres; qu'elle n'avait qu'à agir avec lui
avec la sévérité et la froideur qu'elle devait avoir
pour un homme qui lui témoignait de l'amour;
que, par ce procédé, elle lui ôterait aisément
l'opinion qu'elle eût de l'inclination pour lui;
qu'ainsi il ne fallait point s'affliger de tout ce
qu'il aurait pu penser, parce que si, dans la
suite, elle ne faisait paraître aucune faiblesse,

toutes ses pensées se détruiraient aisément, et
que surtout il fallait qu'elle allât au Louvre et
aux assemblées comme à l'ordinaire.

Après ces paroles, M. de Clèves quitta sa
femme sans attendre sa réponse. Elle trouva
beaucoup de raison dans tout ce qu'il lui dit,
et la colère où elle était contre M. de Nemours
lui fit croire qu'elle trouverait aussi beaucoup
de facilité à l'exécuter; mais il lui parut difficile de se trouver à toutes les cérémonies du
mariage et d'y paraître avec un visage tranquille
et un esprit libre; néanmoins, comme elle devait
porter la robe de Mme la Dauphine et que
c'était une chose où elle avait été préférée à plusieurs autres princesses, il n'y avait pas moyen
d'y renoncer sans faire beaucoup de bruit et
sans en faire chercher des raisons. Elle se résolut
donc de faire un effort sur elle-même; mais elle
prit le reste du jour pour s'y préparer et pour
s'abandonner à tous les sentiments dont elle
était agitée. Elle s'enferma seule dans son cabinet. De tous ses maux, celui qui se présentait à
elle avec le plus de violence était d'avoir sujet
de se plaindre de M. de Nemours et de ne trouver
aucun moyen de le justifier. Elle ne pouvait
douter qu'il n'eût conté cette aventure au vidame
de Chartres; il l'avait avoué, et elle ne pouvait

douter aussi, par la manière dont il avait parlé,
qu'il ne sût que l'aventure la regardait. Comment excuser une si grande imprudence, et
qu'était devenue l'extrême discrétion de ce
prince, dont elle avait été si touchée?

« Il a été discret, disait-elle, tant qu'il a cru
être malheureux; mais une pensée d'un bonheur,
même incertain, a fini sa discrétion. Il n'a pu
s'imaginer qu'il était aimé sans vouloir qu'on
le sût. Il a dit tout ce qu'il pouvait dire; je n'ai
pas avoué que c'était lui que j'aimais, il l'a soupçonné et il a laissé voir ses soupçons. S'il eût eu
des certitudes, il en aurait usé de la même sorte.
J'ai eu tort de croire qu'il y eût un homme
capable de cacher ce qui flatte sa gloire. C'est
pourtant pour cet homme, que j'ai cru si différent
du reste des hommes, que je me trouve comme
les autres femmes, étant si éloignée de leur ressembler. J'ai perdu le cœur et l'estime d'un mari
qui devait faire ma félicité. Je serai bientôt regardée de tout le monde comme une personne qui
a une folle et violente passion. Celui pour qui
je l'ai ne l'ignore plus; et c'est pour éviter ces
malheurs que j'ai hasardé tout mon repos et
toute ma vie. »

Ces tristes réflexions étaient suivies d'un tor-
rent de larmes; mais quelque douleur dont elle

se trouvât accablée, elle sentait bien qu'elle aurait eu la force de les supporter si elle avait été satisfaite de M. de Nemours.

Ce prince n'était pas dans un état plus tranquille. L'imprudence qu'il avait faite d'avoir parlé au vidame de Chartres et les cruelles suites de cette imprudence lui donnaient un déplaisir mortel. Il ne pouvait se représenter, sans être accablé, l'embarras, le trouble et l'affliction où il avait vu Mme de Clèves. Il était inconsolable de lui avoir dit des choses sur cette aventure qui, bien que galantes par elles-mêmes, lui paraissaient, dans ce moment, grossières et peu polies, puisqu'elles avaient fait entendre à Mme de Clèves qu'il n'ignorait pas qu'elle était cette femme qui avait une passion violente et qu'il était celui pour qui elle l'avait. Tout ce qu'il eût pu souhaiter, eût été une conversation avec elle; mais il trouvait qu'il la devait craindre plutôt que de la désirer.

« Qu'aurais-je à lui dire? s'écriait-il. Irai-je encore lui montrer ce que je ne lui ai déjà que trop fait connaître? Lui ferai-je voir que je sais qu'elle m'aime, moi qui n'ai jamais seulement osé lui dire que je l'aimais? Commencerai-je à lui parler ouvertement de ma passion, afin de lui paraître un homme devenu hardi par des espérances? Puis-je penser seulement à l'approcher et oserais-je lui donner l'embarras de soutenir ma vue? Par où pourrais-je me justifier? Je n'ai point d'excuse, je suis indigne d'être regardé de Mme de Clèves et je n'espère pas aussi qu'elle me regarde jamais. Je ne lui ai donné par ma faute de meilleurs moyens pour se défendre contre moi que tous ceux qu'elle cherchait et qu'elle eût peut-être cherchés inutilement. Je perds par mon imprudence le bonheur et la gloire d'être aimé de la plus aimable et de la plus estimable personne du monde; mais, si j'avais perdu ce bonheur sans qu'elle en eût souffert et sans lui avoir donné une douleur mortelle, ce me serait une consolation; et je sens plus dans ce moment le mal que je lui ai fait que celui que je me suis fait auprès d'elle. »

M. de Nemours fut longtemps à s'affliger et à penser les mêmes choses. L'envie de parler à Mme de Clèves lui venait toujours dans l'esprit. Il songea à en trouver les moyens, il pensa à lui écrire; mais enfin il trouva qu'après la faute qu'il avait faite, et de l'humeur dont elle était, le mieux qu'il pût faire était de lui témoigner un profond respect par son affliction et par son silence, de lui faire voir même qu'il n'osait se présenter devant elle et d'attendre ce que le

temps, le hasard et l'inclination qu'elle avait
pour lui pourraient faire en sa faveur. Il résolut
aussi de ne point faire de reproches au vidame
de Chartres de l'infidélité qu'il lui avait faite,
de peur de fortifier ses soupçons.

Les fiançailles de Madame, qui se faisaient le
lendemain, et le mariage qui se faisait le jour
suivant, occupaient tellement toute la cour que
Mme de Clèves et M. de Nemours cachèrent aisément au public leur tristesse et leur trouble.
Mme la Dauphine ne parla même qu'en passant
à Mme de Clèves de la conversation qu'elles
avaient eue avec M. de Nemours et M. de Clèves
affecta de ne plus parler à sa femme de tout ce
qui s'était passé, de sorte qu'elle ne se trouva
pas dans un aussi grand embarras qu'elle l'avait
imaginé.

Les fiançailles se firent au Louvre et, après le
festin et le bal, toute la maison royale alla coucher à l'évêché, comme c'était la coutume. Le
matin, le duc d'Albe, qui n'était jamais vêtu que
fort simplement, mit un habit de drap d'or mêlé
de couleur de feu, de jaune et de noir, tout couvert de pierreries, et il avait une couronne fermée sur la tête. Le prince d'Orange, habillé
aussi magnifiquement avec ses livrées, et tous
les Espagnols suivis des leurs, vinrent prendre

le duc d'Albe à l'hôtel de Villeroi où il était
logé, et partirent, marchant quatre à quatre,
pour venir à l'évêché. Sitôt qu'il fut arrivé, on
alla par ordre à l'église : le roi menait Madame,
qui avait aussi une couronne fermée et sa robe
portée par Mlles de Montpensier et de Longueville. La reine marchait ensuite, mais sans couronne. Après elle, venait la reine dauphine,
Madame, sœur du roi, Mme de Lorraine et la
reine de Navarre, leurs robes portées par des
princesses. Les reines et les princesses avaient
toutes leurs filles magnifiquement habillées des
mêmes couleurs qu'elles étaient vêtues : en sorte
que l'on connaissait à qui étaient les filles par la
couleur de leurs habits. On monta sur l'échafaud qui était préparé dans l'église et l'on fit
la cérémonie des mariages. On retourna ensuite
dîner à l'évêché et, sur les cinq heures, on en
partit pour aller au palais, où se faisait le festin
et où le Parlement, les Cours souveraines et la
maison de ville étaient priés d'assister. Le roi,
les reines, les princes et les princesses mangèrent
sur la table de marbre dans la grande salle du
palais, le duc d'Albe assis auprès de la nouvelle
reine d'Espagne. Au-dessous des degrés de la
table de marbre et à la main droite du roi, était
une table pour les ambassadeurs, les arche-

vêques et les chevaliers de l'ordre et, de l'autre
côté, une table pour MM. du Parlement.

Le duc de Guise, vêtu d'une robe de drap d'or
frisé, servait le roi de grand-maître, M. le prince
de Condé, de panetier, et le duc de Nemours,
d'échanson. Après que les tables furent levées,
le bal commença; il fut interrompu par des ballets et par des machines extraordinaires. On le
reprit ensuite; et enfin, après minuit, le roi et
toute la cour s'en retournèrent au Louvre.
Quelque triste que fût Mme de Clèves, elle ne
laissa pas de paraître aux yeux de tout le monde,
et surtout aux yeux de M. de Nemours, d'une
beauté incomparable. Il n'osa lui parler, quoique
l'embarras de cette cérémonie lui en donnât plusieurs moyens, mais il lui fit voir tant de tristesse
et une crainte si respectueuse de l'approcher
qu'elle ne le trouva plus si coupable, quoiqu'il
ne lui eût rien dit pour se justifier. Il eut la même
conduite les jours suivants, et cette conduite
fit aussi le même effet sur le cœur de Mme de
Clèves.

Enfin, le jour du tournoi arriva. Les reines
se rendirent dans les galeries et sur les échafauds qui leur avaient été destinés. Les quatre
tenants parurent au bout de la lice, avec une
quantité de chevaux et de livrées qui faisaient

le plus magnifique spectacle qui eût jamais paru
en France.

Le roi n'avait point d'autres couleurs que le
blanc et le noir, qu'il portait toujours à cause de
Mme de Valentinois, qui était veuve. M. de Ferrare et toute sa suite avaient du jaune et du
rouge; M. de Guise parut avec de l'incarnat et
du blanc : on ne savait d'abord par quelle raison il avait ces couleurs; mais on se souvint que
c'étaient celles d'une belle personne qu'il avait
aimée pendant qu'elle était fille, et qu'il aimait
encore, quoiqu'il n'osât plus le lui faire paraître.
M. de Nemours avait du jaune et du noir; on en
chercha inutilement la raison. Mme de Clèves
n'eut pas de peine à la deviner : elle se souvint
d'avoir dit devant lui qu'elle aimait le jaune, et
qu'elle était fâchée d'être blonde, parce qu'elle
n'en pouvait mettre. Ce prince crut pouvoir
paraître avec cette couleur, sans indiscrétion,
puisque, Mme de Clèves n'en mettant point,
on ne pouvait soupçonner que ce fût la sienne.

Jamais on n'a fait voir tant d'adresse que les
quatre tenants en firent paraître. Quoique le roi
fût le meilleur homme de cheval de son royaume,
on ne savait à qui donner l'avantage. M. de
Nemours avait un agrément dans toutes ses
actions qui pouvait faire pencher en sa faveur

des personnes moins intéressées que Mme de Clèves. Sitôt qu'elle le vit paraître au bout de la lice, elle sentit une émotion extraordinaire et, à toutes les courses de ce prince, elle avait de la peine à cacher sa joie, lorsqu'il avait heureusement fourni sa carrière.

Sur le soir comme tout était presque fini et que l'on était prêt de se retirer, le malheur de l'État fit que le roi voulut encore rompre une lance. Il manda au comte de Montgomery, qui était extrêmement adroit, qu'il se mît sur la lice. Le comte supplia le roi de l'en dispenser et allégua toutes les excuses dont il put s'aviser, mais le roi, quasi en colère, lui fit dire qu'il le voulait absolument. La reine manda au roi qu'elle le conjurait de ne plus courir; qu'il avait si bien fait qu'il devait être content et qu'elle le suppliait de revenir auprès d'elle. Il répondit que c'était pour l'amour d'elle qu'il allait courir encore et entra dans la barrière. Elle lui renvoya M. de Savoie pour le prier une seconde fois de revenir; mais tout fut inutile. Il courut; les lances se brisèrent, et un éclat de celle du comte de Montgomery lui donna dans l'œil et y demeura. Ce prince tomba du coup, ses écuyers et M. de Montgomery, qui était un des maréchaux du camp, coururent à lui. Ils furent étonnés de le

voir si blessé; mais le roi ne s'étonna point. Il
dit que c'était peu de chose, et qu'il pardonnait
au comte de Montgomery. On peut juger quel
trouble et quelle affliction apporta un accident
si funeste dans une journée destinée à la joie.
Sitôt que l'on eut porté le roi dans son lit, et
que les chirurgiens eurent visité sa plaie, ils la
trouvèrent très considérable. M. le Connétable
se souvint, dans ce moment, de la prédiction que
l'on avait faite au roi, qu'il serait tué dans un
combat singulier; et il ne douta point que la
prédiction ne fût accomplie.

Le roi d'Espagne, qui était alors à Bruxelles,
étant averti de cet accident, envoya son médecin,
qui était un homme de grande réputation; mais
il jugea le roi sans espérance.

Une cour, aussi partagée et aussi remplie
d'intérêts opposés, n'était pas dans une médiocre
agitation à la veille d'un si grand événement;
néanmoins, tous les mouvements étaient cachés
et l'on ne paraissait occupé que de l'unique
inquiétude de la santé du roi. Les reines, les
princes et les princesses ne sortaient presque
point de son antichambre.

Mme de Clèves, sachant qu'elle était obligée
d'y être, qu'elle y verrait M. de Nemours, qu'elle
ne pourrait cacher à son mari l'embarras que

lui causait cette vue, connaissant aussi que la
seule présence de ce prince le justifiait à ses yeux
et détruisait toutes ses résolutions, prit le parti
de feindre d'être malade. La cour était trop
occupée pour avoir de l'attention à sa conduite
et pour démêler si son mal était faux ou véritable. Son mari seul pouvait en connaître la
vérité ; mais elle n'était pas fâchée qu'il la connût.
Ainsi elle demeura chez elle, peu occupée du
grand changement qui se préparait ; et, remplie
de ses propres pensées, elle avait toute la liberté
de s'y abandonner. Tout le monde était chez le
roi. M. de Clèves venait à de certaines heures
lui en dire des nouvelles. Il conservait avec elle le
même procédé qu'il avait toujours eu, hors que,
quand ils étaient seuls, il y avait quelque chose
d'un peu plus froid et de moins libre. Il ne lui
avait point reparlé de tout ce qui s'était passé ;
et elle n'avait pas eu la force et n'avait pas même
jugé à propos de reprendre cette conversation.

M. de Nemours, qui s'était attendu à trouver
quelques moments à parler à Mme de Clèves,
fut bien surpris et bien affligé de n'avoir pas seulement le plaisir de la voir. Le mal du roi se trouva
si considérable que, le septième jour, il fut désespéré des médecins. Il reçut la certitude de sa mort
avec une fermeté extraordinaire et d'autant plus

admirable qu'il perdait la vie par un accident si
malheureux, qu'il mourait à la fleur de son âge,
heureux, adoré de ses peuples et aimé d'une maîtresse qu'il aimait éperdument. La veille de sa
mort, il fit faire le mariage de Madame, sa sœur,
avec M. de Savoie, sans cérémonie. L'on peut
juger en quel état était la duchesse de Valentinois.
La reine ne permit point qu'elle vît le roi et lui
envoya demander les cachets de ce prince et les
pierreries de la couronne qu'elle avait en garde.
Cette duchesse s'enquit si le roi était mort; et,
comme on lui eut répondu que non :

« Je n'ai donc point encore de maître, répondit-elle, et personne ne peut m'obliger à rendre
ce que sa confiance m'a mis entre les mains. »

Sitôt qu'il fut expiré au château des Tournelles,
le duc de Ferrare, le duc de Guise et le duc de
Nemours conduisirent au Louvre la reine mère,
le roi et la reine sa femme. M. de Nemours menait
la reine mère. Comme ils commençaient à marcher, elle se recula de quelques pas et dit à la
reine, sa belle-fille, que c'était à elle à passer la
première; mais il fut aisé de voir qu'il y avait
plus d'aigreur que de bienséance dans ce compli-
ment.

TOME QUATRIÈME

Le cardinal de Lorraine s'était rendu maître absolu de l'esprit de la reine mère; le vidame de Chartres n'avait plus aucune part dans ses bonnes grâces et l'amour qu'il avait pour Mme de Martigues et pour la liberté l'avait même empêché de sentir cette perte autant qu'elle méritait d'être sentie. Ce cardinal, pendant les dix jours de la maladie du roi, avait eu le loisir de former ses desseins et de faire prendre à la reine des résolutions conformes à ce qu'il avait projeté; de sorte que, sitôt que le roi fut mort, la reine ordonna au connétable de demeurer aux Tournelles auprès du corps du feu roi pour faire les cérémonies ordinaires. Cette commission l'éloignait de tout et lui ôtait la liberté d'agir. Il envoya un courrier au roi de Navarre pour le faire venir en diligence, afin de s'opposer ensemble à la grande élévation

où il voyait que MM. de Guise allaient parvenir.
On donna le commandement des armées au duc
de Guise et les finances au cardinal de Lorraine.
La duchesse de Valentinois fut chassée de la cour;
on fit revenir le cardinal de Tournon, ennemi
déclaré du connétable, et le chancelier Olivier,
ennemi déclaré de la duchesse de Valentinois.
Enfin, la cour changea entièrement de face. Le duc
de Guise prit le même rang que les princes du
sang à porter le manteau du roi aux cérémonies
des funérailles; lui et ses frères furent entièrement
les maîtres, non seulement par le crédit du cardinal sur l'esprit de la reine, mais parce que
cette princesse crut qu'elle pourrait les éloigner
s'ils lui donnaient de l'ombrage et qu'elle ne
pourrait éloigner le connétable, qui était appuyé
des princes du sang.

Lorsque les cérémonies du deuil furent ache-
vées, le connétable vint au Louvre et fut reçu
du roi avec beaucoup de froideur. Il voulut lui
parler en particulier; mais le roi appela M. de
Guise et lui dit, devant eux, qu'il lui conseillait
de se reposer; que les finances et le commandement des armées étaient donnés et que, lorsqu'il aurait besoin de ses conseils, il l'appellerait
auprès de sa personne. Il fut reçu de la reine
mère encore plus froidement que du roi, et elle

lui fit même des reproches de ce qu'il avait dit
au feu roi que ses enfants ne lui ressemblaient
point. Le roi de Navarre arriva et ne fut pas
mieux reçu. Le prince de Condé, moins endu-
rant que son frère, se plaignait hautement; ses
plaintes furent inutiles, on l'éloigna de la cour
sous le prétexte de l'envoyer en Flandre signer
la ratification de la paix. On fit voir au roi de
Navarre une fausse lettre du roi d'Espagne qui
l'accusait de faire des entreprises sur ses places;
on lui fit craindre pour ses terres; enfin, on lui
inspira le dessein de s'en aller en Béarn. La reine
lui en fournit le moyen en lui donnant la
conduite de Mme Élisabeth et l'obligea même à
partir devant cette princesse; et ainsi il ne demeura personne à la cour qui pût balancer le
pouvoir de la maison de Guise.

Quoique ce fût une chose fâcheuse pour
M. de Clèves de ne pas conduire Mme Élisabeth,
néanmoins il ne put s'en plaindre par la grandeur de celui qu'on lui préférait; mais il regrettait moins cet emploi par l'honneur qu'il en
eût reçu que parce que c'était une chose qui
éloignait sa femme de la cour sans qu'il parût
qu'il eût dessein de l'en éloigner.

Peu de jours après la mort du roi, on résolut
d'aller à Reims pour le sacre. Sitôt qu'on parla

de ce voyage, Mme de Clèves, qui avait toujours
demeuré chez elle, feignant d'être malade, pria
son mari de trouver bon qu'elle ne suivît point
la cour et qu'elle s'en allât à Coulommiers
prendre l'air et songer à sa santé. Il lui répondit
qu'il ne voulait point pénétrer si c'était la raison
de sa santé qui l'obligeait à ne pas faire le voyage,
mais qu'il consentait qu'elle ne le fît point. Il
n'eut pas de peine à consentir à une chose qu'il
avait déjà résolue : quelque bonne opinion qu'il
eût de la vertu de sa femme, il voyait bien que
la prudence ne voulait pas qu'il l'exposât plus
longtemps à la vue d'un homme qu'elle aimait.

M. de Nemours sut bientôt que Mme de
Clèves ne devait pas suivre la cour; il ne put se
résoudre à partir sans la voir et, la veille du
départ, il alla chez elle aussi tard que la bienséance le pouvait permettre, afin de la trouver
seule. La fortune favorisa son intention. Comme
il entra dans la cour, il trouva Mme de Nevers
et Mme de Martigues qui en sortaient et qui lui
dirent qu'elles l'avaient laissée seule. Il monta
avec une agitation et un trouble qui ne se peut
comparer qu'à celui qu'eut Mme de Clèves quand
on lui dit que M. de Nemours venait pour la
voir. La crainte qu'elle eut qu'il ne lui parlât de
sa passion, l'appréhension de lui répondre trop

favorablement, l'inquiétude que cette visite pouvait donner à son mari, la peine de lui en rendre compte ou de lui cacher toutes ces choses, se présentèrent en un moment à son esprit et lui firent un si grand embarras qu'elle prit la résolution d'éviter la chose du monde qu'elle souhaitait peut-être le plus. Elle envoya une de ses femmes à M. de Nemours, qui était dans son antichambre, pour lui dire qu'elle venait de se trouver mal et qu'elle était bien fâchée de ne pouvoir recevoir l'honneur qu'il lui voulait faire. Quelle douleur pour ce prince de ne pas voir Mme de Clèves et de ne la pas voir parce qu'elle ne voulait pas qu'il la vît! Il s'en allait le lendemain; il n'avait plus rien à espérer du hasard. Il ne lui avait rien dit depuis cette conversation de chez Mme la Dauphine, et il avait lieu de croire que la faute d'avoir parlé au vidame avait détruit toutes ses espérances; enfin il s'en allait avec tout ce qui peut aigrir une vive douleur.

Sitôt que Mme de Clèves fut un peu remise du trouble que lui avait donné la pensée de la visite de ce prince, toutes les raisons qui la lui avaient fait refuser disparurent; elle trouva même qu'elle avait fait une faute et, si elle eût osé ou qu'il eût encore été assez temps, elle l'aurait fait rappeler.

Mmes de Nevers et de Martigues, en sortant

de chez elle, allèrent chez la reine dauphine;
M. de Clèves y était. Cette princesse leur demanda d'où elles venaient; elles lui dirent
qu'elles venaient de chez Mme de Clèves où elles
avaient passé une partie de l'après-dînée avec
beaucoup de monde et qu'elles n'y avaient laissé
que M. de Nemours. Ces paroles, qu'elles
croyaient si indifférentes, ne l'étaient pas pour
M. de Clèves. Quoiqu'il dût bien s'imaginer que
M. de Nemours pouvait trouver souvent des
occasions de parler à sa femme, néanmoins la
pensée qu'il était chez elle, qu'il y était seul et
qu'il lui pouvait parler de son amour lui parut
dans ce moment une chose si nouvelle et si insupportable que la jalousie s'alluma dans son
cœur avec plus de violence qu'elle n'avait encore
fait. Il lui fut impossible de demeurer chez la
reine; il s'en revint, ne sachant pas même pourquoi il revenait et s'il avait dessein d'aller interrompre M. de Nemours. Sitôt qu'il approcha de
chez lui, il regarda s'il ne verrait rien qui lui pût
faire juger si ce prince y était encore; il sentit du
soulagement en voyant qu'il n'y était plus et il
trouva de la douceur à penser qu'il ne pouvait y
avoir demeuré longtemps. Il s'imagina que ce
n'était peut-être pas M. de Nemours dont il
devait être jaloux et, quoiqu'il n'en doutât point,

il cherchait à en douter; mais tant de choses
l'en auraient persuadé qu'il ne demeurait pas
longtemps dans cette incertitude qu'il désirait. Il
alla d'abord dans la chambre de sa femme et,
après lui avoir parlé quelque temps de choses
indifférentes, il ne put s'empêcher de lui demander ce qu'elle avait fait et qui elle avait vu; elle
lui en rendit compte. Comme il vit qu'elle ne
lui nommait point M. de Nemours, il lui demanda, en tremblant, si c'était tout ce qu'elle
avait vu, afin de lui donner lieu de nommer ce
prince et de n'avoir pas la douleur qu'elle lui
en fît une finesse. Comme elle ne l'avait point
vu, elle ne le lui nomma point, et M. de Clèves
reprenant la parole avec un ton qui marquait
son affliction :

« Et M. de Nemours, lui dit-il, ne l'avez-vous
point vu ou l'avez-vous oublié?

— Je ne l'ai point vu, en effet, répondit-elle;
je me trouvais mal et j'ai envoyé une de mes
femmes lui faire des excuses.

— Vous ne vous trouviez donc mal que pour
lui, reprit M. de Clèves. Puisque vous avez vu
tout le monde, pourquoi des distinctions pour
M. de Nemours? Pourquoi ne vous est-il pas
comme un autre? Pourquoi faut-il que vous
craigniez sa vue? Pourquoi lui laissez-vous voir

que vous la craignez? Pourquoi lui faites-vous
connaître que vous vous servez du pouvoir que
sa passion vous donne sur lui? Oseriez-vous
refuser de le voir si vous ne saviez bien qu'il
distingue vos rigueurs de l'incivilité? Mais pourquoi faut-il que vous ayez des rigueurs pour lui?
D'une personne comme vous, Madame, tout est
des faveurs, hors l'indifférence.

— Je ne croyais pas, reprit Mme de Clèves,
quelque soupçon que vous ayez sur M. de Nemours, que vous pussiez me faire des reproches
de ne l'avoir pas vu.

— Je vous en fais pourtant, Madame, répliqua-t-il, et ils sont bien fondés. Pourquoi ne le
pas voir s'il ne vous a rien dit? Mais, Madame,
il vous a parlé; si son silence seul vous avait
témoigné sa passion, elle n'aurait pas fait en
vous une si grande impression. Vous n'avez pu
me dire la vérité tout entière, vous m'en avez
caché la plus grande partie; vous vous êtes
repentie même du peu que vous m'avez avoué et
vous n'avez pas eu la force de continuer. Je suis
plus malheureux que je ne l'ai cru et je suis le
plus malheureux de tous les hommes. Vous êtes
ma femme, je vous aime comme ma maîtresse
et je vous en vois aimer un autre. Cet autre est le
plus aimable de la cour et il vous voit tous les

jours, il sait que vous l'aimez. Eh! j'ai pu croire, s'écria-t-il, que vous surmonteriez la passion que vous avez pour lui. Il faut que j'aie perdu la raison pour avoir cru qu'il fût possible.

— Je ne sais, reprit tristement Mme de Clèves, si vous avez eu tort de juger favorablement d'un procédé aussi extraordinaire que le mien; mais je ne sais si je ne me suis trompée d'avoir cru que vous me feriez justice?

— N'en doutez pas, Madame, répliqua M. de Clèves, vous vous êtes trompée; vous avez attendu de moi des choses aussi impossibles que celles que j'attendais de vous. Comment pouviez-vous espérer que je conservasse de la raison? Vous aviez donc oublié que je vous aimais éperdument et que j'étais votre mari? L'un des deux peut porter aux extrémités : que ne peuvent point les deux ensemble? Eh! que ne sont-ils point aussi, continua-t-il; je n'ai que des sentiments violents et incertains dont je ne suis pas le maître. Je ne me trouve plus digne de vous; vous ne me paraissez plus digne de moi. Je vous adore, je vous hais, je vous offense, je vous demande pardon; je vous admire, j'ai honte de vous admirer. Enfin il n'y a plus en moi ni de calme ni de raison. Je ne sais comment j'ai pu vivre depuis que vous me parlâtes à Coulom-

miers et depuis le jour que vous apprîtes de
Mme la Dauphine que l'on savait votre aventure.
Je ne saurais démêler par où elle a été sue ni ce
qui se passa entre M. de Nemours et vous sur
ce sujet; vous ne me l'expliquerez jamais et je ne
vous demande point de me l'expliquer. Je vous
demande seulement de vous souvenir que vous
m'avez rendu le plus malheureux homme du
monde. »

M. de Clèves sortit de chez sa femme après
ces paroles et partit le lendemain sans la voir;
mais il lui écrivit une lettre pleine d'affliction,
d'honnêteté et de douceur. Elle y fit une réponse
si touchante et si remplie d'assurances de sa
conduite passée et de celle qu'elle aurait à l'avenir que, comme ses assurances étaient fondées
sur la vérité et que c'étaient en effet ses sentiments, cette lettre fit de l'impression sur M. de
Clèves et lui donna quelque calme; joint que
M. de Nemours, allant trouver le roi, aussi bien
que lui, il avait le repos de savoir qu'il ne serait
pas au même lieu que Mme de Clèves. Toutes
les fois que cette princesse parlait à son mari, la
passion qu'il lui témoignait, l'honnêteté de son
procédé, l'amitié qu'elle avait pour lui et ce
qu'elle lui devait, faisaient des impressions dans
son cœur qui affaiblissaient l'idée de M. de Ne-

mours; mais ce n'était que pour quelque temps;
et cette idée revenait bientôt plus vive et plus
présente qu'auparavant.

Les premiers jours du départ de ce prince, elle
ne sentit quasi pas son absence; ensuite elle lui
parut cruelle. Depuis qu'elle l'aimait, il ne
s'était point passé de jour qu'elle n'eût craint
ou espéré de le rencontrer et elle trouva une
grande peine à penser qu'il n'était plus au pouvoir du hasard de faire qu'elle le rencontrât.

Elle s'en alla à Coulommiers; et, en y allant,
elle eut soin d'y faire porter de grands tableaux
qu'elle avait fait copier sur des originaux
qu'avait fait faire Mme de Valentinois pour sa
belle maison d'Anet. Toutes les actions remarquables qui s'étaient passées du règne du roi
étaient dans ces tableaux. Il y avait entre autres
le siège de Metz, et tous ceux qui s'y étaient
distingués étaient peints fort ressemblants.
M. de Nemours était de ce nombre, et c'était
peut-être ce qui avait donné envie à Mme de
Clèves d'avoir ces tableaux.

Mme de Martigues, qui n'avait pu partir avec
la cour, lui promit d'aller passer quelques jours
à Coulommiers. La faveur de la reine qu'elles
partageaient ne leur avait point donné d'envie ni
d'éloignement l'une de l'autre; elles étaient amies

sans néanmoins se confier leurs sentiments.
Mme de Clèves savait que Mme de Martigues
aimait le vidame; mais Mme de Martigues ne
savait pas que Mme de Clèves aimât M. de Nemours, ni qu'elle en fût aimée. La qualité de
nièce du vidame rendait Mme de Clèves plus
chère à Mme de Martigues; et Mme de Clèves
l'aimait aussi comme une personne qui avait une
passion aussi bien qu'elle et qui l'avait pour
l'ami intime de son amant.

Mme de Martigues vint à Coulommiers,
comme elle l'avait promis à Mme de Clèves; elle
la trouva dans une vie fort solitaire. Cette princesse avait même cherché le moyen d'être dans
une solitude entière et de passer les soirs dans les
jardins sans être accompagnée de ses domestiques. Elle venait dans ce pavillon où M. de Nemours l'avait écoutée; elle entrait dans le cabinet
qui était ouvert sur le jardin. Ses femmes et ses
domestiques demeuraient dans l'autre cabinet,
ou sous le pavillon, et ne venaient point à elle
qu'elle ne les appelât. Mme de Martigues n'avait
jamais vu Coulommiers; elle fut surprise de
toutes les beautés qu'elle y trouva et surtout de
l'agrément de ce pavillon. Mme de Clèves et elle
y passaient tous les soirs. La liberté de se retrouver seules, la nuit, dans le plus beau lieu du monde,

ne laissait pas finir la conversation entre deux
jeunes personnes, qui avaient des passions violentes dans le cœur; et, quoiqu'elles ne s'en
fissent point de confidence, elles trouvaient un
grand plaisir à se parler. Mme de Martigues
aurait eu de la peine à quitter Coulommiers si,
en le quittant, elle n'eût dû aller dans un lieu où
était le vidame. Elle partit pour aller à Chambord,
où la cour était alors.

Le sacre avait été fait à Reims par le cardinal
de Lorraine, et l'on devait passer le reste de
l'été dans le château de Chambord, qui était
nouvellement bâti. La reine témoigna une grande
joie de revoir Mme de Martigues; et, après lui
en avoir donné plusieurs marques, elle lui demanda des nouvelles de Mme de Clèves et de ce
qu'elle faisait à la campagne. M. de Nemours et
M. de Clèves étaient alors chez cette reine. Mme
de Martigues, qui avait trouvé Coulommiers
admirable, en conta toutes les beautés, et elle
s'étendit extrêmement sur la description de ce
pavillon de la forêt et sur le plaisir qu'avait
Mme de Clèves de s'y promener seule une partie
de la nuit. M. de Nemours, qui connaissait assez
le lieu pour entendre ce qu'en disait Mme de
Martigues, pensa qu'il n'était pas impossible
qu'il y pût voir Mme de Clèves sans être vu que

d'elle. Il fit quelques questions à Mme de Martigues pour s'en éclaircir encore; et M. de Clèves,
qui l'avait toujours regardé pendant que Mme de
Martigues avait parlé, crut voir dans ce moment
ce qui lui passait dans l'esprit. Les questions que
fit ce prince le confirmèrent encore dans cette
pensée; en sorte qu'il ne douta point qu'il n'eût
dessein d'aller voir sa femme. Il ne se trompait
pas dans ses soupçons. Ce dessein entra si fortement dans l'esprit de M. de Nemours qu'après
avoir passé la nuit à songer aux moyens de l'exécuter, dès le lendemain matin il demanda congé
au roi pour aller à Paris sur quelque prétexte
qu'il inventa.

M. de Clèves ne douta point du sujet de ce
voyage; mais il résolut de s'éclaircir de la conduite de sa femme et de ne pas demeurer dans
une cruelle incertitude. Il eut envie de partir en
même temps que M. de Nemours et de venir,
lui-même caché, découvrir quel succès aurait
ce voyage; mais, craignant que son départ ne
parût extraordinaire, et que M. de Nemours, en
étant averti, ne prît d'autres mesures, il résolut
de se fier à un gentilhomme qui était à lui, dont
il connaissait la fidélité et l'esprit. Il lui conta
dans quel embarras il se trouvait. Il lui dit quelle
avait été jusqu'alors la vertu de Mme de Clèves

et lui ordonna de partir sur les pas de M. de
Nemours, de l'observer exactement, de voir s'il
n'irait point à Coulommiers et s'il n'entrerait
point la nuit dans le jardin.

Le gentilhomme, qui était très capable d'une
telle commission, s'en acquitta avec toute l'exactitude imaginable. Il suivit M. de Nemours jusqu'à un village, à une demi-lieue de Coulommiers, où ce prince s'arrêta, et le gentilhomme
devina aisément que c'était pour y attendre la
nuit. Il ne crut pas à propos de l'y attendre aussi;
il passa le village et alla dans la forêt, à l'endroit
par où il jugeait que M. de Nemours pouvait
passer; il ne se trompa point dans tout ce qu'il
avait pensé. Sitôt que la nuit fut venue, il entendit
marcher, et, quoiqu'il fît obscur, il reconnut
aisément M. de Nemours. Il le vit faire le tour
du jardin, comme pour écouter s'il n'y entendrait personne et pour choisir le lieu par où il
pourrait passer le plus aisément. Les palissades
étaient fort hautes, et il y en avait encore derrière, pour empêcher qu'on ne pût entrer; en
sorte qu'il était assez difficile de se faire passage.
M. de Nemours en vint à bout néanmoins; sitôt
qu'il fut dans ce jardin, il n'eut pas de peine à
démêler où était Mme de Clèves. Il vit beaucoup
de lumières dans le cabinet; toutes les fenêtres

en étaient ouvertes et, en se glissant le long des
palissades, il s'en approcha avec un trouble et
une émotion qu'il est aisé de se représenter. Il se
rangea derrière une des fenêtres, qui servaient de
porte, pour voir ce que faisait Mme de Clèves.
Il vit qu'elle était seule; mais il la vit d'une si
admirable beauté qu'à peine fut-il maître du
transport que lui donna cette vue. Il faisait
chaud, et elle n'avait rien, sur sa tête et sur sa
gorge, que ses cheveux confusément rattachés.
Elle était sur un lit de repos, avec une table
devant elle, où il y avait plusieurs corbeilles
pleines de rubans; elle en choisit quelques-uns,
et M. de Nemours remarqua que c'étaient des
mêmes couleurs qu'il avait portées au tournoi.
Il vit qu'elle en faisait des nœuds à une canne
des Indes, fort extraordinaire, qu'il avait portée
quelque temps et qu'il avait donnée à sa sœur,
à qui Mme de Clèves l'avait prise sans faire semblant de la reconnaître pour avoir été à M. de
Nemours. Après qu'elle eut achevé son ouvrage
avec une grâce et une douceur que répandaient
sur son visage les sentiments qu'elle avait dans le
cœur, elle prit un flambeau et s'en alla, proche
d'une grande table, vis-à-vis du tableau du siège
de Metz, où était le portrait de M. de Nemours;
elle s'assit et se mit à regarder ce portrait avec

une attention et une rêverie que la passion seule
peut donner.

On ne peut exprimer ce que sentit M. de Nemours dans ce moment. Voir au milieu de la
nuit, dans le plus beau lieu du monde, une personne qu'il adorait, la voir sans qu'elle sût qu'il
la voyait, et la voir tout occupée de choses qui
avaient du rapport à lui et à la passion qu'elle
lui cachait, c'est ce qui n'a jamais été goûté ni
imaginé par nul autre amant.

Ce prince était aussi tellement hors de lui-
même qu'il demeurait immobile à regarder
Mme de Clèves, sans songer que les moments lui
étaient précieux. Quand il fut un peu remis, il
pensa qu'il devait attendre à lui parler qu'elle
allât dans le jardin; il crut qu'il le pourrait faire
avec plus de sûreté, parce qu'elle serait plus
éloignée de ses femmes; mais, voyant qu'elle
demeurait dans le cabinet, il prit la résolution
d'y entrer. Quand il voulut l'exécuter, quel
trouble n'eut-il point! Quelle crainte de lui
déplaire! Quelle peur de faire changer ce visage
où il y avait tant de douceur et de le voir devenir
plein de sévérité et de colère!

Il trouva qu'il y avait eu de la folie, non pas à
venir voir Mme de Clèves sans en être vu, mais à
penser de s'en faire voir; il vit tout ce qu'il

n'avait point encore envisagé. Il lui parut de
l'extravagance dans sa hardiesse de venir surprendre, au milieu de la nuit, une personne à
qui il n'avait encore jamais parlé de son amour.
Il pensa qu'il ne devait pas prétendre qu'elle le
voulût écouter, et qu'elle aurait une juste colère
du péril où il l'exposait par les accidents qui
pouvaient arriver. Tout son courage l'abandonna,
et il fut prêt plusieurs fois à prendre la résolution
de s'en retourner sans se faire voir. Poussé néanmoins par le désir de lui parler, et rassuré par les
espérances que lui donnait tout ce qu'il avait vu,
il avança quelques pas, mais avec tant de trouble
qu'une écharpe qu'il avait s'embarrassa dans la
fenêtre, en sorte qu'il fit du bruit. Mme de Clèves
tourna la tête, et, soit qu'elle eût l'esprit rempli
de ce prince, ou qu'il fût dans un lieu où la
lumière donnait assez pour qu'elle le pût distinguer, elle crut le reconnaître, et, sans balancer
ni se retourner du côté où il était, elle entra dans
le lieu où étaient ses femmes. Elle y entra avec
tant de trouble qu'elle fut contrainte, pour le
cacher, de dire qu'elle se trouvait mal; et elle le
dit aussi pour occuper tous ses gens et pour donner le temps à M. de Nemours de se retirer.
Quand elle eut fait quelque réflexion, elle pensa
qu'elle s'était trompée et que c'était un effet de

son imagination d'avoir cru voir M. de Nemours. Elle savait qu'il était à Chambord, elle ne trouvait nulle apparence qu'il eût entrepris une chose si hasardeuse; elle eut envie plusieurs fois de rentrer dans le cabinet et d'aller voir dans le jardin s'il y avait quelqu'un. Peut-être souhaitait-elle, autant qu'elle le craignait, d'y trouver M. de Nemours; mais enfin la raison et la prudence l'emportèrent sur tous ses autres sentiments, et elle trouva qu'il valait mieux demeurer dans le doute où elle était que de prendre le hasard de s'en éclaircir. Elle fut longtemps à se résoudre à sortir d'un lieu dont elle pensait que ce prince était peut-être si proche, et il était quasi jour quand elle revint au château.

M. de Nemours était demeuré dans le jardin tant qu'il avait vu de la lumière; il n'avait pu perdre l'espérance de revoir Mme de Clèves, quoiqu'il fût persuadé qu'elle l'avait reconnu et qu'elle n'était sortie que pour l'éviter; mais, voyant qu'on fermait les portes, il jugea bien qu'il n'avait plus rien à espérer. Il vint reprendre son cheval tout proche du lieu où attendait le gentilhomme de M. de Clèves. Ce gentilhomme le suivit jusqu'au même village, d'où il était parti le soir. M. de Nemours se résolut d'y passer tout le jour, afin de retourner la nuit à Coulommiers,

pour voir si Mme de Clèves aurait encore la
cruauté de le fuir, ou celle de ne se pas exposer à
être vue; quoiqu'il eût une joie sensible de l'avoir
trouvée si remplie de son idée, il était néanmoins
très affligé de lui avoir vu un mouvement si
naturel de le fuir.

La passion n'a jamais été si tendre et si violente qu'elle l'était alors en ce prince. Il s'en alla
sous des saules, le long d'un petit ruisseau qui
coulait derrière la maison où il était caché. Il
s'éloigna le plus qu'il lui fut possible, pour
n'être vu ni entendu de personne; il s'abandonna aux transports de son amour et son cœur
en fut tellement pressé qu'il fut contraint de
laisser couler quelques larmes; mais ces larmes
n'étaient pas de celles que la douleur seule fait
répandre, elles étaient mêlées de douceur et de
ce charme qui ne se trouve que dans l'amour.

Il se mit à repasser toutes les actions de
Mme de Clèves depuis qu'il en était amoureux;
quelle rigueur honnête et modeste elle avait toujours eue pour lui, quoiqu'elle l'aimât. « Car,
enfin, elle m'aime, disait-il; elle m'aime, je n'en
saurais douter; les plus grands engagements et
les plus grandes faveurs ne sont pas des marques
si assurées que celles que j'en ai eues. Cependant je suis traité avec la même rigueur que si

j'étais haï; j'ai espéré au temps, je n'en dois plus
rien attendre; je la vois toujours se défendre également contre moi et contre elle-même. Si je
n'étais point aimé, je songerais à plaire; mais je
plais, on m'aime, et on me le cache. Que puis-je
donc espérer, et quel changement dois-je attendre
dans ma destinée? Quoi! je serai aimé de la plus
aimable personne du monde et je n'aurai cet
excès d'amour que donnent les premières certitudes d'être aimé que pour mieux sentir la douleur d'être maltraité! « Laissez-moi voir que vous
» m'aimez, belle princesse, s'écria-t-il, laissez-moi
» voir vos sentiments; pourvu que je les con-
» naisse par vous une fois en ma vie, je consens
» que vous repreniez pour toujours ces rigueurs
» dont vous m'accabliez. Regardez-moi du moins
» avec ces mêmes yeux dont je vous ai vue cette
» nuit regarder mon portrait; pouvez-vous l'avoir
» regardé avec tant de douceur et m'avoir fui
» moi-même si cruellement? Que craignez-vous?
» Pourquoi mon amour vous est-il si redoutable?
» Vous m'aimez, vous me le cachez inutilement;
» vous-même m'en avez donné des marques invo-
» lontaires. Je sais mon bonheur; laissez-m'en
» jouir, et cessez de me rendre malheureux. »
Est-il possible, reprenait-il, que je sois aimé de
Mme de Clèves et que je sois malheureux? Qu'elle

était belle cette nuit! Comment ai-je pu résister
à l'envie de me jeter à ses pieds? Si je l'avais fait,
je l'aurais peut-être empêchée de me fuir, mon
respect l'aurait rassurée; mais peut-être elle ne
m'a pas reconnu; je m'afflige plus que je ne dois,
et la vue d'un homme, à une heure si extraordinaire, l'a effrayée. »

Ces mêmes pensées occupèrent tout le jour
M. de Nemours; il attendit la nuit avec impatience; et, quand elle fut venue, il reprit le chemin de Coulommiers. Le gentilhomme de M. de
Clèves, qui s'était déguisé afin d'être moins
remarqué, le suivit jusqu'au lieu où il l'avait
suivi le soir d'auparavant et le vit entrer dans le
même jardin. Ce prince connut bientôt que
Mme de Clèves n'avait pas voulu hasarder qu'il
essayât encore de la voir; toutes les portes
étaient fermées. Il tourna de tous les côtés pour
découvrir s'il ne verrait point de lumières; mais
ce fut inutilement.

Mme de Clèves, s'étant doutée que M. de
Nemours pourrait revenir, était demeurée dans
sa chambre; elle avait appréhendé de n'avoir
pas toujours la force de le fuir, et elle n'avait
pas voulu se mettre au hasard de lui parler
d'une manière si peu conforme à la conduite
qu'elle avait eue jusqu'alors.

Quoique M. de Nemours n'eût aucune espérance de la voir, il ne put se résoudre à sortir si tôt d'un lieu où elle était si souvent. Il passa la nuit entière dans le jardin et trouva quelque consolation à voir du moins les mêmes objets qu'elle voyait tous les jours. Le soleil était levé devant qu'il pensât à se retirer; mais enfin la crainte d'être découvert l'obligea à s'en aller.

Il lui fut impossible de s'éloigner sans voir Mme de Clèves; et il alla chez Mme de Mercœur, qui était alors dans cette maison qu'elle avait proche de Coulommiers. Elle fut extrêmement surprise de l'arrivée de son frère. Il inventa une cause de son voyage assez vraisemblable pour la tromper, et enfin il conduisit si habilement son dessein qu'il l'obligea à lui proposer d'elle-même d'aller chez Mme de Clèves. Cette proposition fut exécutée dès le même jour, et M. de Nemours dit à sa sœur qu'il la quitterait à Coulommiers pour s'en retourner en diligence trouver le roi. Il fit ce dessein de la quitter à Coulommiers dans la pensée de l'en laisser partir la première; et il crut avoir trouvé un moyen infaillible de parler à Mme de Clèves.

Comme ils arrivèrent, elle se promenait dans une grande allée que borde le parterre. La vue de M. de Nemours ne lui causa pas un médiocre

trouble et ne lui laissa plus de douter que ce ne
fût lui qu'elle avait vu la nuit précédente. Cette
certitude lui donna quelque mouvement de
colère, par la hardiesse et l'imprudence qu'elle
trouvait dans ce qu'il avait entrepris. Ce prince
remarqua une impression de froideur sur son
visage qui lui donna une sensible douleur. La
conversation fut de choses indifférentes : et,
néanmoins, il trouva l'art d'y faire paraître tant
d'esprit, tant de complaisance et tant d'admiration pour Mme de Clèves qu'il dissipa, malgré
elle, une partie de la froideur qu'elle avait eue
d'abord.

Lorsqu'il se sentit rassuré de sa première
crainte, il témoigna une extrême curiosité d'aller
voir le pavillon de la forêt. Il en parla comme
du plus agréable lieu du monde et en fit même
une description si particulière que Mme de Mercœur lui dit qu'il fallait qu'il y eût été plusieurs
fois pour en connaître si bien toutes les beautés.

« Je ne crois pourtant pas, reprit Mme de
Clèves, que M. de Nemours y ait jamais entré;
c'est un lieu qui n'est achevé que depuis peu.

— Il n'y a pas longtemps aussi que j'y ai été,
reprit M. de Nemours en la regardant, et je ne
sais si je ne dois point être bien aise que vous
ayez oublié de m'y avoir vu. »

Mme de Mercœur, qui regardait la beauté des jardins, n'avait point d'attention à ce que disait son frère. Mme de Clèves rougit et, baissant les yeux sans regarder M. de Nemours :

« Je ne me souviens point, lui dit-elle, de vous y avoir vu; et, si vous y avez été, c'est sans que je l'aie su.

— Il est vrai, Madame, répliqua M. de Nemours, que j'y ai été sans vos ordres, et j'y ai passé les plus doux et les plus cruels moments de ma vie. »

Mme de Clèves entendait trop bien tout ce que disait ce prince, mais elle n'y répondit point; elle songea à empêcher Mme de Mercœur d'aller dans ce cabinet, parce que le portrait de M. de Nemours y était et qu'elle ne voulait pas qu'elle l'y vît. Elle fit si bien que le temps se passa insensiblement, et Mme de Mercœur parla de s'en retourner. Mais quand Mme de Clèves vit que M. de Nemours et sa sœur ne s'en allaient pas ensemble, elle jugea bien à quoi elle allait être exposée; elle se trouva dans le même embarras où elle s'était trouvée à Paris et elle prit aussi le même parti. La crainte que cette visite ne fût encore une confirmation des soupçons qu'avait son mari ne contribua pas peu à la déterminer; et, pour éviter que M. de

Nemours ne demeurât seul avec elle, elle dit à
Mme de Mercœur qu'elle l'allait conduire jusques
au bord de la forêt, et elle ordonna que son carrosse la suivît. La douleur qu'eut ce prince de
trouver toujours cette même continuation des
rigueurs en Mme de Clèves fut si violente qu'il
en pâlit dans le même moment. Mme de Mercœur lui demanda s'il se trouvait mal; mais il
regarda Mme de Clèves, sans que personne s'en
aperçût, et il lui fit juger par ses regards qu'il
n'avait d'autre mal que son désespoir. Cependant, il fallut qu'il les laissât partir sans oser les
suivre, et, après ce qu'il avait dit, il ne pouvait
plus retourner avec sa sœur; ainsi, il revint à Paris, et en partit le lendemain.

Le gentilhomme de M. de Clèves l'avait toujours observé : il revint aussi à Paris et, comme
il vit M. de Nemours partir pour Chambord,
il prit la poste afin d'y arriver devant lui et de
rendre compte de son voyage. Son maître attendait son retour, comme ce qui allait décider du
malheur de toute sa vie.

Sitôt qu'il le vit, il jugea, par son visage et par
son silence, qu'il n'avait que des choses fâcheuses
à lui apprendre. Il demeura quelque temps saisi
d'affliction, la tête baissée sans pouvoir parler;
enfin, il lui fit signe de la main de se retirer :

« Allez, lui dit-il, je vois ce que vous avez à me dire, mais je n'ai pas la force de l'écouter.

— Je n'ai rien à vous apprendre, lui répondit le gentilhomme, sur quoi on puisse faire de jugement assuré. Il est vrai que M. de Nemours a entré deux nuits de suite dans le jardin de la forêt, et qu'il a été le jour d'après à Coulommiers avec Mme de Mercœur.

— C'est assez, répliqua M. de Clèves, c'est assez, en lui faisant encore signe de se retirer, et je n'ai pas besoin d'un plus grand éclaircissement. »

Le gentilhomme fut contraint de laisser son maître abandonné à son désespoir. Il n'y en a peut-être jamais eu un plus violent, et peu d'hommes d'un aussi grand courage et d'un cœur aussi passionné que M. de Clèves ont ressenti en même temps la douleur que cause l'infidélité d'une maîtresse et la honte d'être trompé par une femme.

M. de Clèves ne put résister à l'accablement où il se trouva. La fièvre lui prit dès la nuit même et avec de si grands accidents que, dès ce moment, sa maladie parut très dangereuse. On en donna avis à Mme de Clèves; elle vint en diligence. Quand elle arriva, il était encore plus mal, elle lui trouva quelque chose de si froid

et de si glacé pour elle qu'elle en fut extrêmement surprise et affligée. Il lui parut même qu'il
recevait avec peine les services qu'elle lui rendait; mais enfin, elle pensa que c'était peut-être
un effet de sa maladie.

D'abord qu'elle fut à Blois, où la cour était
alors, M. de Nemours ne put s'empêcher d'avoir
de la joie de savoir qu'elle était dans le même
lieu que lui. Il essaya de la voir et alla tous les
jours chez M. de Clèves, sur le prétexte de savoir
de ses nouvelles; mais ce fut inutilement. Elle
ne sortait point de la chambre de son mari et
avait une douleur violente de l'état où elle le
voyait. M. de Nemours était désespéré qu'elle
fût si affligée; il jugeait aisément combien cette
affliction renouvelait l'amitié qu'elle avait pour
M. de Clèves, et combien cette amitié faisait une
diversion dangereuse à la passion qu'elle avait
dans le cœur. Ce sentiment lui donna un chagrin
mortel pendant quelque temps; mais, l'extrémité
du mal de M. de Clèves lui ouvrit de nouvelles
espérances. Il vit que Mme de Clèves serait
peut-être en liberté de suivre son inclination et
qu'il pourrait trouver dans l'avenir une suite de
bonheur et de plaisirs durables. Il ne pouvait
soutenir cette pensée, tant elle lui donnait de
trouble et de transports, et il en éloignait son

esprit par la crainte de se trouver trop malheureux s'il venait à perdre ses espérances.

Cependant M. de Clèves était presque abandonné des médecins. Un des derniers jours de
son mal, après avoir passé une nuit très fâcheuse, il dit sur le matin qu'il voulait reposer.
Mme de Clèves demeura seule dans sa chambre;
il lui parut qu'au lieu de reposer il avait beaucoup d'inquiétude. Elle s'approcha et se vint
mettre à genoux devant son lit, le visage tout
couvert de larmes. M. de Clèves avait résolu de
ne lui point témoigner le violent chagrin qu'il
avait contre elle; mais, les soins qu'elle lui rendait, et son affliction, qui lui paraissait quelquefois véritable et qu'il regardait aussi quelquefois
comme des marques de dissimulation et de per-
fidie, lui causaient des sentiments si opposés
et si douloureux qu'il ne les put renfermer en
lui-même.

« Vous versez bien des pleurs, Madame, lui
dit-il, pour une mort que vous causez et qui ne
vous peut donner la douleur que vous faites
paraître. Je ne suis plus en état de vous faire
des reproches, continua-t-il avec une voix affaiblie par la maladie et par la douleur; mais je
meurs du cruel déplaisir que vous m'avez donné. Fallait-il qu'une action aussi extraordinaire

que celle que vous aviez faite de me parler à
Coulommiers eût si peu de suite? Pourquoi
m'éclairer sur la passion que vous aviez pour
M. de Nemours si votre vertu n'avait pas plus
d'étendue pour y résister? Je vous aimais jusqu'à être bien aise d'être trompé, je l'avoue à ma
honte; j'ai regretté ce faux repos dont vous
m'avez tiré. Que ne me laissiez-vous dans cet
aveuglement tranquille dont jouissent tant de
maris? J'eusse, peut-être, ignoré toute ma vie
que vous aimiez M. de Nemours. Je mourrai,
ajouta-t-il; mais sachez que vous me rendez la
mort agréable, et qu'après m'avoir ôté l'estime
et la tendresse que j'avais pour vous, la vie me
ferait horreur. Que ferais-je de la vie, reprit-il,
pour la passer avec une personne que j'ai tant
aimée, et dont j'ai été si cruellement trompé, ou
pour vivre séparé de cette même personne, et en
venir à un éclat et à des violences si opposées à
mon humeur et à la passion que j'avais pour
vous? Elle a été au-delà de ce que vous en avez
vu, Madame; je vous en ai caché la plus grande
partie, par la crainte de vous importuner, ou
de perdre quelque chose de votre estime, par des
manières qui ne convenaient pas à un mari.
Enfin, je méritais votre cœur; encore une fois,
je meurs sans regret, puisque je n'ai pu l'avoir,

et que je ne puis plus le désirer. Adieu, Madame, vous regretterez quelque jour un homme
qui vous aimait d'une passion véritable et légi-
time. Vous sentirez le chagrin que trouvent les
personnes raisonnables dans ces engagements,
et vous connaîtrez la différence d'être aimée,
comme je vous aimais, à l'être par des gens qui,
en vous témoignant de l'amour, ne cherchent
que l'honneur de vous séduire. Mais ma mort
vous laissera en liberté, ajouta-t-il, et vous pourrez rendre M. de Nemours heureux, sans qu'il
vous en coûte des crimes. Qu'importe, reprit-il,
ce qui arrivera quand je ne serai plus, et faut-il
que j'aie la faiblesse d'y jeter les yeux ! »

Mme de Clèves était si éloignée de s'imaginer
que son mari pût avoir des soupçons contre elle
qu'elle écouta toutes ces paroles sans les comprendre, et sans avoir d'autre idée, sinon qu'il
lui reprochait son inclination pour M. de Nemours; enfin, sortant tout d'un coup de son
aveuglement :

« Moi, des crimes ! s'écria-t-elle; la pensée
même m'en est inconnue. La vertu la plus austère ne peut inspirer d'autre conduite que celle
que j'ai eue; et je n'ai jamais fait d'action dont je
n'eusse souhaité que vous eussiez été témoin.

— Eussiez-vous souhaité, répliqua M. de

Clèves, en la regardant avec dédain, que je
l'eusse été des nuits que vous avez passées avec
M. de Nemours? Ah! Madame, est-ce de vous
dont je parle, quand je parle d'une femme qui a
passé des nuits avec un homme?

— Non, Monsieur, reprit-elle; non, ce n'est
pas de moi dont vous parlez. Je n'ai jamais passé
ni de nuits ni de moments avec M. de Nemours.
Il ne m'a jamais vue en particulier; je ne l'ai
jamais souffert ni écouté, et j'en ferais tous les
serments...

— N'en dites pas davantage, interrompit
M. de Clèves, de faux serments ou un aveu me
feraient peut-être une égale peine. »

Mme de Clèves ne pouvait répondre; ses
larmes et sa douleur lui ôtaient la parole; enfin,
faisant un effort :

« Regardez-moi du moins; écoutez-moi, lui
dit-elle. S'il n'y allait que de mon intérêt, je
souffrirais ces reproches, mais il y va de votre
vie. Écoutez-moi, pour l'amour de vous-même :
il est impossible qu'avec tant de vérité, je ne
vous persuade mon innocence.

— Plût à Dieu que vous me la puissiez persuader! s'écria-t-il; mais que me pouvez-vous
dire? M. de Nemours n'a-t-il pas été à Coulommiers avec sa sœur? Et n'avait-il pas passé les

deux nuits précédentes avec vous dans le jardin
de la forêt?

— Si c'est là mon crime, répliqua-t-elle, il
m'est aisé de me justifier. Je ne vous demande
point de me croire; mais croyez tous vos domestiques, et sachez si j'allai dans le jardin de la
forêt la veille que M. de Nemours vint à
Coulommiers, et si je n'en sortis pas le soir
d'auparavant deux heures plus tôt que je n'avais
accoutumé. »

Elle lui conta ensuite comme elle avait cru
voir quelqu'un dans ce jardin. Elle lui avoua
qu'elle avait cru que c'était M. de Nemours. Elle
lui parla avec tant d'assurance, et la vérité se
persuade si aisément lors même qu'elle n'est
pas vraisemblable, que M. de Clèves fut presque
convaincu de son innocence.

« Je ne sais, lui dit-il, si je me dois laisser aller
à vous croire. Je me sens si proche de la mort
que je ne veux rien voir de ce qui me pourrait
faire regretter la vie. Vous m'avez éclairci trop
tard; mais ce me sera toujours un soulagement
d'emporter la pensée que vous êtes digne de
l'estime que j'ai eue pour vous. Je vous prie que
je puisse encore avoir la consolation de croire
que ma mémoire vous sera chère et que, s'il
eût dépendu de vous, vous eussiez eu pour moi

les sentiments que vous avez pour un autre. »

Il voulut continuer; mais une faiblesse lui ôta la parole. Mme de Clèves fit venir les médecins; ils le trouvèrent presque sans vie. Il languit néanmoins encore quelques jours et mourut enfin avec une constance admirable.

Mme de Clèves demeura dans une affliction si violente qu'elle perdit quasi l'usage de la raison. La reine la vint voir avec soin et la mena dans un couvent sans qu'elle sût où on la conduisait. Ses belles-sœurs la ramenèrent à Paris, qu'elle n'était pas encore en état de sentir distinctement sa douleur. Quand elle commença d'avoir la force de l'envisager et qu'elle vit quel mari elle avait perdu, qu'elle considéra qu'elle était la cause de sa mort, et que c'était par la passion qu'elle avait eue pour un autre qu'elle en était cause, l'horreur qu'elle eut pour elle-même et pour M. de Nemours ne se peut représenter.

Ce prince n'osa, dans ces commencements, lui rendre d'autres soins que ceux que lui ordonnait la bienséance. Il connaissait assez Mme de Clèves pour croire qu'un plus grand empressement lui serait désagréable; mais ce qu'il apprit ensuite lui fit bien voir qu'il devait avoir longtemps la même conduite.

Un écuyer qu'il avait lui conta que le gentilhomme de M. de Clèves, qui était son ami intime, lui avait dit, dans sa douleur de la perte
de son maître, que le voyage de M. de Nemours
à Coulommiers était cause de sa mort. M. de
Nemours fut extrêmement surpris de ce discours; mais, après y avoir fait réflexion, il devina
une partie de la vérité, et il jugea bien quels
seraient d'abord les sentiments de Mme de
Clèves et quel éloignement elle aurait de lui si
elle croyait que le mal de son mari eût été causé
par la jalousie. Il crut qu'il ne fallait pas même la
faire sitôt souvenir de son nom; et il suivit cette
conduite, quelque pénible qu'elle lui parût.

Il fit un voyage à Paris et ne put s'empêcher
néanmoins d'aller à sa porte pour apprendre
de ses nouvelles. On lui dit que personne ne la
voyait et qu'elle avait même défendu qu'on lui
rendît compte de ceux qui l'iraient chercher.
Peut-être que ces ordres si exacts étaient donnés
en vue de ce prince, et pour ne point entendre
parler de lui. M. de Nemours était trop amoureux pour pouvoir vivre si absolument privé de
la vue de Mme de Clèves. Il résolut de trouver
des moyens, quelque difficiles qu'ils pussent
être, de sortir d'un état qui lui paraissait si
insupportable.

La douleur de cette princesse passait les bornes de la raison. Ce mari mourant, et mourant à cause d'elle et avec tant de tendresse pour elle, ne lui sortait point de l'esprit. Elle repassait incessamment tout ce qu'elle lui devait, et elle se faisait un crime de n'avoir pas eu de la passion pour lui, comme si c'eût été une chose qui eût été en son pouvoir. Elle ne trouvait de consolation qu'à penser qu'elle le regrettait autant qu'il méritait d'être regretté et qu'elle ne ferait dans le reste de sa vie que ce qu'il aurait été bien aise qu'elle eût fait s'il avait vécu.

Elle avait pensé plusieurs fois comment il avait su que M. de Nemours était venu à Coulommiers; elle ne soupçonnait pas ce prince de l'avoir conté, et il lui paraissait même indifférent qu'il l'eût redit, tant elle se croyait guérie et éloignée de la passion qu'elle avait eue pour lui. Elle sentait néanmoins une douleur vive de s'imaginer qu'il était cause de la mort de son mari, et elle se souvenait avec peine de la crainte que M. de Clèves lui avait témoignée en mourant qu'elle ne l'épousât; mais toutes ces douleurs se confondaient dans celle de la perte de son mari, et elle croyait n'en avoir point d'autre.

Après que plusieurs mois furent passés, elle sortit de cette violente affliction où elle était et

passa dans un état de tristesse et de langueur.
Mme de Martigues fit un voyage à Paris, et la
vit avec soin pendant le séjour qu'elle y fit. Elle
l'entretint de la cour et de tout ce qui s'y passait;
et, quoique Mme de Clèves ne parût pas y
prendre intérêt, Mme de Martigues ne laissait
pas de lui en parler pour la divertir.

Elle lui conta des nouvelles du vidame, de
M. de Guise et de tous les autres qui étaient distingués par leur personne ou par leur mérite.

« Pour M. de Nemours, dit-elle, je ne sais si
les affaires ont pris dans son cœur la place de la
galanterie, mais il a bien moins de joie qu'il
n'avait accoutumé d'en avoir, il paraît fort retiré
du commerce des femmes. Il fait souvent des
voyages à Paris et je crois même qu'il y est présentement. »

Le nom de M. de Nemours surprit Mme de
Clèves et la fit rougir. Elle changea de discours,
et Mme de Martigues ne s'aperçut point de son
trouble.

Le lendemain, cette princesse, qui cherchait
des occupations conformes à l'état où elle était,
alla proche de chez elle voir un homme qui faisait des ouvrages de soie d'une façon particulière; et elle y fut dans le dessein d'en faire de
semblables. Après qu'on les lui eut montrés,

elle vit la porte d'une chambre où elle crut qu'il
y en avait encore; elle dit qu'on la lui ouvrît.
Le maître répondit qu'il n'en avait pas la clef
et qu'elle était occupée par un homme qui y
venait quelquefois pendant le jour pour dessiner
de belles maisons et des jardins que l'on voyait
de ses fenêtres.

« C'est l'homme du monde le mieux fait,
ajouta-t-il; il n'a guère la mine d'être réduit à
gagner sa vie. Toutes les fois qu'il vient céans,
je le vois toujours regarder les maisons et les
jardins; mais je ne le vois jamais travailler. »

Mme de Clèves écoutait ce discours avec une
grande attention. Ce que lui avait dit Mme de
Martigues que M. de Nemours était quelquefois à Paris se joignit, dans son imagination, à
cet homme si bien fait qui venait proche de chez
elle, et lui fit une idée de M. de Nemours, et de
M. de Nemours appliqué à la voir, qui lui donna
un trouble confus, dont elle ne savait pas même
la cause. Elle alla vers les fenêtres pour voir où
elles donnaient; elle trouva qu'elles voyaient
tout son jardin et la face de son appartement.
Et, lorsqu'elle fut dans sa chambre, elle remarqua aisément cette même fenêtre où l'on lui avait
dit que venait cet homme. La pensée que c'était
M. de Nemours changea entièrement la situation

de son esprit; elle ne se trouva plus dans un certain triste repos qu'elle commençait à goûter, elle se sentit inquiète et agitée. Enfin ne pouvant demeurer avec elle-même, elle sortit et alla prendre l'air dans le jardin hors des faubourgs, où elle pensait être seule. Elle crut en y arrivant qu'elle ne s'était pas trompée; elle ne vit aucune apparence qu'il y eût quelqu'un et elle se promena assez longtemps.

Après avoir traversé un petit bois, elle aperçut, au bout d'une allée, dans l'endroit le plus reculé du jardin, une manière de cabinet ouvert de tous côtés, où elle adressa ses pas. Comme elle en fut proche, elle vit un homme couché sur des bancs, qui paraissait enseveli dans une rêverie profonde, et elle reconnut que c'était M. de Nemours. Cette vue l'arrêta tout court. Mais ses gens qui la suivaient firent quelque bruit, qui tira M. de Nemours de sa rêverie. Sans regarder qui avait causé le bruit qu'il avait entendu, il se leva de sa place pour éviter la compagnie qui venait vers lui et tourna dans une autre allée, en faisant une révérence fort basse qui l'empêcha même de voir ceux qu'il saluait.

S'il eût su ce qu'il évitait, avec quelle ardeur serait-il retourné sur ses pas; mais il continua à suivre l'allée, et Mme de Clèves le vit sortir par

une porte de derrière où l'attendait son carrosse.
Quel effet produisit cette vue d'un moment dans
le cœur de Mme de Clèves! Quelle passion endormie se ralluma dans son cœur, et avec quelle
violence! Elle s'alla asseoir dans le même endroit
d'où venait de sortir M. de Nemours; elle y
demeura comme accablée. Ce prince se présenta
à son esprit, aimable au-dessus de tout ce qui
était au monde, l'aimant depuis longtemps avec
une passion pleine de respect et de fidélité, mé-
prisant tout pour elle, respectant jusqu'à sa douleur, songeant à la voir sans songer à en être
vu, quittant la cour, dont il faisait les délices,
pour aller regarder les murailles qui la renfer-
maient, pour venir rêver dans des lieux où il
ne pouvait prétendre de la rencontrer; enfin un
homme digne d'être aimé par son seul attachement, et pour qui elle avait une inclination si
violente qu'elle l'aurait aimé quand il ne l'aurait pas aimée; mais, de plus, un homme d'une
qualité élevée et convenable à la sienne. Plus de
devoir, plus de vertu qui s'opposassent à ses
sentiments; tous les obstacles étaient levés, et il
ne restait de leur état passé que la passion de
M. de Nemours pour elle et que celle qu'elle
avait pour lui.

Toutes ces idées furent nouvelles à cette princesse. L'affliction de la mort de M. de Clèves l'avait assez occupée pour avoir empêché qu'elle n'y eût jeté les yeux. La présence de M. de Nemours les amena en foule dans son esprit; mais, quand il en eut été pleinement rempli et qu'elle se souvint aussi que ce même homme, qu'elle regardait comme pouvant l'épouser, était celui qu'elle avait aimé du vivant de son mari et qui était la cause de sa mort; que même, en mourant, il lui avait témoigné de la crainte qu'elle ne l'épousât, son austère vertu était si blessée de cette imagination qu'elle ne trouvait guère moins de crime à épouser M. de Nemours qu'elle en avait trouvé à l'aimer pendant la vie de son mari. Elle s'abandonna à ces réflexions si contraires à son bonheur; elle les fortifia encore de plusieurs raisons qui regardaient son repos et les maux qu'elle prévoyait en épousant ce prince. Enfin, après avoir demeuré deux heures dans le lieu où elle était, elle s'en revint chez elle, persuadée qu'elle devait fuir sa vue comme une chose entièrement opposée à son devoir.

Mais cette persuasion, qui était un effet de sa raison et de sa vertu, n'entraînait pas son cœur. Il demeurait attaché à M. de Nemours avec une violence qui la mettait dans un état digne de

compassion et qui ne lui laissa plus de repos;
elle passa une des plus cruelles nuits qu'elle eût
jamais passées. Le matin, son premier mouvement fut d'aller voir s'il n'y aurait personne à la
fenêtre qui donnait chez elle; elle y alla, elle y vit
M. de Nemours. Cette vue la surprit, et elle se
retira avec une promptitude qui fit juger à ce
prince qu'il avait été reconnu. Il avait souvent
désiré de l'être, depuis que sa passion lui avait
fait trouver ces moyens de voir Mme de Clèves;
et, lorsqu'il n'espérait pas d'avoir ce plaisir, il
allait rêver dans le même jardin où elle l'avait
trouvé.

Lassé enfin d'un état si malheureux et si incertain, il résolut de tenter quelque voie d'éclaircir
sa destinée. « Que veux-je attendre? disait-il;
il y a longtemps que je sais que j'en suis aimé; elle
est libre, elle n'a plus de devoir à m'opposer.
Pourquoi me réduire à la voir sans en être vu et
sans lui parler? Est-il possible que l'amour m'ait
si absolument ôté la raison et la hardiesse et
qu'il m'ait rendu si différent de ce que j'ai été
dans les autres passions de ma vie? J'ai dû res-
pecter la douleur de Mme de Clèves; mais je la
respecte trop longtemps et je lui donne le loisir
d'éteindre l'inclination qu'elle a pour moi. »

Après ces réflexions, il songea aux moyens

dont il devait se servir pour la voir. Il crut qu'il
n'y avait plus rien qui l'obligeât à cacher sa
passion au vidame de Chartres. Il résolut de lui
en parler et de lui dire le dessein qu'il avait pour
sa nièce.

Le vidame était alors à Paris : tout le monde y
était venu donner ordre à son équipage et à ses
habits, pour suivre le roi qui devait conduire la
reine d'Espagne. M. de Nemours alla donc chez
le vidame et lui fit un aveu sincère de tout ce
qu'il lui avait caché jusqu'alors, à la réserve des
sentiments de Mme de Clèves, dont il ne voulut
pas paraître instruit.

Le vidame reçut tout ce qu'il lui dit avec beaucoup de joie et l'assura que, sans savoir ses sentiments, il avait souvent pensé, depuis que
Mme de Clèves était veuve, qu'elle était la seule
personne digne de lui. M. de Nemours le pria de
lui donner les moyens de lui parler et de savoir
quelles étaient ses dispositions.

· Le vidame lui proposa de le mener chez elle;
mais M. de Nemours crut qu'elle en serait cho-
quée, parce qu'elle ne voyait encore personne.
Ils trouvèrent qu'il fallait que M. le Vidame la
priât de venir chez lui, sur quelque prétexte, et
que M. de Nemours y vînt par un escalier
dérobé, afin de n'être vu de personne. Cela

s'exécuta comme ils l'avaient résolu : Mme de Clèves vint, le vidame l'alla recevoir et la conduisit dans un grand cabinet au bout de son appartement. Quelque temps après, M. de Nemours entra, comme si le hasard l'eût conduit. Mme de Clèves fut extrêmement surprise de le voir; elle rougit, et essaya de cacher sa rougeur. Le vidame parla d'abord de choses différentes et sortit, supposant qu'il avait quelque ordre à donner. Il dit à Mme de Clèves qu'il la priait de faire les honneurs de chez lui et qu'il allait rentrer dans un moment.

L'on ne peut exprimer ce que sentirent M. de Nemours et Mme de Clèves de se trouver seuls et en état de se parler pour la première fois. Ils demeurèrent quelque temps sans rien dire; enfin, M. de Nemours rompant le silence :

« Pardonnerez-vous à M. de Chartres, Madame, lui dit-il, de m'avoir donné l'occasion de vous voir et de vous entretenir, que vous m'avez toujours si cruellement ôtée?

— Je ne lui dois pas pardonner, répondit-elle, d'avoir oublié l'état où je suis et à quoi il expose ma réputation. »

En prononçant ces paroles, elle voulut s'en aller; et M. de Nemours, la retenant :

« Ne craignez rien, Madame, répliqua-t-il,

personne ne sait que je suis ici et aucun hasard n'est à craindre. Écoutez-moi, Madame, écoutez-moi; si ce n'est par bonté, que ce soit du moins pour l'amour de vous-même, et pour vous délivrer des extravagances où m'emporterait infailliblement une passion dont je ne suis plus le maître. »

Mme de Clèves céda pour la première fois au penchant qu'elle avait pour M. de Nemours et, le regardant avec des yeux pleins de douceur et de charmes :

« Mais qu'espérez-vous, lui dit-elle, de la complaisance que vous me demandez? Vous vous repentirez, peut-être, de l'avoir obtenue et je me repentirai infailliblement de vous l'avoir accordée. Vous méritez une destinée plus heureuse que celle que vous avez eue jusques ici et que celle que vous pouvez trouver à l'avenir, à moins que vous ne la cherchiez ailleurs!

— Moi, Madame, lui dit-il, chercher du bonheur ailleurs! Et y en a-t-il d'autre que d'être aimé de vous? Quoique je ne vous aie jamais parlé, je ne saurais croire, Madame, que vous ignoriez ma passion et que vous ne la connaissiez pour la plus véritable et la plus violente qui sera jamais. A quelle épreuve a-t-elle été par des choses qui vous sont inconnues? Et à quelle épreuve l'avez-vous mise par vos rigueurs?

— Puisque vous voulez que je vous parle et que je m'y résous, répondit Mme de Clèves en s'asseyant, je le ferai avec une sincérité que vous trouverez malaisément dans les personnes de mon sexe. Je ne vous dirai point que je n'ai pas vu l'attachement que vous avez eu pour moi; peut-être ne me croiriez-vous pas quand je vous le dirais. Je vous avoue donc, non seulement que je l'ai vu, mais que je l'ai vu tel que vous pouvez souhaiter qu'il m'ait paru.

— Et si vous l'avez vu, Madame, interrompit-il, est-il possible que vous n'en ayez point été touchée? Et oserais-je vous demander s'il n'a fait aucune impression dans votre cœur?

— Vous en avez dû juger par ma conduite, lui répliqua-t-elle; mais je voudrais bien savoir ce que vous en avez pensé.

— Il faudrait que je fusse dans un état plus heureux pour vous l'oser dire, répondit-il; et ma destinée a trop peu de rapport à ce que je vous dirais. Tout ce que je puis vous apprendre, Madame, c'est que j'ai souhaité ardemment que vous n'eussiez pas avoué à M. de Clèves ce que vous me cachiez et que vous lui eussiez caché ce que vous m'eussiez laissé voir.

— Comment avez-vous pu découvrir, reprit-

elle en rougissant, que j'aie avoué quelque chose
à M. de Clèves?

— Je l'ai su par vous-même, Madame, répondit-il; mais, pour pardonner la hardiesse que
j'ai eue de vous écouter, souvenez-vous si j'ai
abusé de ce que j'ai entendu, si mes espérances
en ont augmenté et si j'ai eu plus de hardiesse à
vous parler? »

Il commença à lui conter comme il avait
entendu sa conversation avec M. de Clèves; mais
elle l'interrompit avant qu'il eût achevé.

« Ne m'en dites pas davantage, lui dit-elle;
je vois présentement par où vous avez été si bien
instruit. Vous ne me le parûtes déjà que trop
chez Mme la Dauphine, qui avait su cette aventure par ceux à qui vous l'aviez confiée. »

M. de Nemours lui apprit alors de quelle
sorte la chose était arrivée.

« Ne vous excusez point, reprit-elle; il y a
longtemps que je vous ai pardonné sans que
vous m'ayez dit de raison. Mais puisque vous
avez appris par moi-même ce que j'avais eu
dessein de vous cacher toute ma vie, je vous
avoue que vous m'avez inspiré des sentiments
qui m'étaient inconnus devant que de vous avoir
vu, et dont j'avais même si peu d'idée qu'ils me
donnèrent d'abord une surprise qui augmentait

encore le trouble qui les suit toujours. Je vous
fais cet aveu avec moins de honte, parce que je
le fais dans un temps où je le puis faire sans
crime et que vous avez vu que ma conduite n'a
pas été réglée par mes sentiments.

— Croyez-vous, Madame, lui dit M. de Nemours, en se jetant à ses genoux, que je n'expire
pas à vos pieds de joie et de transport?

— Je ne vous apprends, lui répondit-elle en
souriant, que ce que vous ne saviez déjà que
trop.

— Ah! Madame, répliqua-t-il, quelle différence de le savoir par un effet du hasard ou de
l'apprendre par vous-même, et de voir que vous
voulez bien que je le sache!

— Il est vrai, lui dit-elle, que je veux bien que
vous le sachiez et que je trouve de la douceur à
vous le dire. Je ne sais même si je ne vous le dis
point plus pour l'amour de moi que pour l'a-
mour de vous. Car enfin cet aveu n'aura point de
suite et je suivrai les règles austères que mon
devoir m'impose.

— Vous n'y songez pas, Madame, répondit
M. de Nemours; il n'y a plus de devoir qui vous
lie, vous êtes en liberté; et, si j'osais, je vous
dirais même qu'il dépend de vous de faire en
sorte que votre devoir vous oblige un jour à

conserver les sentiments que vous avez pour moi.

— Mon devoir, répliqua-t-elle, me défend de penser jamais à personne, et moins à vous qu'à qui que ce soit au monde, par des raisons qui vous sont inconnues.

— Elles ne me le sont peut-être pas, Madame, reprit-il; mais ce ne sont point de véritables raisons. Je crois savoir que M. de Clèves m'a cru plus heureux que je n'étais et qu'il s'est imaginé que vous aviez approuvé des extravagances que la passion m'a fait entreprendre sans votre aveu.

— Ne parlons point de cette aventure, lui dit-elle, je n'en saurais soutenir la pensée; elle me fait honte et elle m'est aussi trop doulou-reuse par les suites qu'elle a eues. Il n'est que trop véritable que vous êtes cause de la mort de M. de Clèves; les soupçons que lui a donnés votre conduite inconsidérée lui ont coûté la vie, comme si vous la lui aviez ôtée de vos propres mains. Voyez ce que je devrais faire si vous en étiez venus ensemble à ces extrémités et que le même malheur en fût arrivé. Je sais bien que ce n'est pas la même chose à l'égard du monde; mais au mien il n'y a aucune différence, puisque je sais que c'est par vous qu'il est mort et que c'est à cause de moi.

— Ah! Madame, lui dit M. de Nemours, quel

fantôme de devoir opposez-vous à mon bonheur?
Quoi! Madame, une pensée vaine et sans fondement vous empêchera de rendre heureux un
homme que vous ne haïssez pas? Quoi! j'aurais
pu concevoir l'espérance de passer ma vie avec
vous; ma destinée m'aurait conduit à aimer la
plus estimable personne du monde; j'aurais vu en
elle tout ce qui peut faire une adorable maîtresse;
elle ne m'aurait pas haï et je n'aurais trouvé dans
sa conduite que tout ce qui peut être à désirer
dans une femme? Car enfin, Madame, vous êtes
peut-être la seule personne en qui ces deux choses
se soient jamais trouvées au degré qu'elles sont en
vous. Tous ceux qui épousent des maîtresses dont
ils sont aimés tremblent en les épousant et
regardent avec crainte, par rapport aux autres, la
conduite qu'elles ont eue avec eux; mais en vous,
Madame, rien n'est à craindre, et on ne trouve que
des sujets d'admiration. N'aurai-je envisagé,
dis-je, une si grande félicité que pour vous y voir
apporter vous-même des obstacles? Ah! Madame,
vous oubliez que vous m'avez distingué du reste
des hommes, ou plutôt vous ne m'en avez jamais
distingué : vous vous êtes trompée et je me suis
flatté.

— Vous ne vous êtes point flatté, lui répondit-
elle; les raisons de mon devoir ne me paraîtraient

peut-être pas si fortes sans cette distinction dont vous vous doutez, et c'est elle qui me fait envisager des malheurs à m'attacher à vous.

— Je n'ai rien à répondre, Madame, reprit-il, quand vous me faites voir que vous craignez des malheurs; mais je vous avoue qu'après tout ce que vous avez bien voulu me dire, je ne m'attendais pas à trouver une si cruelle raison.

— Elle est si peu offensante pour vous, reprit Mme de Clèves, que j'ai même beaucoup de peine à vous l'apprendre.

— Hélas! Madame, répliqua-t-il, que pouvez-vous craindre qui me flatte trop, après ce que vous venez de me dire?

— Je veux vous parler encore, avec la même sincérité que j'ai déjà commencé, reprit-elle, et je vais passer par-dessus toute la retenue et toutes les délicatesses que je devrais avoir dans une première conversation; mais je vous conjure de m'écouter sans m'interrompre.

» Je crois devoir à votre attachement la faible récompense de ne vous cacher aucun de mes sentiments et de vous les laisser voir tels qu'ils sont. Ce sera apparemment la seule fois de ma vie que je me donnerai la liberté de vous les faire paraître; néanmoins je ne saurais vous avouer, sans honte, que la certitude de n'être plus aimée de vous, comme je le suis, me paraît un si horrible malheur que, quand je n'aurais point des raisons de devoir insurmontables, je doute si je pourrais me résoudre à m'exposer à ce malheur. Je sais que vous êtes libre, que je le suis, et que les choses sont d'une sorte que le public n'aurait peut-être pas sujet de vous blâmer ni moi non plus, quand nous nous engagerions ensemble pour jamais. Mais les hommes conservent-ils de la passion dans ces engagements éternels? Dois-je espérer un miracle en ma faveur et puis-je me mettre en état de voir certainement finir cette passion dont je ferais toute ma félicité? M. de Clèves était peut-être l'unique homme du monde capable de conserver de l'amour dans le mariage. Ma destinée n'a pas voulu que j'aie pu profiter de ce bonheur; peut-être aussi que sa passion n'avait subsisté que parce qu'il n'en aurait pas trouvé en moi. Mais je n'aurais pas le même moyen de conserver la vôtre : je crois même que les obstacles ont fait votre constance. Vous en avez assez trouvé pour vous animer à vaincre, et mes actions involontaires, ou les choses que le hasard vous a apprises, vous ont donné assez d'espérance pour ne vous pas rebuter.

— Ah! Madame, reprit M. de Nemours, je ne

saurais garder le silence que vous m'imposez;
vous me faites trop d'injustice et vous me faites
trop voir combien vous êtes éloignée d'être
prévenue en ma faveur.

— J'avoue, répondit-elle, que les passions
peuvent me conduire; mais elles ne sauraient
m'aveugler. Rien ne me peut empêcher de connaître que vous êtes né avec toutes les dispositions pour la galanterie et toutes les qualités qui
sont propres à y donner des succès heureux.
Vous avez déjà eu plusieurs passions, vous en
auriez encore; je ne ferais plus votre bonheur;
je vous verrais pour une autre comme vous
auriez été pour moi. J'en aurais une douleur
mortelle et je ne serais pas même assurée de
n'avoir point le malheur de la jalousie. Je vous
en ai trop dit pour vous cacher que vous me
l'avez fait connaître et que je souffris de si
cruelles peines le soir que la reine me donna
cette lettre de Mme de Thémines, que l'on disait
qui s'adressait à vous, qu'il m'en est demeuré
une idée qui me fait croire que c'est le plus grand
de tous les maux.

» Par vanité ou par goût, toutes les femmes
souhaitent de vous attacher. Il y en a peu à qui
vous ne plaisiez; mon expérience me ferait
croire qu'il n'y en a point à qui vous ne puissiez

plaire. Je vous croirais toujours amoureux et
aimé et je ne me tromperais pas souvent. Dans
cet état, néanmoins, je n'aurais d'autre parti à
prendre que celui de la souffrance; je ne sais
même si j'oserais me plaindre. On fait des
reproches à un amant; mais en fait-on à un mari,
quand on n'a qu'à lui reprocher de n'avoir plus
d'amour? Quand je pourrais m'accoutumer à
cette sorte de malheur, pourrais-je m'accoutumer à celui de croire voir toujours M. de
Clèves vous accuser de sa mort, me reprocher de
vous avoir aimé, de vous avoir épousé et me
faire sentir la différence de son attachement au
vôtre? Il est impossible, continua-t-elle, de
passer par-dessus des raisons si fortes : il faut
que je demeure dans l'état où je suis et dans les
résolutions que j'ai prises de n'en sortir jamais.

— Hé! croyez-vous le pouvoir, Madame?
s'écria M. de Nemours. Pensez-vous que vos
résolutions tiennent contre un homme qui vous
adore et qui est assez heureux pour vous plaire?
Il est plus difficile que vous ne pensez, Madame, de résister à ce qui nous plaît et à ce qui
nous aime. Vous l'avez fait par une vertu austère,
qui n'a presque point d'exemple; mais cette
vertu ne s'oppose plus à vos sentiments et j'espère que vous les suivrez malgré vous.

※ — Je sais bien qu'il n'y a rien de plus difficile que ce que j'entreprends, répliqua Mme de Clèves; je me défie de mes forces au milieu de mes raisons. Ce que je crois devoir à la mémoire de M. de Clèves serait faible s'il n'était soutenu par l'intérêt de mon repos; et les raisons de mon repos ont besoin d'être soutenues de celles de mon devoir. Mais, quoique je me défie de moi-même, je crois que je ne vaincrai jamais mes scrupules et je n'espère pas aussi de surmonter l'inclination que j'ai pour vous. Elle me rendra malheureuse et je me priverai de votre vue, quelque violence qu'il m'en coûte. Je vous conjure, par tout le pouvoir que j'ai sur vous, de ne chercher aucune occasion de me voir. Je suis dans un état qui me fait des crimes de tout ce qui pourrait être permis dans un autre temps, et la seule bienséance interdit tout commerce entre nous. »

M. de Nemours se jeta à ses pieds et s'abandonna à tous les divers mouvements dont il était agité. Il lui fit voir, et par ses paroles, et par ses pleurs, la plus vive et la plus tendre passion dont un cœur ait jamais été touché. Celui de Mme de Clèves n'était pas insensible et, regardant ce prince avec des yeux un peu grossis par les larmes :

« Pourquoi faut-il, s'écria-t-elle, que je vous puisse accuser de la mort de M. de Clèves? Que n'ai-je commencé à vous connaître depuis que je suis libre, ou pourquoi ne vous ai-je pas connu devant que d'être engagée? Pourquoi la destinée nous sépare-t-elle par un obstacle si invincible? »

— Il n'y a point d'obstacle, Madame, reprit M. de Nemours. Vous seule vous opposez à mon bonheur; vous seule vous imposez une loi que la vertu et la raison ne vous sauraient imposer.

— Il est vrai, répliqua-t-elle, que je sacrifie beaucoup à un devoir qui ne subsiste que dans mon imagination. Attendez ce que le temps pourra faire. M. de Clèves ne fait encore que d'expirer, et cet objet funeste est trop proche pour me laisser des vues claires et distinctes. Ayez cependant le plaisir de vous être fait aimer d'une personne qui n'aurait rien aimé si elle ne vous avait jamais vu; croyez que les sentiments que j'ai pour vous seront éternels et qu'ils subsisteront également, quoi que je fasse. Adieu, lui dit-elle; voici une conversation qui me fait honte : rendez-en compte à M. le Vidame; j'y consens, et je vous en prie. »

Elle sortit en disant ces paroles, sans que M. de Nemours pût la retenir. Elle trouva M. le Vidame dans la chambre la plus proche. Il la vit si troublée qu'il n'osa lui parler et il la remit en son carrosse sans lui rien dire. Il revint trouver M. de Nemours, qui était si plein de joie, de tristesse, d'étonnement et d'admiration, enfin de tous les sentiments que peut donner une passion pleine de crainte et d'espérance, qu'il n'avait pas l'usage de la raison. Le vidame fut longtemps à obtenir qu'il lui rendît compte de sa conversation. Il le fit enfin; et M. de Chartres, sans être amoureux, n'eut pas moins d'admiration pour la vertu, l'esprit et le mérite de Mme de Clèves que M. de Nemours en avait luimême. Ils examinèrent ce que ce prince devait espérer de sa destinée; et, quelques craintes que son amour lui pût donner, il demeura d'accord avec M. le Vidame qu'il était impossible que Mme de Clèves demeurât dans les résolutions où elle était. Ils convinrent, néanmoins, qu'il fallait suivre ses ordres, de crainte que, si le public s'apercevait de l'attachement qu'il avait pour elle, elle ne fît des déclarations et ne prît des engagements vers le monde, qu'elle soutiendrait dans la suite, par la peur qu'on ne crût qu'elle l'eût aimé du vivant de son mari.

M. de Nemours se détermina à suivre le roi. C'était un voyage dont il ne pouvait aussi bien se dispenser, et il résolut à s'en aller, sans tenter même de revoir Mme de Clèves, du lieu où il l'avait vue quelquefois. Il pria M. le Vidame de lui parler. Que ne lui dit-il point pour lui dire? Quel nombre infini de raisons pour la persuader de vaincre ses scrupules! Enfin, une partie de la nuit était passée devant que M. de Nemours songeât à le laisser en repos.

Mme de Clèves n'était pas en état d'en trouver; ce lui était une chose si nouvelle d'être sortie de cette contrainte qu'elle s'était imposée, d'avoir souffert, pour la première fois de sa vie, qu'on lui dît qu'on était amoureux d'elle, et d'avoir dit elle-même qu'elle aimait, qu'elle ne se connaissait plus. Elle fut étonnée de ce qu'elle avait fait; elle s'en repentit; elle en eut de la joie : tous ses sentiments étaient pleins de trouble et de passion. Elle examina encore les raisons de son devoir qui s'opposaient à son bonheur; elle sentit de la douleur de les trouver si fortes et elle se repentit de les avoir si bien montrées à M. de Nemours. Quoique la pensée de l'épouser lui fût venue dans l'esprit sitôt qu'elle l'avait revu dans ce jardin, elle ne lui avait pas fait la même impression que venait de faire la conversation qu'elle avait eue avec lui; et il y avait des moments où elle avait de la peine à comprendre

qu'elle pût être malheureuse en l'épousant. Elle
eût bien voulu se pouvoir dire qu'elle était mal
fondée, et dans ses scrupules du passé, et dans
ses craintes de l'avenir. La raison et son devoir
lui montraient, dans d'autres moments, des
choses tout opposées, qui l'emportaient rapide-
ment à la résolution de ne se point remarier et
de ne voir jamais M. de Nemours. Mais c'était
une résolution bien violente à établir dans un
cœur aussi touché que le sien et aussi nouvellement abandonné aux charmes de l'amour. Enfin,
pour se donner quelque calme, elle pensa qu'il
n'était point encore nécessaire qu'elle se fît la
violence de prendre des résolutions; la bienséance lui donnait un temps considérable à se
déterminer; mais elle résolut de demeurer ferme
à n'avoir aucun commerce avec M. de Nemours.
Le vidame la vint voir et servit ce prince avec
tout l'esprit et l'application imaginables; il ne la
put faire changer sur sa conduite ni sur celle
qu'elle avait imposée à M. de Nemours. Elle lui
dit que son dessein était de demeurer dans l'état
où elle se trouvait; qu'elle connaissait que ce
dessein était difficile à exécuter; mais qu'elle
espérait d'en avoir la force. Elle lui fit si bien
voir à quel point elle était touchée de l'opinion
que M. de Nemours avait causé la mort de son

mari, et combien elle était persuadée qu'elle ferait une action contre son devoir en l'épousant, que le vidame craignit qu'il ne fût malaisé de lui ôter cette impression. Il ne dit pas à ce prince ce qu'il pensait et, en lui rendant compte de sa conversation, il lui laissa toute l'espérance que la raison doit donner à un homme qui est aimé.

Ils partirent le lendemain et allèrent joindre le roi. M. le Vidame écrivit à Mme de Clèves, à la prière de M. de Nemours, pour lui parler de ce prince; et, dans une seconde lettre qui suivit bientôt la première, M. de Nemours y mit quelques lignes de sa main. Mais Mme de Clèves, qui ne voulait pas sortir des règles qu'elle s'était imposées et qui craignait les accidents qui peuvent arriver par les lettres, manda au vidame qu'elle ne recevrait plus les siennes s'il continuait à lui parler de M. de Nemours; et elle lui manda si fortement que ce prince le pria même de ne le plus nommer.

La cour alla conduire la reine d'Espagne jusqu'en Poitou. Pendant cette absence, Mme de Clèves demeura à elle-même et, à mesure qu'elle était éloignée de M. de Nemours et de tout ce qui l'en pouvait faire souvenir, elle rappelait la mémoire de M. de Clèves, qu'elle se faisait un honneur de conserver. Les raisons qu'elle avait

de ne point épouser M. de Nemours lui paraissaient fortes du côté de son devoir et insurmontables du côté de son repos. La fin de l'amour de
ce prince, et les maux de la jalousie qu'elle
croyait infaillibles dans un mariage lui montraient un malheur certain où elle s'allait jeter;
mais elle voyait aussi qu'elle entreprenait une
chose impossible que de résister en présence au
plus aimable homme du monde qu'elle aimait
et dont elle était aimée, et de lui résister sur une
chose qui ne choquait ni la vertu ni la bienséance. Elle jugea que l'absence seule et l'éloignement pouvaient lui donner quelque force;
elle trouva qu'elle en avait besoin, non seulement pour soutenir la résolution de ne se pas
engager, mais même pour se défendre de voir
M. de Nemours; et elle résolut de faire un assez
long voyage pour passer tout le temps que la
bienséance l'obligeait à vivre dans la retraite. De
grandes terres qu'elle avait vers les Pyrénées
lui parurent le lieu le plus propre qu'elle pût
choisir. Elle partit peu de jours avant que la cour
revînt; et, en partant, elle écrivit à M. le Vidame
pour le conjurer que l'on ne songeât point à
avoir de ses nouvelles ni à lui écrire.

M. de Nemours fut affligé de ce voyage,
comme un autre l'aurait été de la mort de sa

maîtresse. La pensée d'être privé pour longtemps de la vue de Mme de Clèves lui était une
douleur sensible, et surtout dans un temps où il
avait senti le plaisir de la voir et de la voir touchée de sa passion. Cependant, il ne pouvait
faire autre chose que s'affliger, mais son affliction augmenta considérablement. Mme de
Clèves, dont l'esprit avait été si agité, tomba
dans une maladie violente sitôt qu'elle fut arrivée chez elle; cette nouvelle vint à la cour. M. de
Nemours était inconsolable; sa douleur allait au
désespoir et à l'extravagance. Le vidame eut
beaucoup de peine à l'empêcher de faire voir sa
passion au public; il en eut beaucoup aussi à le
retenir et à lui ôter le dessein d'aller lui-même
apprendre de ses nouvelles. La parenté et l'amitié de M. le Vidame fut un prétexte à y envoyer
plusieurs courriers; on sut enfin qu'elle était hors
de cet extrême péril où elle avait été; mais elle
demeura dans une maladie de langueur qui ne
laissait guère d'espérance de sa vie.

Cette vue si longue et si prochaine de la mort
fit paraître à Mme de Clèves les choses de cette
vie de cet œil si différent dont on les voit dans
la santé. La nécessité de mourir, dont elle se
voyait si proche, l'accoutuma à se détacher de
toutes choses, et la longueur de sa maladie lui en

fit une habitude. Lorsqu'elle revint de cet état, elle trouva néanmoins que M. de Nemours n'était pas effacé de son cœur; mais elle appela à son secours, pour se défendre contre lui, toutes les raisons qu'elle croyait avoir pour ne l'épouser jamais. Il se passa un assez grand combat en elle-même. Enfin, elle surmonta les restes de cette passion qui était affaiblie par les sentiments que sa maladie lui avait donnés. Les pensées de la mort lui avaient rapproché la mémoire de M. de Clèves. Ce souvenir, qui s'accordait à son devoir, s'imprima fortement dans son cœur. Les passions et les engagements du monde lui parurent tels qu'ils paraissent aux personnes qui ont des vues plus grandes et plus éloignées. Sa santé, qui demeura considérablement affaiblie, lui aida à conserver ses sentiments; mais comme elle connaissait ce que peuvent les occasions sur les résolutions les plus sages, elle ne voulut pas s'exposer à détruire les siennes, ni revenir dans les lieux où était ce qu'elle avait aimé. Elle se retira, sur le prétexte de changer d'air, dans une maison religieuse, sans faire paraître un dessein arrêté de renoncer à la cour.

A la première nouvelle qu'en eut M. de Nemours, il sentit le poids de cette retraite, et il en vit l'importance. Il crut, dans ce moment, qu'il

n'avait plus rien à espérer; la perte de ses espérances ne l'empêcha pas de mettre tout en usage
pour faire revenir Mme de Clèves. Il fit écrire la
reine, il fit écrire le vidame, il l'y fit aller; mais
tout fut inutile. Le vidame la vit : elle ne lui dit
point qu'elle eût pris de résolution. Il jugea
néanmoins qu'elle ne reviendrait jamais. Enfin
M. de Nemours y alla lui-même, sur le prétexte
d'aller à des bains. Elle fut extrêmement troublée et surprise d'apprendre sa venue. Elle lui
fit dire, par une personne de mérite qu'elle
aimait et qu'elle avait alors auprès d'elle, qu'elle
le priait de ne pas trouver étrange si elle ne s'exposait point au péril de le voir et de détruire,
par sa présence, des sentiments qu'elle devait
conserver, qu'elle voulait bien qu'il sût, qu'avant
trouvé que son devoir et son repos s'opposaient
au penchant qu'elle avait d'être à lui, les autres
choses du monde lui avaient paru si indifférentes
qu'elle y avait renoncé pour jamais; qu'elle ne
pensait plus qu'à celles de l'autre vie et qu'il ne
lui restait aucun sentiment que le désir de le voir
dans les mêmes dispositions où elle était.

M. de Nemours pensa expirer de douleur en
présence de celle qui lui parlait. Il la pria vingt
fois de retourner à Mme de Clèves afin de faire
en sorte qu'il la vît; mais cette personne lui dit

que Mme de Clèves lui avait non seulement
défendu de lui aller redire aucune chose de sa
part, mais même de lui rendre compte de leur
conversation. Il fallut enfin que ce prince repartît,
aussi accablé de douleur que le pouvait être un
homme qui perdait toutes sortes d'espérances de
revoir jamais une personne qu'il aimait d'une
passion la plus violente, la plus naturelle et la
mieux fondée qui ait jamais été. Néanmoins il ne
se rebuta point encore, et il fit tout ce qu'il put
imaginer de capable de la faire changer de dessein. Enfin, des années entières s'étant passées, le
temps et l'absence ralentirent sa douleur et étei-
gnirent sa passion. Mme de Clèves vécut d'une
sorte qui ne laissa pas d'apparence qu'elle pût
jamais revenir. Elle passait une partie de l'année
dans cette maison religieuse et l'autre chez elle,
mais dans une retraite et dans des occupations
plus saintes que celles des couvents les plus austères; et sa vie, qui fut assez courte, laissa des
exemples de vertu inimitables.

COMMENTAIRES

par

Béatrice Didier

I

HISTOIRE DU LIVRE

Dans son temps, et au siècle suivant encore, il s'en faut de presque tout que Mme de La Fayette ait été tenue pour l'auteur de *La Princesse de Clèves*. La critique moderne, elle, semble n'avoir eu que peu de doutes sur l'attribution. Et peut-être n'en a-t-elle pas assez.

Les circonstances de la publication sont rien moins que claires. Tenons-nous-en à un certain nombre de faits. Le Registre de la communauté des Libraires renferme un document qui n'a pas manqué d'intriguer. Le 18 décembre 1671 a été enregistré le privilège de l'éditeur Barbin pour trois ouvrages : les *Nouvelles Œuvres* de Le Pays, *Béralde* et *Le Prince de Clèves*. Est-ce la future *Princesse de Clèves*? Même si l'on hésite à retenir la date de 1671, il est sûr que la gestation du roman fut longue et s'étendit sur plusieurs années, où il s'enrichit de nouveaux épisodes : ainsi celui d'Anne de Boulen n'a pu être composé qu'après 1676. Jusqu'au dernier moment et au delà, le mystère plane. Mme de Scudéry, en décembre 1677, écrit : « M. de La Rochefoucauld et Mme de La Fayette ont fait un roman des galanteries de la cour d'Henri second qu'on dit être admirablement bien écrit. » Bussy-Rabutin, dans sa correspondance, paraît croire que le roman est né de cette collaboration. Mais, contrairement à ce qui a été souvent avancé, les lettres de Mme de Sévigné ne contiennent aucun passage où *La Princesse* soit clairement attribuée à Mme de La Fayette. Étant donné l'amitié qui unissait les deux femmes, Mme de Sévigné avait toute raison d'être bien informée. Mme de La Fayette lui avait-elle demandé une discrétion absolue et s'est-elle scrupuleusement soumise au désir de son amie? En effet, Mme de La Fayette, elle, se refuse à un aveu, à tout prendre moins gênant que celui qu'elle inflige à son héroïne : « Un petit livre qui a couru il y a quinze ans et où il plut au public de me donner part, a fait qu'on m'en donne encore à *La Princesse de Clèves;* mais je vous assure que je n'y en ai aucune, et que M. de La Rochefoucauld à qui on l'a voulu donner aussi y en a aussi peu que moi; il en a fait tant de serments qu'il est impossible de ne pas le croire, surtout sur une chose qui peut être avouée sans honte. Pour moi, je suis flattée que l'on me soupçonne et je crois que j'avouerais le livre, si j'étais assurée que l'auteur ne vînt jamais me le redemander. » L'avis du libraire au lecteur brouille les cartes à plaisir. L'auteur, y est-il dit, « demeure dans l'obscurité où il est, pour laisser les jugements plus libres et plus équi-

tables, et il se montrera néanmoins si cette histoire est
aussi agréable au public que je l'espère ». Ni Mme de
La Fayette, ni aucun de ceux qui avaient collaboré à
cette œuvre n'avaient à craindre que leur nom « ne
diminuât le succès du livre ». Même anonyme, il obtint un grand succès, et l'auteur ne se fit pas davantage connaître. Cependant Mme de La Fayette se laissa
aller avec Ménage à des confidences un peu contour-
nées, mais finalement assez claires : « Je ne crois pas
que les deux personnes que vous me nommez (Segrais
et La Rochefoucauld) y aient nulle part qu'un peu de
correction. Les personnes qui sont de vos amis
n'avouent point y en avoir; mais à vous que n'avoue-
raient-elles point? » Il faut donc bien laisser à Mme de
La Fayette la paternité – ou plutôt la maternité – de
La Princesse, tout en admettant que, durant cette
longue élaboration, elle n'hésita pas à mettre ses amis
à contribution et même à les faire travailler sur ses
plans. Après plusieurs années le livre paraît enfin. Le
16 janvier 1678, Barbin obtint un nouveau privilège
de vingt ans. L'impression fut terminée le 8 mars, et le
roman mis en vente le 17.

Mme de La Fayette ne fut peut-être si prudente dans
ses confidences que par crainte de s'aliéner certains
descendants de la famille de Nemours : en particulier
la duchesse de Savoie qui était née Jeanne de Nemours,
ou la duchesse de Nemours, belle-fille de Mme de
Longueville. Par sa solide implantation dans un
contexte historique réel, le roman est très caractéristique de tout un courant littéraire, que, d'ailleurs,
Mme de La Fayette avait contribué à créer bien avant
La Princesse de Clèves, avec *La Princesse de Montpensier.*
Mme de Villedieu avait donné six nouvelles de son

Journal amoureux (1669); Boisgilbert écrivit une *Marie Stuart* (1675); et Boursault un *Prince de Condé*. L'époque d'Henri II passionnait le public d'alors, comme l'a bien montré M. A. Adam. Ne citons que quelques titres : la traduction de l'*Histoire des guerres civiles en France* de Davila (1657), les *Mémoires de Castelnau* publiés par Jean Le Laboureur (1659), les *Mémoires* de Brantôme (1665-1666), l'*Abrégé* de l'*Histoire de France* de Mézeray (1668), l'*Histoire de la maison royale de France* du P. Anselme (1674). L'abondance des sources que Mme de La Fayette a pu consulter n'a nullement entravé la liberté de son invention. On a parfois voulu voir dans l'histoire de la princesse de Clèves celle d'Anne d'Este, femme de François de Guise; le duc de Nemours, Jacques de Savoie, l'avait aimée passionnément et épousée après la mort de Guise. Mais ce n'est là pour Mme de La Fayette qu'un prétexte à création romanesque, à peine un schéma : un point de départ.

La Princesse de Clèves appartient, par sa forme également, à des tendances littéraires caractéristiques du derniers tiers du XVIIᵉ siècle. Après l'engouement pour les vastes ensembles romanesques, le public était demeuré attaché longtemps à des auteurs comme La Calprenède ou Georges de Scudéry; c'est seulement après 1660 que les interminables romans d'aventures guerrières et amoureuses furent délaissés, au profit des récits courts; Mme de Villedieu mit à la mode la nouvelle galante, tandis que se développe la nouvelle historique. Les *Nouvelles françaises* de Segrais marquent une date (1658). La nouvelle semble permettre plus de vraisemblance et plus d'exactitude historique que le roman quasi-épique, pratiqué jusqu'alors.

La Princesse de Clèves, par bien des aspects, est une nouvelle historique et galante. Le héros n'est plus un personnage perdu dans un passé mal défini, mais un homme situé dans une époque précise (d'où le soin avec lequel l'auteur reconstitue le monde d'Henri II) et parfois fort proche du lecteur : la cour d'Henri II, sous la plume de Mme de La Fayette, ressemble à celle de Louis XIV, disait-elle, « surtout ce qu'on y trouve, c'est une parfaite imitation du monde de la cour et de la manière dont on y vit ». Il est un autre genre, auquel se rattache *La Princesse de Clèves,* c'est, du moins de façon épisodique, les Mémoires : Mme de La Fayette aurait même pensé à un moment intituler son ouvrage : *Mémoires;* ce qui soulignerait, s'il en était encore besoin, la dimension historique de ce roman. Il n'est pas inutile d'insister sur cet aspect, dans la mesure où l'on a peut-être abusé des parallèles entre *La Princesse de Clèves* et la tragédie classique. Et s'il est bien vrai que Mme de La Fayette a su donner à son récit un caractère resserré, construit, tragique, qui fait songer à Racine, son originalité consiste justement à avoir su créer un texte qui, tout en s'apparentant à plusieurs courants de son temps, les dépasse et les confond, si bien que *La Princesse* n'est ni une tragédie racinienne, ni une nouvelle psychologique et tragique, ni une nouvelle galante et historique.

II

LE PUBLIC. LA CRITIQUE

Le succès de l'œuvre, lors de sa parution, et jusqu'à nos jours, repose sur cette ambiguïté et sur cette richesse. « On est partagé sur ce livre-là à se manger », écrivait l'auteur lui-même. Ce qui, dans l'immédiat, alimente les discussions, c'est évidemment la scène de l'aveu. Si bien que *Le Mercure galant,* en la personne de Donneau de Visé, organise au printemps de 1678 une enquête sur le thème tant débattu : la princesse a-t-elle eu raison d'avouer sa passion pour Nemours à son mari? Fontenelle rédige une lettre qui paraît dans *Le Mercure* de mai : il admire la construction de l'œuvre, l'analyse psychologique. Il se plaint cependant de la longueur des tableaux historiques qui lui semblent ne pas toujours être nécessaires au déroulement du roman. Bussy-Rabutin, en exil en Bourgogne, n'a pas attendu pour lire *La Princesse :* il trouve l'aveu absolument invraisemblable et attribue cette scène à un désir, chez l'auteur, d'être original à tout prix. Mme de Sévigné, comme Mme de Montmorency et beaucoup de lecteurs critiquaient aussi cette scène.

Le débat s'envenime lorsqu'il s'y mêle la rivalité de clans littéraires ennemis. Fontenelle et les « Modernes » défendaient *La Princesse,* vivement attaquée par les « Anciens ». On voit alors circuler les *Lettres à Mme la marquise de *** sur le sujet de « La Princesse de*

Clèves », œuvre de Valincour secondé par le jésuite
Bouhours. Les critiques y sont nombreuses. La forme
est jugée négligée. Des invraisemblances sont dénon-
cées. La réponse à ce libelle : *Conversations sur la critique de « La Princesse de Clèves »* est vraisemblablement
l'œuvre de Barbier d'Aucour, janséniste adversaire
du Père Bouhours. Il n'est pas surprenant que ce
soient à la fois les modernes et les jansénistes qui
défendent *La Princesse de Clèves*. Il est probable que
cette réponse a été inspirée par Mme de La Fayette
elle-même.

Toute cette polémique ne fit qu'augmenter le succès
de l'œuvre que l'on réimprime en 1688, 1689, 1690,
1698. Une pièce de théâtre fut tirée du roman. A la
différence d'autres textes littéraires, l'œuvre de
Mme de La Fayette ne connut pas d'éclipses. Au
xviiie siècle, les rééditions se succèdent à un rythme
très rapide. *La Princesse de Clèves* eut un rôle détermi-
nant : elle orienta le roman français vers la concision,
la perfection formelle et l'analyse psychologique
(peut-être d'ailleurs parce que, pendant trop longtemps, on y vit exclusivement un roman d'analyse).
Les études de Sainte-Beuve *(Critiques et Portraits littéraires. Portraits de femmes)* sont bien révélatrices. Il est
toute une tradition romanesque qui doit beaucoup
à *La Princesse de Clèves* et où figurent Benjamin Cons-
tant, Stendhal qui n'a pas caché son admiration pour
Mme de La Fayette, Radiguet. La faveur du xixe siècle
n'a pas, en effet, entraîné la désaffection du nôtre.
Dans ces dernières années ont paru de nombreuses
études importantes. On consultera, en particulier,
l'essai pénétrant de Mme Marie-Jeanne Durry, *Mme de
La Fayette* (Mercure de France, 1962), les études de

Charles Dédeyan, *Mme de La Fayette* (S.E.D.E.S., 1966), de Jean Fabre, *L'Art de l'analyse dans « La Princesse de Clèves »* (Belles-Lettres, 1946). Il faut lire enfin *Mme de La Fayette par elle-même* de Bernard Pingaud (Seuil, 1959), le chapitre des *Études sur le temps humain* de G. Poulet (Plon, 1950), le texte de Michel Butor, préface du présent livre, et l'article de S. Doubrowsky, *« La Princesse de Clèves », une interprétation existentielle* (*Table Ronde,* juin 1959). L'*histoire de la littérature française au XVIIᵉ siècle* d'Antoine Adam (t. IV) est précieuse; l'édition des *Romans et Nouvelles* de Mme de La Fayette, dans les Classiques Garnier (1970), par les soins de A. Niderst est un excellent instrument de travail.

III

UN ATELIER DE CRÉATION COLLECTIVE

Nous ne possédons pas le manuscrit de *La Princesse de Clèves*. Les quelques renseignements dont nous disposons permettent cependant de reconstituer l'élaboration de l'œuvre. D'après les témoignages cités plus haut et auxquels il faudrait joindre celui de Cideville, cet ami de Voltaire généralement bien informé[1], il semble que *La Princesse* soit le résultat d'un travail

---

1. Cf. *« Traits, notes et documents » de Cideville*, par A. Niderst, *R. H. L. F.,* 1969, sept.-oct., p. 825.

collectif, le produit d'un véritable atelier de création
littéraire où ont peiné Segrais (quoiqu'il ait quitté
Paris en 1676, mais l'œuvre devait être déjà bien
avancée), Huet, La Rochefoucauld. Mme de La Fayette
aurait eu cependant l'initiative, la direction, et c'est
pourquoi il n'est pas arbitraire de la considérer
comme l'auteur. Elle aurait fait le plan, et un canevas
précis pour lequel l'avis de La Rochefoucauld fut
précieux; elle aurait rédigé des parties et corrigé de
près les passages qu'elle avait donné à composer à
d'autres, Segrais en particulier. On sait, d'après Cideville, qu'elle avait pratiqué la même méthode pour
Zaïde qui parut sous le nom de Segrais; elle avait fait
recommencer à ce malheureux jusqu'à sept fois les
pages qu'elle ne jugeait pas bonnes, parce que trop
dans le style des romans de Mlle de Scudéry et de
La Calprenède. Il faut donc détruire un mythe : celui
de Mme de La Fayette rédigeant un roman qu'elle
soumettait à la critique de ses amis, un peu comme
Colette très jeune se laissait diriger par Willy. Lorsqu'elle écrit *La Princesse de Clèves,* Mme de La Fayette
n'a rien d'une timide débutante. Il vaudrait mieux
comparer son rôle à celui d'un maître de la peinture,
brossant les grandes lignes d'un tableau et les physio-
nomies principales, et chargeant ses collaborateurs
d'exécuter les drapés, les figures secondaires ou les
lointains. La notion de propriété littéraire ou pictu-
rale n'est pas au XVIe ou au XVIIe siècle ce qu'elle a
été par la suite. On n'essaie pas de délimiter scrupuleusement la part de tel ou tel dans une œuvre. L'essentiel, c'est que l'œuvre soit. *La Princesse de Clèves*
remet en question la notion si débattue, de nos jours,
et si discutable d' « auteur ». Le salon précieux a pu

être cet atelier de création collective où on lançait des thèmes, des schémas sur lesquels tout un groupe brodait, inventait des variations. Encore fallait-il un chef d'orchestre : c'est ce que fut Mme de La Fayette.

C'est peut-être parce qu'elle était consciente de la complexité de cette collaboration qu'elle ne voulut pas publier le roman sous son nom — ni permettre à Segrais, ou à qui que ce soit, d'y mettre le leur.

IV

COMPOSANTES

Mme de La Fayette projette sur le monde déjà lointain d'Henri II, la connaissance qu'elle a de la cour de son temps et de la vie de salon. On sait qu'à partir de 1658 elle avait vécu pratiquement séparée de son mari qui demeurait dans ses terres en province; elle se poussait à la Cour. On a dit qu'elle avait été dame d'honneur d'Henriette d'Angleterre : ce n'est pas exact. Cependant elle a vécu dans le cercle de ses intimes. Elle a suivi les intrigues du Palais-Royal, celles de Guiche et de Vardes, celles de Mme de Montespan. Elle était l'amie des Plessis Guénégaud. Elle aimait les affaires politiques. C'était de famille. Retz écrivait à propos de Mme de La Vergne, mère de Mme de La Fayette, qu'elle était « plus susceptible de vanité pour toute sorte d'intrigue, sans exception, que femme que j'aie jamais connue ». Elle fut en relation avec la cour de Turin et défendait Madame Royale auprès de Louvois. Elle se mettait en rapport avec

Louvois et renseignait Madame Royale sur les dispositions de la cour de France. Antoine Adam cite ce propos du représentant du duc de Savoie à Paris : « Madame de La Fayette est un furet, qui va guettant et parlant à toute la France pour soutenir Madame Royale en tout ce qu'elle fait. » Elle poussa Madame Henriette à lutter contre le chevalier de Lorraine. Quand il fut emprisonné, une chanson courut :

> *La petite Fayette*
> *En rit secrètement*[1].

On cite plusieurs affaires où son rôle est parfois un peu surprenant. On a pu soutenir qu'elle recevait de l'argent de la cour de Savoie; peut-être ne s'agit-il que de remboursements pour des objets qu'elle avait achetés. Mais, s'il n'est pas sûr qu'elle était intéressée, en tout cas, elle aimait l'intrigue et le pouvoir.

Elle aimait aussi la vie de salon et avait voulu occuper la place qui fut celle de Mme de Sablé. Son salon était, selon Saint-Simon « un tribunal pour les ouvrages de l'esprit ». Par certains aspects, *La Princesse de Clèves* peut être considérée comme une discussion sur un ou plusieurs thèmes de casuistique amoureuse : Une femme doit-elle avouer à son mari qu'elle craint de succomber à son amant ? Ou encore, après la mort du mari, une femme peut-elle épouser un homme qui a été la cause, même indirecte et involontaire, de cette mort. Somaize fait figurer Mme de La Fayette dans le *Dictionnaire des Précieuses,* et non sans raison. De la préciosité elle a retenu le meilleur, c'est-à-dire la

---

1. Citée par A. Adam, *Histoire de la littérature au XVIIe siècle* (t. IV, p. 175, n. 2).

finesse de l'analyse psychologique, le souci d'un voca-
bulaire précis et nuancé, enfin un féminisme de bon
aloi, sans le ridicule attaqué par Molière. Ce féminisme, il se situe à deux niveaux : dans le portrait, en
la personne de Mme de Clèves, d'une femme, non
seulement remarquable, mais soucieuse de conserver
son indépendance; enfin, et surtout, par l'œuvre
même et la volonté d'écrire que cette œuvre manifeste.
Le premier grand roman psychologique de notre littérature est l'œuvre d'une femme, qui met en scène
essentiellement un personnage féminin; si tout est
écrit à la troisième personne, Mme de La Fayette pri-
vilégie le « elle » de la princesse, qui a presque l'inté-
riorité d'un « je »; tout le récit se déroule sous l'angle
de vue de l'héroïne. D'emblée Mme de La Fayette
parvient à résoudre le problème essentiel de la littérature féminine : faire œuvre originale, ne pas singer
le style d'un romancier; être pleinement une romancière.

On a souvent noté l'inexistence dans ce roman d'une
référence précise à Dieu et aux impératifs de la religion chrétienne. La peur de commettre un péché
« mortel » ne semble pas jouer chez Mme de Clèves,
mais bien plutôt son souci de gloire mondaine : elle
craint le mépris de la société où elle vit; mais elle
redoute davantage son propre mépris. On n'a pas
manqué de comparer son souci de la gloire à celui des
héroïnes cornéliennes. Or, l'amie de La Rochefoucauld, sans pitié, dénonce ce qu'il peut y avoir, dans la
vertu, de peur et d'amour-propre. Il s'agit, bien
entendu, d'une peur qui se situe à un niveau où elle
n'a rien de vil : c'est surtout la crainte de perdre son
« repos » dans les tortures de la passion et de la jalou-

sie. Elle désire conserver une sorte d' « ataraxie », chère au néo-stoïcisme de son temps.

Si Dieu n'est pas nommé, il est présent dans l'œuvre ; mais il s'agit du Dieu des jansénistes. Il n'est pas étonnant que Mme de La Fayette ait su, une des premières, apprécier les *Pensées* de Pascal. L'auteur est imprégné par tout un courant religieux de son temps, et d'une façon indélébile, même si elle ne manifeste pas de croyance déterminée. Elle a été marquée par sa première formation, comme l'est son héroïne. Mme de La Fayette souligne cette importance capitale de l'éducation. Le germe du renoncement final se trouve dès le début du roman dans les paroles, dans toute la personne de Mme de Chartres, la mère de Mme de Clèves. Et sa mort qui précipitera l'héroïne dans l'aveu célèbre, est la mort d'une admirable janséniste. Lors du dépouillement suprême elle se refuse la seule douceur qui pouvait lui rester : « Elle vécut encore deux jours, pendant lesquels elle ne voulut plus revoir sa fille, qui était la seule chose à quoi elle se sentait attachée. » Il y a quelque jansénisme, dans l'acharnement avec lequel Mme de Clèves examine ses moindres pensées et se condamne ; du jansénisme encore dans son refus final, dans ce désir de suivre un « fantôme de devoir ». Et si les personnages ne croient guère en Dieu, ou du moins n'en font pas confidence, ils sont fermement persuadés d'un au-delà. M. de Clèves, mort, conserve pour Mme de Clèves une sorte de réalité surnaturelle et qui pèse sur tout projet de remariage.

Il est enfin une autre marque qu'a pu laisser la religion chrétienne et en particulier le rite de la confession. Mme de La Fayette est obsédée par l'aveu. C'est chez elle un leit motiv romanesque. On retrouve encore un aveu — par lettre — dans *La Comtesse de Tende*. L'attitude même de la princesse de Clèves est celle d'une pénitente : elle se jette à genoux; elle demande à son confesseur de l'aider à lutter contre la tentation, elle confesse ce qu'il lui est pénible d'avouer; elle croit enfin dans la vertu de cette confession. « L'aveu que je vous ai fait n'a pas été fait par faiblesse, et il faut plus de courage pour avouer cette vérité que pour entreprendre de la cacher. »

Mais — et c'est le risque de la confession que prêtres et pénitents connaissent bien — il peut entrer, dans les aveux les plus courageux, de la complaisance; la princesse de Clèves n'en est pas exempte; elle ne manque pas non plus d'une certaine cruauté perverse. Car ces aveux romanesques de la princesse de Clèves, comme de la comtesse de Tende, s'adressent toujours à la personne qui va directement souffrir, le mari. Alors se tisse un réseau subtil de sentiments également violents où sadisme et masochisme interfèrent. Mme de Clèves a, en effet, tour à tour le rôle de victime et de bourreau : « Quand elle eut cessé de parler, qu'il jeta ses yeux sur elle, qu'il la vit à ses genoux, le visage couvert de larmes et d'une beauté si admirable, il pensa mourir de douleur. » Sade ne décrit pas autrement ses victimes dont la beauté est rehaussée par les pleurs, l'agenouillement, l'humiliation. Mais qui ne voit que l'humiliation et la souffrance sont finalement beaucoup plus pour M. de Clèves que pour l'héroïne? Quant à M. de Clèves, s'il apparaît comme une victime que la douleur conduira à la mort, il est aussi capable de cruauté : il torture

Mme de Clèves par un interrogatoire : elle doit l'implorer de cesser ces questions auxquelles elle ne veut pas répondre. Il ne suffit pas de dire que le mari et la femme sont à la fois bourreau et victime : il faut ajouter qu'ils trouvent une âpre joie à l'un et l'autre rôle, et qu'ils prennent plaisir à se torturer eux-mêmes, comme à torturer leur partenaire. Mme de Clèves se torture par la lutte, l'aveu, le refus final, tandis que M. de Clèves alimente à plaisir sa jalousie, et prolonge sa souffrance par-delà sa vie, en imaginant — à tort — un remariage de sa femme.

Faut-il, des personnages, remonter à leur créateur? On se contentera de constater que, dans la joie de la création, il entre toujours, chez le romancier, un plaisir sado-masochiste à faire souffrir ses personnages, tout en participant, par l'imagination, à leurs souffrances. De là à dire que Mme de La Fayette était sadique ou masochiste... On se gardera, par principe, de ces passages abusifs du personnage à l'écrivain, et d'autant plus pour ces époques éloignées et pudiques où les artistes se laissaient peu aller à des confidences sur leur vie privée.

On s'est ingénié à trouver des clefs au roman; on a pensé à Louise-Angélique de La Fayette qui refusa l'amour de Louis XIII, à Mlle de La Vallière, à Mme de Combalet qui, quoique amoureuse de M. de Béthune, ne voulut pas l'épouser quand elle fut veuve. On a pu penser aussi que l'impossibilité de Mme de Clèves à éprouver pour M. de Clèves autre chose que de l'estime, reproduisait assez bien les sentiments que Mme de La Fayette dut avoir pour son mari. On est tenté de chercher qui, dans la vie de Mme de La Fayette, fut son Nemours. On s'engage

alors dans une voie bien périlleuse, et c'est oublier
que le roman n'est pas une autobiographie, que l'art
n'est pas la vie, et que même si l'on suppose un rapport entre la vie d'un écrivain et son œuvre, le romancier projette plus souvent ce qu'il n'est pas, ce qu'il
n'a pas vécu, que ce qu'il est, ce qu'il a été. Peut-
être, en créant Mme de Clèves, Mme de La Fayette
a-t-elle façonné une héroïne qui répondrait à une
nostalgie du refus, de la pureté, ou — plus prosaïque-
ment et plus sadiennement —, à un regret de n'avoir
pas suffisamment fait attendre et souffrir d'éventuels
Nemours. M. de La Fayette ne mourut pas de chagrin, mais de vieillesse. Mme de La Fayette ne
semble pas avoir été cruelle ni trop austère envers les
Nemours qu'elle put rencontrer et ne se condamna
nullement à une existence conventuelle. Si l'œuvre ne
s'inspire pas de la vie, l'inverse est plus vrai : l'œuvre
précède la vie. Mme de La Fayette vécut de façon
édifiante et pieuse, bien après la publication de *La
Princesse,* dans ses dernières années dont Racine nous
affirme qu'elles furent exemplaires.

V

STRUCTURE DE L'ŒUVRE

Ce roman qui est considéré — non sans raison —
comme une œuvre beaucoup plus réaliste que les
romans précieux, nous semble douée cependant d'une
magique irréalité. Cette cour d'Henri II est une cour

de contes de fées où tout est admirablement beau et brillant : « La magnificence et la galanterie n'ont jamais paru avec tant d'éclat que dans les dernières années du règne de Henri second. » C'est un peu le début d'un conte de Perrault — ce Perrault qui justement défendait *La Princesse de Clèves,* dans le camp des Modernes. L'époque d'Henri II apparaît aux hommes de la fin du XVIIe siècle comme l'ultime éclat des temps anciens de la chevalerie, le dernier moment où des aventures galantes à la limite du vraisemblable ont pu être vécues. L'importance de ces passages où Mme de La Fayette nous livre une fresque historique est double et contradictoire : elle a certainement voulu donner un cadre précis daté et relativement exact; mais elle a bien senti que ce monde, dans la mesure où il était précis, devenait la cour même de Louis XIV. Alors pourquoi avoir voulu à tout prix maintenir cette distance historique? Parce que cette prise de distance est la condition même de la poésie et de la féerie. Sur cette tapisserie précieuse aux couleurs fantastiques que lui fournit une histoire embellie, Mme de La Fayette fera se dérouler les scènes essentielles d'une histoire qui est plus un conte qu'un récit réaliste : et c'est pourquoi les querelles sur la vraisemblance de l'aveu sont assez vaines. Se demande-t-on s'il est vraisemblable de rencontrer un chat botté? Que nous importe! Les scènes sont peu nombreuses, elles ont surtout une valeur de symbole; elles sont entourées d'une sorte de magie. La première fois que M. de Clèves rencontre Mlle de Chartres, il est immédiatement bouleversé, sans savoir le nom de cette jeune fille : il « ne pouvait se lasser de donner des louanges à cette personne qu'il avait vue, qu'il ne connaissait point. Madame lui dit qu'il n'y avait point de personne comme celle qu'il dépeignait et que, s'il y en a quelqu'une, elle serait connue de tout le monde ». Quoique Mlle de Chartres ne soit pas dans la condition de Cendrillon, loin de là, ce début d'aventure reproduit le schéma, classique dans les contes, d'une jeune fille merveilleusement belle et inconnue, qu'un prince charmant s'efforce de retrouver. La première rencontre de Nemours et de Mme de Clèves revêt un caractère encore plus féerique. Tout se déroule au sein d'une fête exceptionnellement brillante (« bal et festin royal »). Comme dans le conte de fées, nous sommes sur le mode superlatif. Si brillante que soit l'assemblée, l'éclat de ce couple que la danse réunit et forme (avec le caractère définitif et tragique d'un philtre) va éclipser toute la cour : « Quand ils commencèrent à danser, il s'éleva dans la salle un murmure de louanges. » Mais — et c'est la condition dans beaucoup de thèmes magiques, en particulier dans les histoires de philtres amoureux — les deux danseurs ne se connaissent pas : la force de la féerie dépasse la vraisemblance des bienséances mondaines. Ce sont le roi et la reine qui « leur demandèrent s'ils n'avaient pas bien envie de savoir qui ils étaient, et s'ils ne s'en doutaient point ».

La nature est représentée, en particulier, par ce lieu dédalique et féerique par excellence qu'est la forêt. C'est dans la forêt que Nemours s'égare; mais tous les chemins dans les contes mènent vers l'objet de l'amour. Il est essentiel que ce pavillon apparaisse comme mystérieusement surgi de la forêt, et non pas comme dépendant du château. « Nemours entra dans le cabinet qui donnait sur le jardin de fleurs, dans la pensée d'en ressortir par une porte qui était ouverte sur la forêt. » Ce pavillon, dont le caractère forestier est souligné par Mme de La Fayette, va avoir un rôle capital, on le sait, puisque Nemours viendra, caché, y contempler dans une muette extase Mme de Clèves, ce qui suffira à faire naître les soupçons de M. de Clèves et à causer sa mort. L'impossibilité finale, si elle s'explique par des raisons psychologiques, esthétiques, a également un caractère d'interdit magique, devant quoi échouent toutes les explications, toutes les discussions.

Sur cette trame très linéaire, exceptionnellement linéaire dans le roman de l'époque, et qui se rapproche davantage de la nouvelle, viennent cependant se greffer un certain nombre d'épisodes annexes, en « tiroirs ». Si on les compare aux « tiroirs » des romans précieux, ils sont remarquablement limités. Les contemporains n'ont pas manqué de discuter de la valeur de ces digressions : Valincour reproche à Mme de La Fayette ces quatre récits dans le récit, tout en convenant que ces digressions « ne sont pas extrêmement longues et sont toujours si agréables que, si ce sont des fautes, au moins ce sont des fautes qui donnent du plaisir ». L'abbé de Charnes, quand il répond à Valincour, non seulement trouve ces digressions indispensables, mais regrette qu'elles n'aient pas été plus nombreuses. Les tiroirs, si gênants souvent pour un lecteur moderne dans les œuvres du xviie siècle, ne le sont guère dans *La Princesse de Clèves*. Il faut convenir en effet, que ces digressions sont courtes, peu nombreuses, ayant par elles-même un intérêt intrinsèque, et non dénuées de lien avec l'intrigue principale. Examinons celle de Diane de Poitiers qui se situe

au début du récit, dans la bouche de Mme de Chartres.
C'est une sorte de démonstration de la façon dont elle
a toujours voulu éclairer sa fille de tout ce qui se
passait dans le monde. D'autre part, l'histoire déjà
presque légendaire de Diane de Poitiers intensifie
l'*aura* de ce tableau de la cour. Enfin on notera les
habiletés de la romancière qui ne laisse à Mme de
Chartres la parole que peu de temps, après quoi : « Je
ne sais, ma fille, ajouta Mme de Chartres, si vous ne
trouverez point que je vous ai plus appris de choses
que vous n'aviez besoin d'en savoir » – ce qui prévient
toute objection du lecteur, qui d'ailleurs n'a guère eu
le temps de se lasser pendant ce court récit. Par une
autre habileté, Mme de Clèves demande un surcroît
d'information dont la romancière nous fait grâce, ris-
quant même de nous laisser sur notre faim. Immédiatement, Mme de La Fayette enchaîne sur l'essentiel : la
passion naissante de Mme de Clèves pour Nemours.
Un autre récit annexe important est celui des amours
de Sancerre et de Mme de Tournon; il est fait à Mme
de Clèves par M. de Clèves : notons déjà ce caractère
d'écouteur privilégié qui est conféré à Mme de Clèves,
si bien que, dans les digressions mêmes, l'angle de vue
ne cesse pas d'être celui de l'héroïne comme dans la
trame essentielle du récit. Le lien avec l'action est ici
manifeste : ce récit va précipiter Mme de Clèves vers
l'aveu, parce qu'il est un tableau des désordres de la
passion. Les parallélismes entre l'aventure narrée et
l'aventure vécue n'échappent pas à Mme de Clèves : ils
enchantent le lecteur, par les effets de réfraction qu'ils
permettent à l'intérieur du récit. M. de Clèves ne
rapporte-t-il pas qu'il donna ce conseil à son ami Sancerre : « La sincérité me touche d'une telle sorte que je

crois que si ma maîtresse, et même ma femme m'avouait
que quelqu'un lui plût, j'en serais affligé sans en être
aigri. Je quitterais le personnage d'amant ou de mari,
pour la conseiller et pour la plaindre. » Pour ce récit
comme pour celui de Diane de Poitiers, Mme de
La Fayette loin d'épuiser l'histoire, comme n'eussent
pas manqué de le faire les romanciers précieux, la
laisse volontairement interrompue. Quand M. de Clèves
revient prêt à ajouter de nouvelles informations, il ne
capte plus l'intérêt de sa femme, toute absorbée par
les discours de Nemours : « elle n'avait pas une grande
curiosité pour la suite de cette aventure ». Or, dès que
la curiosité de cet écouteur privilégié cesse, le récit
cesse aussi, tant il est vrai, une fois de plus, que le
point de vue de Mme de Clèves se confond avec celui
de la romancière et du lecteur. Pour prendre un troisième et dernier exemple, il suffira d'évoquer l'aventure du vidame de Chartres et de la reine. Cette fois le
récit est fait à Nemours ; et il va accélérer considérablement l'intrigue principale, puisque Nemours sera
amené à récupérer la lettre compromettante, et que
l'épisode qui nous le montre écrivant avec Mme de
Clèves une lettre supposée, est un des très rares moments où se crée une certaine intimité entre ces deux
êtres qui s'aiment et qui vivent sous le signe de la sépa-
ration.

Il convient aussi d'examiner un autre type d'intru-
sion dans le récit principal : non pas des récits « à
tiroirs », mais les conversations sur des thèmes galants,
tels que les précieux aimaient en débattre dans les
salons. Il est bien évident que Mme de La Fayette se
montre alors la digne héritière de toute une vie de
salon à laquelle elle a brillamment participé. Mais

jamais le plaisir de la précieuse ne prévaut sur le souci
de l'artiste et de la romancière. Ces conversations ne se
perdent pas dans des méandres infinis. Elles sont d'une
brièveté particulièrement remarquable, si l'on se réfère
aux romans du XVIIᵉ siècle. D'autre part, ici, comme
pour les aventures annexes, Mme de La Fayette prend
un soin extrême à articuler le lien qui existe entre ces
conversations et l'intrigue principale. Ainsi de la conversation sur un thème cher aux précieux : un amant
doit-il supporter que sa maîtresse aille au bal ? Parce
que Nemours prétend que non, Mme de Clèves se dira
malade et n'ira pas danser, ce dont Nemours s'apercevra. Cette interdiction est donc transposée — car
rien ne peut être direct dans ce roman, puisque les
deux héros ne se parlent jamais vraiment —, nous y
reviendrons. L'interdiction devient un signe, un test,
immédiatement perçu comme tel par les deux amants.
Rien d'inutile donc, l'inutile semble même être pros-
crit de ce roman — aux antipodes de l'efflorescence
baroque du *Grand Cyrus* —, si bien que l'œuvre donne
le même sentiment d'inéluctable qu'une fugue de Bach.
Nécessité implacable, presque inhumaine, en tout cas
surhumaine, stellaire et mathématique.

Une place à part doit être faite aux discussions qui
ont lieu chez Madame la Dauphine, après l'indiscrétion du vidame de Chartres. Diverses personnes vont
être amenées à converser sur la vraisemblance ou
l'invraisemblance, l'opportunité ou l'indécence de
l'aveu. Cette scène centrale se trouve donc discutée
dans le roman lui-même : le processus du roman précieux rejoint, annonce les techniques du roman le
plus moderne. Ces personnages qui délibèrent sur une
scène romanesque sont des projections du lecteur, ses

porte-parole. Mais l'art de Mme de La Fayette consiste, par une suprême habileté, à faire discuter non seulement des personnages qui ne sont pas directement concernés par l'aveu, mais même Mme de Clèves et Nemours. L'effet de surprise, l'angoisse que vont ressentir les deux héros, sera un piment, non sans cruauté, pour toute conversation. A mesure qu'elle se déroule, Mme de La Fayette note les réactions de Mme de Clèves : « Si Mme de Clèves avait eu d'abord de la douleur par la pensée qu'elle n'avait aucune part à cette aventure, les dernières paroles de Mme la Dauphine lui donnèrent du désespoir par la certitude de n'y en avoir que trop ». La romancière décrit, non sans quelque délectation, les affres de ses héros-victimes : « Le trouble et l'embarras de Mme de Clèves était au-delà de tout ce que l'on peut s'imaginer, et, si la mort se fût présentée pour la tirer de cet état, elle l'aurait trouvée agréable. Mais M. de Nemours était encore plus embarrassé, s'il est possible. »

Outre l'importance des histoires annexes et des conversations précieuses – et tragiques –, il est un troisième élément fort important de la structure romanesque : c'est la lettre. Ici encore Mme de La Fayette se montre à la fois beaucoup moins prodigue et beaucoup plus efficace que ses devanciers. Une seule lettre vraiment importante, centrale, cette lettre qu'a perdue le vidame de Chartres, et qui est reproduite *in extenso*. Elle devient un élément moteur de l'intrigue, puisqu'elle va amener un rapprochement de Nemours et de Mme de Clèves qui s'efforceront de la reconstituer de mémoire. Auparavant, tout le temps que Mme de Clèves a cru que cette lettre s'adressait à Nemours, elle en a souffert à un tel point que, lors du renoncement

final, elle y songera encore. Pour ne plus éprouver les
tourments de la jalousie, elle préférera son « repos ».
Enfin cette lettre est une première annonce de l'histoire
du vidame à laquelle elle se rattache étroitement, si
bien que ce « tiroir » apparaît comme une explication
devenue absolument nécessaire. Mais, quand le lecteur
parcourt pour la première fois la lettre, il est dans
l'état d'innocence et d'erreur de Mme de Clèves; lui
aussi, il peut penser que la lettre a été adressée à
Nemours, et se tromper sur sa signification. Cette
erreur s'inscrit dans tout un ensemble d'hésitations
sur le sens des signes; nous y reviendrons.

VI

LA PAROLE INTERDITE ET LES SIGNES

Chaque épisode, chaque conversation est en effet
comme doublé par des réflexions qui se situent, soit
sur le plan de l'analyse psychologique, soit sur celui du
monologue intérieur. Ces réflexions sont presque toujours une interrogation sur le sens de tel signe, de telle
parole. Et si ces interrogations sont nombreuses, c'est
que la parole a ici un statut très particulier. Les
conversations abondent, elles forment la trame même
de l'œuvre, et pourtant, la conversation essentielle,
celle qui établirait une transparence entre Mme de
Clèves et Nemours est sans cesse différée. Différée jusqu'à l'ultime entretien. Et encore, quelle peine a-t-il
fallu à Nemours pour l'obtenir! Le vidame a dû être
son complice et l'arracher presque par ruse. Et vite on
sent que cette conversation n'est pas véritablement un
élément moteur de l'action, mais plutôt l'explication,

la justification après coup d'une décision prise depuis
déjà longtemps : le renoncement. Ce n'est pas un véritable dialogue, dans la mesure où ce que peut dire
Nemours est frappé d'inefficacité, comme par avance.
Mme de La Fayette use donc à merveille des conven-
tions mondaines et des interdits qui pèsent sur les
héros, pour créer finalement, au sein du roman, cet
interdit majeur qu'est celui de la parole. Le silence sur
lequel se clôt le roman est le point d'aboutissement
de ce silence essentiel qui va séparer, comme une malé-
diction, les deux héros, tout au long de leur histoire.
L'interrogation angoissée de M. de Clèves est bien
caractéristique — et bien caractéristique aussi qu'elle
puisse se situer si tard dans le roman. Lorsque Mme de
Clèves dit à son mari qu'elle n'a pas vu Nemours (début
du tome IV), ses questions mêmes prouvent le dilemme
insoluble dans lequel s'enferme sa jalousie : « Pourquoi ne le pas voir s'il ne vous a rien dit ? Mais,
madame, s'il vous a parlé, si son silence seul vous a
témoigné sa passion, elle n'aurait pas fait en vous une
si grande impression. Vous n'avez pu me dire la vérité
tout entière, vous m'en avez caché la plus grande
partie. » Si bien que le doute — la parole de l'amour
a-t-elle été dite ou non ? —, entraîne une remise en
question de la parole qui, elle, a bien été dite : celle de
l'aveu.

La Princesse de Clèves, c'est le drame de la parole sans
cesse différée, qu'il s'agisse de la conversation amoureuse entre Nemours et Mme de Clèves qui n'intervient
que lorsque — au moins dans l'esprit de la princesse,
et dans sa volonté — tout est terminé. Qu'il s'agisse
aussi de l'explication qui eût suffi à la disculper
auprès de M. de Clèves et que ce dernier ne reçoit

qu'expirant, alors qu'il est trop tard. « Je ne sais, lui
dit (M. de Clèves), si je me dois laisser (aller) à vous
croire. Je me sens si proche de la mort que je ne veux
rien voir de ce qui me pourrait faire regretter la vie.
Vous m'avez éclairci trop tard. »

   Parce que la parole n'est jamais dite (ou trop tard),
il subsiste toujours un doute sur sa signification. Ainsi,
que l'aveu de l'amour de Mme de Clèves pour Nemours
ait été fait non à Nemours, mais à M. de Clèves, permet à Nemours qui a assisté à la scène, de douter
encore longtemps. Pendant que Nemours entend la
confession de Mme de Clèves, il est aussi jaloux que
M. de Clèves : est-ce bien lui, Nemours, qui est l'objet
de cette passion avouée? « Il était si transporté qu'il
ne savait quasi ce qu'il voyait, et il ne pouvait pardonner à M. de Clèves de ne pas presser sa femme de lui
dire ce qu'elle lui cachait ». Paradoxe inévitable de
cette dialectique du caché et du dévoilé, puisqu'il manque toujours au dévoilement un nom, le nom essentiel,
celui de l'amant, que la princesse ne nomme jamais.
Dans son incertitude, Nemours est donc amené à inter-
roger un certain nombre de signes, qui tiendront lieu
de ce signe apparemment plus simple qu'eût été le langage. Le doute se prolonge et l'interprétation des
signes est sans cesse remise en cause. Nemours en viendrait à douter de ce qu'il a vu et entendu : « Il ne savait
quasi si ce qu'il avait entendu n'était point un songe. »
Les signes prennent cette ambiguïté qu'ils ont dans le
rêve. Cet univers du silence, de la parole incomplète
acquiert une irréalité magique et onirique. M. de Clèves,
tout comme Nemours, apprend les difficultés que com-
porte le décryptage des codes : que le même signe peut
exprimer des vérités opposées, ou que, inversement,

des signes opposés peuvent être interchangeables.
Ainsi du chagrin que Mme de Clèves manifeste à l'idée
de voir Nemours tous les jours. M. de Clèves remar-
que : « Ce chagrin m'apprend ce que j'aurais appris
d'une autre femme, par la joie qu'elle en aurait eue. »

Le triomphe de ce jeu de miroirs et de silences, c'est
lorsque le sens de ses propres paroles devient douteux
pour Mme de Clèves elle-même : elle ignore en effet
l'existence de cette réfraction qu'a permise la présence
cachée de Nemours. Aussi lorsque la reine dauphine
lui parle d'une femme passionnément aimée par
Nemours, elle ne comprend pas d'abord qu'il s'agit
d'elle. « Ces paroles, que Mme de Clèves ne pouvait
s'attribuer puisqu'elle ne croyait pas que personne sût
qu'elle aimait ce prince, lui causèrent une douleur
qu'il est facile d'imaginer. » Lorsque, enfin, elle comprend que cette femme qui a avoué à son mari qu'elle
aimait Nemours, c'est bien elle, le doute se déplace
alors sur cet autre sujet : qui a pu rapporter les paroles
qui devaient être scellées à jamais d'un sceau du secret,
quasi religieux, comme au confessionnal? Et quelle
vraisemblance y aurait-il que M. de Clèves, le seul
dont Mme de Clèves croit avoir été écoutée, soit allé
colporter une si pénible confidence? La parole, donc,
quand, par exception, elle est prononcée, n'entraîne
pas d'éclaircissement; loin de là, elle engendre des
doutes multiples, et qui, par réfraction, en viennent à
atteindre celui-là même qui l'a dite.

Faute de ce signe direct qu'eût été la parole pleinement révélatrice, il reste donc à jouer de toutes
sortes de signes qui vont être un langage à leur
tour. D'abord des phrases à double sens, ce qui est
un mode d'échange amoureux particulièrement cher

aux précieux. « L'on m'a prédit que je serais élevé
à une si haute fortune que je n'oserais même y prétendre », confie M. de Nemours à la princesse.
Libre à Mme la Dauphine de comprendre qu'il y a
là une allusion au trône d'Angleterre, et à Mme de
Clèves qu'il s'agit d'une toute autre fortune. Mais
plus encore que ce langage truqué — à double fond
pourrait-on dire —, il existe dans *La Princesse de
Clèves* tout un réseau d'objets-signes. A commencer
par le portrait — ce qui, là encore, est un élément
caractéristique de la préciosité : celle-ci apparaît
essentielle, comme une école de la métaphore, donc,
en définitive, comme une recherche de sémiotique.
Le tableau est un signe privilégié, parce qu'il est
doublement signe : l'échange du portrait, comme de
n'importe quel autre objet, signifie, préfigure
l'échange amoureux, mais, par lui-même et en tant
qu'objet, le portrait, essentiellement « figuratif »,
représente le visage aimé. Aussi tout l'épisode, au
début du roman, du vol du portrait de Mme de
Clèves par Nemours, prend-il une importance capitale. Le vol est une image spiritualisée du viol. Mais
à ce vol, Nemours a eu le plaisir de voir que
Mme de Clèves avait en partie consenti. Aussi sa
joie n'a-t-elle pas de bornes.

Le portrait a été dérobé au mari, ce qui accuse la
valeur symbolique de ce vol. D'autre part le silence de
Mme de Clèves revêt lui-même des significations ambi-
guës, et dont l'ambiguïté n'échappe pas, d'ailleurs, à
l'héroïne : « elle jugea qu'il valait mieux le lui laisser,
et elle fut bien aise de lui accorder une faveur qu'elle
lui pouvait faire sans qu'il sût même qu'elle la lui faisait ». A partir de quoi s'établit un réseau d'incertitu-

des qui porte sur les paroles prononcées. Nemours, qui a vu l'embarras de la princesse, lui demande de faire semblant d'ignorer ce qu'il sait très bien qu'elle a vu ; inversement M. de Clèves énonce sur le ton de la plaisanterie ce qui s'avère être une vérité : « Il dit à sa femme, mais d'une manière qui faisait voir qu'il ne le pensait pas, qu'elle avait sans doute quelqu'amant caché. »

Plus indirect, plus subtil que le portrait, la couleur a une valeur de signe : signe occulte, et doublement, puisque la couleur de Mme de La Fayette est justement celle qu'elle ne porte jamais : le jaune, mais qu'à Nemours elle a avoué aimer. Aussi est-ce le jaune que Nemours choisira lors du tournoi. Ce signe aura donc cette particularité d'être évident pour celle à qui il est destinée, mais pour elle seule. Aussi, quand Nemours l'aperçoit dans le pavillon, il constate avec joie qu'elle fait des nœuds avec des rubans à leur couleur. Ce signe a été plus clair pour lui que la parole dont il est le substitut. Les héros de Stendhal, eux aussi, connaîtront cette ivresse du signe amoureux, infaillible et perceptible aux seuls vrais amants, le signe qui triomphe de tous les interdits du langage et de la société qui s'est efforcée de codifier, d'asservir la parole.

Dans ce roman où l'objet-signe tient si souvent la place du langage parlé, il n'est pas étonnant que, finalement, voir soit plus important qu'entendre, et que toute une dialectique du regard soit douée d'une telle force. Aucun geste amoureux n'est commis entre les deux amants, aucune parole véritablement échangée avant la fin ; tout se ramène donc à la vue ; c'est la vue qui sauve et qui tue. C'est parce qu'il a vu Mme de Clèves, seule dans son pavillon, touchant les rubans qui symbolisent leur couleur, que Nemours peut s'estimer heureux; c'est parce que M. de Clèves, par l'intermédiaire de son espion, aura vu entrer Nemours dans le jardin, qu'il sera atteint mortellement.

Le regard permet des effets de miroir et de réfraction plus subtils que ne le seraient des échanges de parole : il ne suffit pas de voir; encore faut-il être vu voyant, ou voir le regard de celui ou de celle qui vous regarde. D'où les craintes de Nemours dans cette même scène : « Il trouva qu'il y avait eu de la folie, non pas à venir voir Mme de Clèves sans (en) être vu; mais à penser de s'en faire voir. » Mais le plaisir de voir est tel, qu'en ce moment-là il pourrait tenir lieu de tout autre plaisir : « Voir au milieu de la nuit, dans le plus beau lieu du monde, une personne qu'il adorait, la voir sans qu'elle sût qu'il la voyait, et la voir occupée de choses qui avaient du rapport à lui et à la passion qu'elle lui cachait, c'est ce qui n'a jamais été goûté ni imaginé par nul autre amant. » La vue elle-même cependant n'est pas infaillible et peut connaître les incertitudes de la parole, et finalement, dans ce mouvement de l'œuvre vers le dépouillement, les signes visuels eux-mêmes finiront comme par s'estomper, pour que le silence soit plus total. Déjà Mme de Clèves n'est pas certaine d'avoir vu Nemours, dans cette scène qui pourtant va causer la mort de M. de Clèves : elle croit l'avoir vu. Peut-être est-ce une hallucination? Il était bien simple de s'en assurer, « la raison et la prudence l'emportèrent sur tous ses autres sentiments, et elle trouva qu'il valait mieux demeurer dans le doute où elle était que de prendre le hasard de s'en éclaircir ». Ce renoncement à voir est déjà une préfiguration du renoncement final. Après le veuvage, lorsque M. Nemours se déguise en artiste, ce n'est que pour être en état de voir Mme de Clèves à travers ses fenêtres. Mais, comme dans ces contes médiévaux où les héros qui ont attendu, la vie durant, le Graal, sont aveuglés quand il passe près d'eux, Mme de Clèves reconnaît M. de Nemours, au moment où celui-ci, pour éviter ce qu'il croit être une visite importune, détourne les yeux. Le renoncement final, c'est un renoncement à voir Nemours ; le désespoir de Nemours, c'est de ne pouvoir plus voir la princesse. Certes, s'ils s'étaient vus, ils se seraient parlé ; néanmoins, le mot qui revient obstinément dans cette dernière page, ce n'est pas le verbe parler, mais le verbe voir : « le péril de le voir », « faire en sorte qu'il la vît », « revoir jamais une personne qu'il aimait de la passion la plus violente ».

L'œuvre, en définitive, s'organise sur cette dialectique du caché et du dévoilé que Nemours résume tout naïvement et tout naturellement ainsi : « Tout ce que je puis vous apprendre, Madame, c'est que j'ai souhaité ardemment que vous n'eussiez pas avoué à M. de Clèves ce que vous me cachiez et que vous lui eussiez caché ce que vous m'eussiez laissé voir. » A partir de ce qui semble à Nemours une sorte de réfraction de l'aveu, s'organise tout un jeu — tragique, certes — entre l'apparence et la réalité, ce qui est dit et ce qui ne l'est pas, ce qui est vu et ce qui est hors du regard. Des signes jalonnent la route des amants pour rallier cette parole toujours différée, toujours interdite, mais ces signes mêmes sont ambigus, trompeurs, et finissent par se taire dans le silence définitif où se clôt l'œuvre.

BÉATRICE DIDIER.

REPÈRES BIOBIBLIOGRAPHIQUES

1634 — Naissance et baptême (18 mars) de Marie-
Madeleine Pioche de la Vergne.

1652 — Elle fait ses premières apparitions dans les
salons parisiens : Ménage contribue beaucoup
à sa formation intellectuelle; il lui faire lire
les romans de Mlle de Scudéry, Virgile et des
ouvrages d'histoire.

1655 — *15 février*. Elle épouse François, comte de La
Fayette. Ils partent pour l'Auvergne où se
trouvent les terres de M. de La Fayette. Dans
les années qui suivent, plusieurs séjours de
Mme de La Fayette en Auvergne. Période de
difficultés financières.

1659 — Mme de La Fayette rencontre Pierre-Daniel
Huet et Jean de Segrais. Elle écrit un portrait
de son amie, Mme de Sévigné pour la *Galerie
des Portraits*.

1661 — A partir de cette date, le comte de La Fayette
vit essentiellement en Auvergne et sa femme à
Paris.
Mariage d'Henriette d'Angleterre avec
Philippe d'Orléans. Henriette d'Angleterre
a toujours protégé Mme de La Fayette.

1662 — *27 juillet*. Privilège pris pour *La Princesse de
Montpensier*.
20 août. Achevé d'imprimer de cet ouvrage.

1665 — Début de l'amitié pour La Rochefoucauld.

1669 — Premier tome de *Zaïde*.

1670 — 1er *juin*. Mort de Madame.

1671 — Deuxième tome de *Zaïde*.
18 *décembre*. Privilège de Barbin pour *Le Prince de Clèves*.

1675 — Mort du duc de Savoie. Régence de Madame Royale, protectrice envers laquelle Mme de La Fayette fit preuve de loyauté et de fidélité.

1678 — 16 *janvier*. Privilège de Barbin pour *La Princesse de Clèves*.
8 *mars*. Achevé d'imprimer.
17 *mars*. Mise en vente.

1680 — 17 *mars*. Mort de La Rochefoucauld.

1689 — Mme de La Fayette prend pour directeur de conscience l'abbé de Rancé.

1692 — Mort de Ménage.

1693 — 25 *mai*. Mort de Mme de La Fayette.

1720 — Publication de l'*Histoire de Mme Henriette d'Angleterre* par Mme de La Fayette.

1724 — Publication de *La Comtesse de Tende (Mercure de France)*.

1731 — Publication des *Mémoires sur la Cour de France pour les années 1688 et 1689,* de Mme de La Fayette.

1909 — Publication, dans une revue allemande de l'*Histoire espagnole* et de *Don Carlos d'Astorgas,* attribués, semble-t-il à tort, à Mme de La Fayette.

1937 — Publication du *Triomphe de l'indifférence* (dans *Mesures*), roman que A. Beaunier a attribué à Mme de La Fayette (?).

TABLE

✗ COMMENTAIRES

IMPRIMÉ EN FRANCE PAR BRODARD ET TAUPIN
Usine de La Flèche (Sarthe). — Dépôt légal Imprimeur, n°
ISBN : 2 - 253 - 00672 - 5

IMPRIMÉ EN FRANCE PAR BRODARD ET TAUPIN
Usine de La Flèche (Sarthe).
Librairie Générale Française - 6, rue Pierre-Sarrazin - 75006 Paris.
ISBN : 2 - 253 - 00672 - 6

Eiser - £10

    Alison   0324   553574

Eiser - £6

Fiske e Taylor - £6

Imelda   Devlin
    Ext. 4248
        Schools e College Liason

            School
        Bp Tutoring